LÀ-HAUT LES ANGES

CHRIS ROY

LÀ-HAUT
LES
ANGES

Roman

À Christophe

« Et la mort, à mes yeux dérobant la clarté,
Rend au jour qu'ils souillaient toute sa pureté. »
Racine, *Phèdre.*

Prologue

Mercredi 12 novembre. Elle se tient bien droite, assise devant son écran. Elle vient d'effectuer quelques recherches sur internet pour son devoir de SVT. Bonne élève, elle passera en seconde sans problème. Pourtant, son père la couve beaucoup trop. Il a toujours peur pour elle, il l'étouffe un peu, elle trouve... Internet, c'est une autre planète pour lui. Alors quand elle y traîne trop, il coupe les vannes. C'est pour son bien, répète-t-il. Elle n'a plus droit qu'à une heure et demie par jour, jeux compris. Alexia s'est moquée d'elle ouvertement devant toute sa classe hier matin quand elle en a parlé. Cette peste l'a même traitée de Portugaise à poils longs. Elle en a pleuré, enfermée dans les toilettes du collège. Elle aurait mieux fait de se taire ! Depuis sa plus tendre enfance, elle préfère rester discrète sur ses origines, mais le fort accent de sa mère la rend toujours malade de honte, et ne parlons pas de son père qui confond encore certaines expressions au bout de dix-sept ans de vie en France.

Elle se sent bien seule parfois. Elle a ouvert un compte Facebook depuis un an et correspond avec ses cousines de

1

Salir do Porto, un petit village situé un peu au-dessus de Lisbonne. Tous les étés, la famille s'y retrouve pour les grandes vacances. C'est un long voyage en voiture. Elle parle couramment les deux langues et prend un certain plaisir à émailler ses phrases de mots français pour se rendre mystérieuse. Là-bas, on l'appelle la Parisienne. La banlieue, se dit-elle, c'est un peu Paris, aussi. Les gens l'aiment bien. Elle multiplie les attentions auprès de ses tantes et de sa grand-mère, des petits riens qui la rendent attachante. Elle vient de la ville et elle sait que si cela ne fait pas d'elle un être supérieur, tout le monde l'envie. C'est une chance de grandir en France, c'est tout. Ses parents ont un bon travail et elle sera infirmière. Un rêve !

Il y a quelques mois, elle a été contactée par un garçon de vingt ans. Elle a reçu la phrase type : un ami vous invite à le rejoindre sur Facebook. Avant d'accepter, elle a vérifié qu'ils avaient bien quelques amis en commun. Depuis, elle échange avec lui de temps à autre sur Messenger. Un dimanche, il a insisté pour la rencontrer. Elle n'est pas une fille méfiante. Elle ne voyait pas en quoi cela pourrait être dangereux. Même si au premier rendez-vous le garçon n'a pas pu cacher qu'il était un peu plus âgé. Et alors, s'était-elle dit, il est si gentil et tellement séduisant.

Vendredi, ils ont prévu de se voir au parc des Buttes-Chaumont vers dix-sept heures. Que mettre ? Une robe en novembre, moyen, quand même ! Avec des leggins, oui ! Vendu !

Elle est toujours à l'heure, peut-être, se dit-elle, parce que son grand-père a été sonneur d'église. Son cœur bat fort. De loin, elle l'aperçoit. Il ne sourit pas franchement. Les sourcils froncés, il force un peu son amabilité. Elle le sent. Mais pourquoi ? Elle approche et il se penche, un peu raide, pour lui faire la bise. Il sent bon. Une odeur de papa, elle trouve. Il lui achète une glace. Lui ne prend rien.

Pendant qu'elle lèche les contours de sa pistache glacée, il se lance dans un concert de reproches. Elle publierait trop de selfies, d'après lui. Tiens, s'étonne-t-elle, c'est à croire qu'on est en couple. Ça la rend nerveuse tout à coup. Son cornet se casse et tombe dans la terre de l'allée. C'est triste, elle adore la gaufrette craquante. Il lui propose de passer à la maison. Elle hésite, ça, elle ne l'a jamais fait. Mais il est tellement contrarié qu'elle finit par accepter. Ils prennent le métro. Il ne dit rien pendant le trajet.

La maison ne lui ressemble pas, un peu trop vieillotte à son avis. Elle a soif. Il lui donne un jus de fruit et des madeleines. Il continue à lui reprocher ses statuts Facebook, les photos et tout... Il se prend pour son père ou quoi ! Il est presque sept heures à la pendule, elle lui dit qu'elle doit rentrer. Il insiste pour qu'elle reste. Il lui ressert un jus de fruits.

Une vague nausée l'envahit, elle se sent bizarre. Molle. Elle essaye de se lever, mais il la rattrape juste avant qu'elle ne s'écroule. Que lui arrive-t-il ? Elle a un drôle de goût dans la bouche. Il la soutient dans l'escalier qui descend vers une pièce aménagée au sous-sol. C'est joli ! Il veut la photographier, dit-il. Avec des rubans aux poignets. Elle voudrait dire non, mais son cerveau envoie des signaux à sa langue et sa langue bloque. Quelque chose ne tourne pas rond, elle le voit bien...

Il essaie de l'embrasser, elle n'aime pas ça. Elle tourne la tête à droite, à gauche. Il lui soulève les jambes et lui donne une claque sur les fesses. Comme elle résiste encore, il la frappe au visage. À la vue du sang sur le drap blanc, elle rassemble ses forces et se débat comme elle peut. Le poing de l'homme s'abat sur son nez. Le noir…

La jeune Anna Santos n'aura jamais seize ans.

1

Ce jeudi 19 mars, Sara était de repos. Elle comptait bien en profiter ; ses week-ends étaient rares en ce moment. Il était déjà dix heures quand elle ouvrit son frigo à la recherche d'une bouteille de lait. Elle s'aperçut qu'il était plus que temps de faire le plein, elle passa son blouson, attrapa son sac et sortit. Une fois dehors, elle aspira une bouffée d'air frais, et d'un pas vif, se dirigea vers la supérette du quartier. Elle allait prendre le minimum vital pour les jours à venir, anticiper n'était pas son fort, du moins en ce qui concernait les contingences ménagères. Tout à ses pensées, elle ne vit pas la bordure défoncée du trottoir qu'elle connaissait pourtant par cœur, son pied se déroba sous elle. Sa cheville craqua. Elle réprima un cri de douleur. Une décharge électrique dans l'articulation. Elle aurait dû mettre ses baskets plutôt que ses bottines à talons, se reprocha-t-elle, et tout ça pour gagner quelques centimètres…

Elle dut s'asseoir sur un banc, le temps que l'élancement se dissipe. À côté d'elle, une fille racontait sa soirée au téléphone, nettement dépitée par le garçon qui l'avait éconduite la veille. Après un tchat sur Tinder, ils s'étaient vus. Quelques verres plus tard, il l'avait conviée chez lui, un appartement de luxe dans le seizième. Puis la suite habituelle : une partie mouvementée de deux corps inconnus qui tâtonnent dans le noir sur fond de musique sirupeuse. Enfin, il l'avait renvoyée aux aurores, un taxi pour toute élégance. Et tout ça sans même être invitée, elle avait payé sa part en mode fille d'aujourd'hui.

« Premier soir au lit et adieu mari, ma fille ! » se rappela Sara. C'est à coup de ces sentences judéo-chrétiennes que sa mère l'avait élevée. Celle-ci aurait hurlé en entendant cette conversation en pleine rue, même triomphé devant ce comportement qu'elle aurait qualifié d'immoral, d'irresponsable.

Après quelques minutes, Sara testa son pied sur le bitume, le posant avec précaution sur le sol. Une armée de fourmis grouillantes semblait avoir pris possession de l'extrémité de sa jambe droite. Elle se leva en grimaçant et rentra chez elle sans passer par la supérette comme elle en avait eu l'intention plus tôt.

Les battements d'ailes des pigeons, accompagnés de quelques roucoulements, l'accueillirent à peine franchi le porche de son immeuble. Rien n'était comparable à la plénitude qu'elle ressentait quand elle pensait à son indépendance. Paris avec ses odeurs, ses atmosphères, ses humeurs, et ses morceaux de campagne qui surgissent au détour d'une rue. Les cours intérieures qui résonnent, indéfinissable plaisir. Paris, que tout le monde fuyait. La plupart de ses amis, qui avaient succombé au charme discutable du mariage et des enfants, quittaient un à un la capitale pour la grande banlieue, voire la province. Tant pis pour la solitude... elle, elle resterait.

Dans l'appartement, ses nouveaux rideaux diffusaient une lumière douce et tamisée. Sara avait besoin de ce genre d'ambiance zen pour se sentir vraiment bien. Elle avait la hantise de ces éclairages au néon qui équipaient tous les lieux publics. Ça l'étouffait... Déjà midi, elle passa dans sa kitchenette pour se préparer une salade improvisée : coquillettes de la veille, morceaux de gruyère, dés de jambon, tomates cerises, le tout arrosé d'huile d'olive et de vinaigre balsamique. Son repas frugal avalé, elle se plongea immédiatement dans ses dossiers. Elle avait tout un week-end pour avancer dans l'étude de ces meurtres ignobles, inexpliqués, inexplicables.

*

La maison dégageait une odeur âcre de renfermé, il faudrait qu'il brûle un papier d'Arménie à la rose. Ça sentait bon, la rose, pensa-t-il. Il frissonna. Dans sa gorge, l'humidité défiait ses défenses immunitaires, s'attaquant à ses cordes vocales. Il avala sa salive pour vérifier que tout fonctionnait normalement, il émit un long « O » à la manière d'un chanteur lyrique et crut sentir un début d'enrouement. Décidément, le printemps tardait cette année. Il alla remonter un peu le thermostat du chauffage. Les tuyaux de la vieille demeure crachèrent quelques sons inquiétants, puis se turent.

Écrire est un passe-temps qui demande de la rigueur, mais qui permet de vider son cœur comme on vide un poulet. Une lampe Tiffany – qui avait appartenu à sa grand-tante – diffusait une lumière intime sur ses doigts longs et noueux, posés à plat sur un cahier neuf. Il allait écrire son journal ; une envie irrépressible de tout dire, de s'épancher. Et si cette vie ne lui avait fait aucun cadeau, il était loin, maintenant, le petit garçon mal-aimé.

Bonne idée, un journal. Une manière de laisser une trace de son passage sur terre. Il grimaça. La vie n'est qu'une petite boule de feu qui roule, roule, et roule vers la mort, songea-t-il. On y est ballotté comme dans un courant d'air, on attrape des rhumes, des angines, des cancers, un tas de trucs désagréables, ça pique, ça brûle, on dit : c'est la vie ! Puis il répéta en chantonnant : « Roule, roule, et roule vers la mort. »

Il prit un stylo à pointe fine, ouvrit la couverture du cahier, et, avec le plat de la main, pressa la première page comme pour lui intimer l'ordre de se plier à sa volonté. Dompter, dominer les mots de son histoire pour la jeter en pâture au monde, tel était son dessein. Il repoussa la tablette de chocolat déjà bien entamée et souffla sur les petits copeaux noirs. Une table nette et propre, ça stimule, se dit-il.

2

Aujourd'hui, jeudi 19 mars, j'ai classé mes notes et je remonte le temps avec vous jusqu'en septembre. C'est mieux de tout vous raconter dans l'ordre, c'est important, l'ordre, n'est-ce pas ? J'ai tellement de choses à vous dire... Alors voilà, je vais vous raconter ma vie, mes hauts, mes bas, mes manies, mes dégoûts, mes convictions, mes croyances. Je vais essayer d'être clair, concis, et d'anticiper vos moindres questions. Je vais m'adresser à vous comme on s'adresse à son confident.

Vous serez nombreux à déchiffrer mes pattes de mouche. Une prédiction sans risque, vous verrez...

Vous n'avez pas idée de ce que vous allez lire. Je vais planter un tas de pensées inquiétantes dans votre cerveau. Je n'y suis pour rien, c'est juste que j'ai ressenti la vacuité de l'existence au bon moment et que je mets cela à profit pour aider mon prochain.

Suis-je plus intelligent que vous ? Mon esprit possède-t-il un meilleur angle de vue pour jouir des événements qui se succèdent sous nos yeux respectifs et les comprendre ?

On dit souvent : « Tout dépend de quel côté on se place ». Eh oui, ça tombe sous le sens, tout est une histoire de perception, d'appréciation intime. On aime, on hait, mais quelle valeur donne-t-on à cet amour, à cette haine. Vous savez, vous ? Non, bien sûr, vous attendez béatement que quelqu'un comme moi surgisse tout à coup du néant et vous éclabousse de sa vérité pour vous l'approprier sans vergogne... Tellement plus simple.

Nos actes nous définissent. Quels sont les vôtres ?

Laissez-moi sourire. Je ne demande ni indulgence, ni bienveillance de votre part, vous en seriez bien incapable au vu de mes dernières célébrations. Je suis comme vous pourtant. Simplement, mes objectifs ciblent leur but et j'en retire « cette substantifique moelle », dont parlait ce cher Rabelais, et m'en nourris l'âme à m'en faire péter le cœur.

J'imagine que je vous dérange, pour vous je ne suis pas pardonnable. Libre à vous d'avoir votre opinion… Moi, quand je suis assis dans mon fauteuil, que je regarde le ciel bleu par-dessus les nuages, je sais qui je suis et pourquoi je fais ce que je fais… Vous pouvez en dire autant ? Lisez donc ce journal, que vous avez fini par trouver en fouillant dans mes affaires personnelles… honte à vous ! Toute mon histoire se met au service de votre indiscrétion. Jouissez-en, alors !

3 SEPTEMBRE

On y est ! La rentrée des classes a eu lieu.

J'ai la chance d'habiter depuis peu à deux pas d'un collège. Je n'ai qu'à emprunter le square Séverine et le tour est joué. Vous situez ? Oui, c'est ça, le vingtième arrondissement de la capitale.

Le rire des enfants dans la cour résonne comme une mélodie claire et délicieuse, et ça me ravit. J'aime tant les enfants, plutôt devrais-je dire les adolescentes fraîches, innocentes, un peu naïves, les jeunes filles en fleurs, comme on dit. Je me dois d'être précis. Oh, joie ! Les revoir enfin sillonner les trottoirs de ma rue. Me repaître à nouveau de leur ballet incessant au sillage fruité et exquis, comme un parfum de brioche sortant du four. Entendre bourdonner les babillages un peu gnangnan mais tellement rafraîchissants de ces mignonnes donzelles.

Des petits Anges descendus tout droit du ciel pour apaiser mon âme… Oui, je sais, je m'emballe… mais ma solitude au mois d'août est difficile. Un tel ennui ne devrait pas exister, ah ça non ! Tous les oiseaux envolés du nid – vacances scolaires obligent, la mer, la plage, les colonies – et leur cruelle absence.

Naturellement, il n'y a que moi pour me préoccuper de ce détail… Il faudrait vous mettre à ma place pour me comprendre. Certains se reconnaîtront : quand le chômage frappe, on reste sur le carreau, et on développe des automatismes ; lorgner la vie dehors toute la journée par la fenêtre, regarder des téléfilms à l'eau de rose, attendre l'heure des « Chiffres et des Lettres », histoire de tester sa dextérité cérébrale, zapper en boucle, rester des heures devant son écran d'ordinateur, ou sortir dans un square et s'asseoir sur un banc à côté d'un petit vieux à l'odeur rance qui se chauffe les os au soleil, jusqu'à se dire que l'on est l'un d'eux.

Vous, les gens, vous êtes tous pareils.

À chaque début d'année scolaire, même rengaine, on a droit à l'énoncé des bonnes résolutions. Idem en janvier, tout le monde va tout changer, faire mieux, faire plus.

Foutaises et re-foutaises.

Et d'après vous, où croyez-vous que l'on trouve toutes ces grandes phrases sur le meilleur à venir… eh bien… sur Facebook bien sûr, le haut lieu de la rencontre en tout genre, de l'amitié avec un grand A, et des pokes, des likes, mais surtout… des confidences indécentes.

Pour apprécier, il faut juste du temps. Et moi, j'en ai à la pelle.

Comme vous, sûrement, je n'ai pas toujours connu internet. Quand on était petits, le seul écran dans la maison était celui de la télévision. Alors quand le net a envahi les foyers, j'ai plongé dans le grand bain. J'ai vite considéré l'importance énorme de ce joujou mis à la portée de tous. Au début, c'était les blogs, je m'en suis délecté. Puis l'avènement des réseaux sociaux. Je m'y baladais en touriste. C'est là que j'ai compris. Elles étaient là. Toutes. Je pouvais les observer tous les jours. Alors j'ai décidé de nettoyer.

Avoir une page sur les réseaux sociaux me régale, c'est si excitant de s'inventer une vie et de « partager » à l'infini.

Ça marche du feu de dieu… des centaines d'amis en peu de temps.

11

Je parlais donc de la rentrée... Beaucoup de ce que les gosses quémandent aux parents pendant l'année leur est refusé — je suis bien placé pour en témoigner. La mère dit : « On verra ça à Noël ou à ton anniversaire... » Le père dit : « Demande à ta mère... », etc., etc.

Alors il arrive qu'en septembre, les parents flanchent. C'est la rentrée, celle de leur progéniture chérie, et la plupart se sentent toujours un peu coupables s'ils ne font pas le maximum pour leur bien-être.

Sans compter que les chérubins savent y faire pour amadouer leurs géniteurs, et puis entre eux, ça se raconte tout, et ceux qui n'obtiennent pas l'équipement convoité ont forcément des parents radins.

Le père dit : « D'accord, on va t'acheter un ordinateur portable, tu es grande maintenant. Tu entres en quatrième, je te fais confiance, tu n'iras pas n'importe où sur internet... Et puis je jetterai un œil quoi qu'il arrive. » Les papas aimants et inquiets croient vraiment ce qu'ils disent, à ce moment précis. Mais la réalité est tout autre, les amis ! Les trois premières semaines — enfin pour les parents consciencieux —, la surveillance est appliquée, mais très vite, c'est dans une liberté totale que les jeunes s'adonnent à la religion internet.

11 SEPTEMBRE

L'informatique chez moi est une vocation. Le Java, le C ++, le Php, tous les autres langages qui existent, je les connais. Aucun pare-feu, aucun serveur ne saurait me résister. Au début, c'était une sorte de hobby. Aujourd'hui c'est mon outil de guerre.

C'est fait, je me suis créé encore un nouveau faux profil Facebook. Les autres, c'était pour de simples visites, du repérage. Je reste toujours ébahi du potentiel relationnel infini de ce genre de réseau.

Pour celui-là, j'ai 20 ans et je suis en école supérieure de commerce, devrais-je dire « Sup de Co », ça en jette ! J'ai trouvé dans Google Images une photo de beau gosse genre mannequin. C'est fou ce qu'on peut se procurer sur internet, c'est le grand marché, le big market. Qui ira vérifier l'authenticité de ma nouvelle identité et de ce visage — qui doit bien appartenir à quelqu'un dans le monde ? Mais le monde est vaste, mes chers lecteurs !

Allez go ! Je cours à la recherche d'amis en me servant d'un subterfuge imparable : je viens d'arriver en France — après une scolarité au lycée français de Los Angeles — bla, bla, bla… et je suis en quête de nouveaux amis français… bla, bla, bla… trop besoin de retrouver mes racines.

Et ça pulse ! En un week-end, je me retrouve à la tête d'une centaine de nouveaux amis. Il faut dire que Los Angeles est un réel sésame pour les gens, the place to be… Alors y avoir vécu est un must et je le prouve.

Hacker de cœurs d'adolescentes, je me vois comme ça.

Mon terrain de jeu : d'abord les réseaux sociaux pour hameçonner, puis les sites de rencontres ados. Ne vous méprenez pas, ils n'ont rien à voir avec les Meetic et compagnie pour adultes en mal d'amour. Prenez Ask, par exemple. Là, on est en milieu de terrain, au plus fort de la mêlée : les ados sont chez eux et se lâchent… Les collégiennes, qui ne sont pas dans la rencontre réelle, contrairement aux lycéennes, s'aventurent et testent leur sex-appeal sur ce genre de sites. L'excitation est à son comble, la découverte de sensations nouvelles, du danger de converser avec un inconnu du fond de son lit pendant que les parents regardent tranquillement un programme à la télé. Papa et maman sont dépassés et ne viendront pas fliquer par ici. Eux, ils se cantonnent à Facebook et Twitter, c'est déjà beaucoup. Moi, je m'occupe de ces jeunes et naïves oies blanches salies par le système.

Parler leur langage s'apprend presque comme une langue étrangère. Alors j'ai assimilé tout le vocabulaire qu'on peut emmagasiner pour communiquer avec ces nouveaux pygmées du net.

Si vous saviez ce qu'on trouve comme misère morale chez ces êtres qui deviennent sexués.

Ça s'expose, ça se dévoile, ça fait sa star sur les réseaux et ça se webcam à la demande.

Alors je me dois de les aider à retrouver le chemin. Je sème des petits cailloux blancs.

Je les rends lumineux pour que mes mignonnes retrouvent le bon chemin.

Depuis ma conscience, je peux apprivoiser mes petites comme j'aurais dû le faire avec mes démons quand j'étais moi-même enfant.

Hostile le monde. Ennemi le monde, quand vous êtes renvoyé à votre inutilité... Moi, j'agis seul, mais j'agis.

Voici ma première confidence.

14 NOVEMBRE – ANNA SANTOS

Je croule sous les « amies », toutes collégiennes, saturées de temps libre. Enfin presque toutes... Parce que pour Anna, il s'est trouvé que ses parents avaient décidé de lui couper internet à certaines heures... pour son bien-être, soi-disant. Vous imaginez ma colère, je ne tolère pas ça... Je lui ai donc donné rendez-vous un vendredi au parc des Buttes-Chaumont vers dix-sept heures pour régler le problème.

Elle était à l'heure. Elle a commencé par s'excuser pour toutes les fois où elle n'a pas pu liker mes statuts. Elle le sait, je n'apprécie pas du tout. Publier quelque chose sur Facebook et n'avoir aucun retour, quelle humiliation ! C'est bien la peine d'avoir tous ces amis.

Oui, je sais, j'ai le « moi » surdimensionné, je ne supporte pas qu'on ne me montre pas que je suis le centre du monde, de leur monde, c'est comme ça...

Je voulais aussi qu'elle demande pardon pour ces photos en maillot de bain qu'elle avait osé publier sur son mur. Elle m'a dit que c'étaient des photos des vacances au Portugal de l'été dernier que sa cousine lui avait postées. Évidemment, comme toutes ces gamines, elle ne connaît rien au fonctionnement de Facebook et aux réglages de confidentialité.

Je lui ai offert une glace pistache/vanille. Elle était un peu nerveuse, elle a cassé son cornet.

Et puis nous sommes allés à la maison. Il fallait que je sente sa peau contre la mienne, ce parfum de vanille qui me rappelle toujours celle des poupées Barbie de ma sœur.

14

Quand on était gosses, il m'arrivait de lui en emprunter une à son insu et de la serrer, serrer, si fort, à en avoir des marques sur l'abdomen…

Je dois dire que j'ai été déçu par l'attitude d'Anna ce jour-là ; vers dix-neuf heures, elle a voulu me fausser compagnie, soi-disant pour rentrer à la maison. Bien sûr, à d'autres ! C'était certainement pour aller rejoindre un de ces jeunes cons qu'elle devait fréquenter. Pas question. J'ai crié…

Puis j'ai ouvert le tiroir de la commode et j'en ai sorti des rubans roses et doux. Je lui ai dit que j'allais faire une photo pour l'avoir rien qu'à moi, elle a un peu rouspété… je devais avoir mon ton sec… j'ai remarqué que quand j'ai mon ton sec, les gens ont un drôle de regard. J'ai mis ses petits poignets dans les rubans et je les ai attachés aux barreaux du lit. J'ai un peu serré, elle n'a rien dit. Mais quand j'ai voulu faire pareil avec ses jambes en les relevant et en les écartant comme avec une poupée molle et souple, elle a commencé à se débattre. Je lui avais pourtant fait boire mon cocktail spécial. J'aurais dû attendre plus longtemps qu'il fasse effet, impatient que je suis ! Je n'apprécie pas du tout quand on me résiste, alors je lui ai donné une grande tape sur les fesses… ça m'excite toujours… mais ça n'a pas suffi, alors j'ai cogné sur son nez mince… il y a eu du sang sur le drap blanc… elle s'est mise à hurler… alors j'ai continué, elle pleurnichait, reniflait, tremblait… alors j'ai continué, puis il y a eu un coup un peu plus fort, j'ai entendu un drôle de craquement… elle est devenue silencieuse… Alors j'ai serré encore… serré encore son petit cou… Je me suis reculé et j'ai regardé mon œuvre. Elle avait des filaments de salive et de sang mélangés qui lui souillaient le visage. Les jambes et les bras relevés au-dessus de sa tête, comme offerte à mes yeux. Une vraie petite délurée !

Heureusement que j'ai aménagé une pièce dans mon sous-sol. J'ai un petit nid douillet en plein Paris. Pour recevoir mes jeunes amies, c'est

15

confortable. Bien insonorisé, c'est là que j'écoute mon Stravinski ou mon Nirvana, selon l'humeur. On peut faire tout le bruit qu'on veut.

Sensation de déjà-vu ? Oui, les souvenirs remontent : quand on nous enfermait à la cave, ma sœur et moi, les jours où la mère recevait ses connards d'amants... il nous arrivait de crier à s'en exploser les cordes vocales, juste pour voir si quelqu'un aurait pu nous entendre. Mais personne ne s'est jamais plaint.

Lui, le vieux, il a foutu le camp assez vite après nous avoir copieusement aimés à sa façon. Ma sœur et moi, on a fini par se rapprocher. La peur des coups, du noir... enfin la première fois que j'ai touché son petit sexe chaud, elle avait neuf ans, j'en avais treize. Elle m'a dit non, elle a dit c'est pas bien, mais en fait je savais qu'elle en crevait. Et puis, ce n'est pas comme si elle avait été vraiment ma sœur. J'ai quand même des principes.

Mais je digresse, revenons à Anna. Après m'être rincé l'œil et soulagé en elle, je n'avais plus envie de voir cette créature. Ce n'était plus mon Anna. C'est toujours étrange l'effet qu'elles me font. Au début je les veux, et après je n'en veux plus.

J'ai trouvé des grands sacs-poubelle très solides, très pratiques. C'est là que je les mets...

3

Le portable posé sur la table de nuit vibra. La dormeuse sursauta, ouvrit les yeux, jeta un œil sur l'écran et vit la photo de sa mère s'afficher. Sept heures quinze. Trop tôt pour lui répondre. D'abord se lever, prendre sa douche, son thé. Après, seulement, elle aurait les armes pour faire face.

« Que ceux qui n'ont pas eu une mère envahissante me racontent, ça m'intéresse », pensa-t-elle.

Cinq heures de sommeil… c'était déjà ça de pris dans son métier.

Sara Lopez se redressa et s'étira en faisant craquer son dos, son ostéopathe l'ayant bien assurée que c'était une des clefs du mieux-être. « Eh bien voilà, je suis une bonne fille ! » dit-elle tout haut. D'un coup de pied, elle repoussa sa couette qui glissa à terre sur ses vêtements de la veille.

« Qui a dit qu'il fallait être ordonné, à part ma mère ? Ah oui ! Stan, aussi ! »

« Trente plus », c'est comme ça qu'elle disait son âge. C'était sa belle-mère – enfin, la mère de son ex-petit ami – qui lui avait appris à ne citer que les dizaines quand les curieux posaient leurs questions indiscrètes. Sara se moquait bien de ce chiffre inscrit sur sa carte d'identité, pas les gens.

À chaque âge d'une femme correspondait un état : bachelière, diplômée, fiancée, mariée, enceinte, mère, divorcée, remariée, veuve, retraitée, Alzheimer ou autre, décédée... Jusque-là, elle avait rempli les deux premières phases du contrat type, mais avait failli au paragraphe « fiancée » puisque son histoire avec Nicolas était bel et bien terminée. La pression sociale, familiale et culturelle battait son plein et ne relâchait pas son matraquage. Dans la grande pièce de la mascarade de la vie, sa mère tenait le premier rôle. « Néna, ma pauvre chérie, tu n'as pas su le garder celui-là ! Encore une fois, si tu m'avais écoutée... »

Des flaques de mousse s'enroulaient autour de ses pieds avant de s'écouler en tournoyant dans la bonde. L'eau chaude la ramenait doucement à la vie. Le trac, elle l'avait : de ne pas être à la hauteur, de tout rater, de tomber dans la routine de la pensée féminine – le fameux duo de chromosomes XX – qui doit se conformer au diktat établi par les hommes dans le monde des hommes. Dieu est un homme, l'humanité est un homme. Sa génération avait du souci à se faire. Tandis qu'elle enfilait son peignoir, elle entendit le sifflement de la bouilloire dans la cuisine.

Capitaine Sara Lopez, ça sonnait bien, elle était fière. Après son master en droit et sa licence en psychologie sur la psychopathologie des conduites criminelles, elle avait passé le concours externe de la police. Dans la famille, on était flic de père en fils depuis des générations, jusqu'à Lucas, son cousin, qui était médecin légiste au CHU de Bichat. Ils se voyaient souvent, parlaient boulot ou échangeaient leurs souvenirs communs, dont le principal restait les vacances de leur enfance, toujours en Espagne, dans la ville de Santa-Pola, chez leur grand-oncle qui les recevait chaque été. Sara était la première fille à avoir choisi ce métier ; son frère évoluait quant à lui dans l'ambiance froide des laboratoires de produits chimiques. Sa mère aurait préféré le contraire à n'en pas douter.

Toute la difficulté de ce métier, disait son père, résidait dans la faculté de garder son sang-froid, et de savoir faire la part des choses entre le boulot et la vie privée. Seulement, quand on se retrouve face à la misère morale et à l'atrocité, comment tout oublier une fois rentré chez soi, et faire comme si on n'avait pas passé sa journée à identifier des corps ensanglantés, meurtris, parfois mutilés, ou à interroger des enfants abusés ?

L'empathie est inévitable mais toxique. En criminologie, on apprend à réagir comme un tueur, à tenter de comprendre les éléments qui l'ont amené à passer à l'acte, et surtout on essaie d'appréhender la prochaine étape. La plupart des gens pensent que les criminels naissent criminels, que c'est inscrit dans leurs gènes, frappés du sceau de l'infamie déjà dans le ventre de leur mère. C'est bien plus complexe que cela... Sara avait eu la chance d'entrer, en début de carrière, à la brigade de protection des mineurs, et de faire ses preuves dans une de ses spécialités : la cybercriminalité. C'est sans doute grâce à cela qu'elle avait intégré une unité spécialement créée pour tenter de venir à bout d'un assassin de jeunes filles qui sévissait sur Paris depuis novembre dernier. Les ordres étaient venus de très haut. Sara avait été débauchée et briefée pour ce nouveau job qui exigerait, lui avait-on dit, l'excellence. Elle y avait retrouvé un ancien équipier, Stanislas Varda, compétent, toujours sur le fil du rasoir, capable de fulgurances jugées plutôt extravagantes. Leur approche personnelle d'une enquête s'apparentait à une sorte de résonance, de compatibilité, qui était aussi inattendue que bénéfique.

Le son criard d'une pub provenant de sa chambre la sortit de ses réflexions. Son radio-réveil s'était déclenché.

Elle l'avait devancé grâce – ou plutôt à cause – de l'appel matinal de sa mère, qui lui avait volé, soit dit en passant, ses précieuses dernières minutes de sommeil. Elle se précipita afin de réduire au silence les conseils d'une fille à la voix stridente pour une meilleure hydratation de la peau et trébucha sur son chat. Elle se rattrapa avec grâce en évitant le coin de la table de nuit, et appuya enfin sur le bouton off, coupant net, à son grand soulagement, le flot sonore indigeste.

« Tyra ! Toujours au milieu, mon chat ! » Celui-ci s'était précipité sous son lit, effrayé comme toujours par le moindre changement d'attitude de sa maîtresse. Sara sourit. Une ancienne copine de la fac lui avait confié son animal, pour cause de départ en Australie ; cela faisait déjà deux ans. Sa mère avait trouvé un nouveau prétexte pour la juger, et surtout, un nouveau surnom : *La fille à chat*, pour ne pas dire *La vieille fille à chat*. Sara aurait toujours tout faux, quoi qu'elle fasse. Dans le collimateur maternel, la cible de référence de sa génitrice. C'était comme ça.

Elle s'installa à la table de sa petite cuisine, en ayant pris soin de déplacer sa chaise pour profiter d'un rayon de soleil bienvenu qui traversait la pièce. Elle planta ses dents dans une tartine beurrée à la va-vite et en couche épaisse et huma le fumet de son thé, au nom prometteur : Petit bonheur du matin.

Quelques instants plus tard, tandis qu'elle refermait la porte de son appartement, un SMS assez sec, signé de sa mère, lui signifiait de ne pas oublier le dîner de ce vendredi soir en l'honneur de l'anniversaire de son père, toute la famille serait là. Elle répondit laconiquement qu'elle pouvait compter sur elle et pressa négligemment la touche *envoyer*, comme pour effacer l'autorité maternelle.

*

En cette fin de matinée, dans la salle d'interrogatoire, la lassitude se lisait sur les visages des policiers. Le suspect, arrêté la veille, avait pourtant le profil idéal du tueur de jeunes adolescentes qu'ils recherchaient, mais les questions lui glissaient sur la peau sans entamer sa résistance.

« C'est mort, on n'en tirera rien ! » dit le capitaine Sara Lopez en aparté à son coéquipier. Machinalement, elle ficha le crayon à papier qu'elle tenait à la main dans ses cheveux châtains, et, d'un geste rapide, les entortilla autour en un chignon improbable, mais qui lui allait bien. Cela n'était pas réglementaire – car dans une brigade, tout reste cadré et formaté –, mais Sara évoluait comme un électron libre au sein de la police, et rien ni personne ne pouvait changer ça. C'était un bon élément avant tout. Ses tenues ou ses coiffures, parfois peu orthodoxes, n'entamaient pas son talent. Elle savait en imposer du haut de son mètre soixante.

— T'es un coriace, toi, lui dit Sara. Ta garde à vue n'est pas finie, mon gars, on te laisse souffler un peu parce qu'on est bien élevés, et on te revoit tout à l'heure pour l'acte deux !

Elle sortit de la pièce, excédée :

— Je suis dans mon bureau ! dit-elle à ses deux collègues postés devant la porte.

Elle baissa la tête. Elle se sentait vidée comme un acteur sortant de scène. Un interrogatoire était un vrai rôle de composition. Dans le couloir, elle retira le crayon de ses cheveux et les ébouriffa. Elle entra dans son bureau, ferma la porte et s'effondra sur sa chaise. Elle fixa un long moment le désordre autour d'elle : des piles de dossiers s'amoncelaient par terre contre le canapé, qui croulait lui-même sous la paperasse. Le front entre les mains, elle tenta de rassembler ses idées. Faire tomber les masques. Accoucher le mensonge. Une césarienne pour la vérité. Sa journée type. Du bruit et de la fureur. Son choix, sa vocation.

Le dégoût que lui inspirait le tueur lui donnait des nausées, surtout quand elle repensait à la vision des corps retrouvés, six en tout, six malheureuses qui n'avaient rien demandé. Des familles marquées à vie…

Tout avait commencé le 17 novembre. Des Roms, qui squattaient les abords du périphérique à hauteur de la Porte de Bagnolet, avaient fait la découverte d'un corps emballé dans un immense sac-poubelle noir : Anna Santos, quinze ans. Le 30 novembre, on trouvait deux corps : Milane Dalvaux et Ingrid Vaalsberg, seize ans. Puis le 13 décembre, Porte de la Chapelle : Marine Leroy, quinze ans. Charlotte Altègue, le 2 janvier, quinze ans. Le dernier en date du 15 février : Eva Fabriguez, quatorze ans. Une série de viols doublés d'homicides. Des jeunes filles mineures. Toutes signalées disparues vingt-quatre heures au moins avant leur découverte. Rapide et méthodique, le tueur agissait avec une froideur mécanique.

Le choc pour les parents avait été sans mesure, le début de l'enfer. Une fugue ou un enlèvement creusent le sillon de l'espoir, la mort enterre l'attente.

La police avait interrogé un certain nombre de pédophiles présumés ou avérés. On avait convoqué les amis, la famille, les parents, les voisins, les professeurs. Enquêtes de voisinage, exploitation des données téléphoniques, des vidéos de surveillance, vérification des alibis, rien n'avait été négligé.

Mais après des mois de recherche, l'enquête s'enlisait. L'unité spéciale dans laquelle Sara évoluait depuis janvier se démenait jour et nuit pour tenter d'avancer du mieux qu'elle pouvait. Le moral de l'équipe n'était pas au beau fixe. Jean Bosco, Stanislas Varda, Mohamed Bacry dit « Mo », Cédric Nivol, Jeanne Laval, Souany Kimbali et les autres voyaient arriver le printemps sans joie.

Fin décembre, le préfet de Paris, Jérôme Verdière, avait envoyé à chacun d'entre eux une convocation pour un entretien particulier. Le ministère ne le lâchait pas depuis le début des événements. Une brigade criminelle dépassée. Une enquête au point mort. Une affaire inhabituelle qui commençait à irriter les élus. Les hautes sphères s'impatientaient et le préfet subissait une pression constante, au-delà du supportable…

Il devait agir en conséquence, montrer qu'il s'impliquait, qu'il avait de la ressource. Alors, l'idée avait germé dans son cerveau âpre au pouvoir : créer un dispositif spécial et indépendant, au sein même du commissariat du vingtième, afin de donner le change, et avec l'intention bien arrêtée de sauver ses fesses. La mise en place de cette entité – composée de jeunes officiers comme d'éléments plus aguerris, tous recrutés pour leurs résultats et leur forte personnalité – avait demandé près d'un mois. Il lui fallait des diplômés, des cracks en cybercriminalité et des experts de terrain. Comme tous les hommes d'influence, il savait flatter ses congénères et les entretiens n'avaient eu pour seul but que de mettre en avant les qualités de chacun, afin de s'assurer de leur engagement le plus total. Il choisit le commandant Jean Bosco, policier d'expérience dont il n'aimait pas beaucoup les manières trop directes, mais susceptible de mener ce petit monde vers une arrestation rapide et propre.

À lui les honneurs si l'équipe remplissait sa mission. En cas d'échec, il saurait bien tout leur mettre sur le dos. Une bonne chose de faite. Verdière allait pouvoir dormir à nouveau du sommeil du juste, du moins l'espérait-il.

Tueur en série, le mot avait été lancé ; terrible constat que les homicides étaient reliés. Le mode opératoire jusque-là semblait le même. Le lieu du dépôt des corps aussi, toujours les abords du périphérique. Une signature s'annonçait. On pouvait toutefois se faire berner par une approche trop hâtive du crime. Cela n'avait pas empêché la brigade d'avoir déjà affublé le tueur d'un surnom, *l'Égorgeur des réseaux*, mais jamais devant le commandant qui ne voyait pas d'un bon œil ce genre de raccourci qu'il trouvait de très mauvais goût. C'était somme toute humain de réagir ainsi, cela rendait l'horreur presque acceptable et permettait aux membres de l'équipe d'observer un certain détachement, comme un recul face à une fiction.

Un coup sec à sa porte sortit Sara de sa réflexion. Le capitaine Stanislas Varda marqua un temps, puis entra. Il la regarda avec un sourire en coin gentiment réprobateur, tout en repoussant une pile de dossiers pour se faire une petite place sur le canapé encombré. Chemise blanche Diesel chiffonnée, tachée de café, souvenir de l'interrogatoire musclé de la nuit. Jean à la coupe parfaite. Une affiche publicitaire dans son bureau.

— Alors, comment tu le sens ce Rafael Esteban ? demanda-t-il tandis qu'elle sentait son eau de toilette flotter dans la pièce.

Sara jouait d'une manière mécanique avec la poire de sa lampe de bureau. Allumé, éteint, allumé, éteint... L'abat-jour diffusait une lumière douce qui tranchait avec les néons du couloir. Elle haussa les sourcils.

— Je ne sais plus quoi penser, répondit-elle en enroulant une mèche de cheveux entre ses doigts. Il a l'air si calme. Pourtant, il sort de ses gonds dès qu'on lui parle de ces pauvres filles assassinées…

— Il nous reste quelques heures pour le faire parler. Il se mettra à table si on continue à le pousser dans ses retranchements. J'ai l'adresse d'une de ses ex… on va lui faire une petite visite… je crois qu'elle a des choses à nous dire. Au téléphone, j'ai eu l'impression qu'elle avait une grosse envie de cracher le morceau… il a dû lui en faire baver et si elle a envie de se venger, elle va se lâcher. Ça peut être intéressant !

— Quand je pense que le mec est psychologue scolaire ! s'indigna Sara. C'est vrai qu'on s'attend à plus d'humanité venant de quelqu'un qui pratique ce genre de profession… Bon, résumons-nous : qu'est-ce qu'on sait de lui ? Psychologue scolaire dans le privé, viré pour gestes déplacés sur une élève, mais la fille était perturbée psychologiquement, donc c'était sa parole contre la sienne. S'en tire avec un blâme, une mise à pied d'un an. Et pour finir les parents ont retiré leur plainte in extremis… mais il est quand même fiché.

— Ben oui ! Je te rappelle que c'est pour ça qu'il est dans nos murs, dit Stanislas avec un brin d'ironie, fiché pour avoir été viré d'un établissement scolaire, motif : attouchements sur mineure sans passage à l'acte.

— Ça va, ne te fous pas de moi ! Je résume c'est tout. Il n'est pas le seul pédophile à avoir sévi ces dernières années sur Paris et sa banlieue !

— Tu m'étonnes… on cherche un pédophile ou un pervers pas identifié. Un PPI, quoi ! dit-il, satisfait de sa blague, ah oui un PPI… ça sonne bien, non ? Mais autant chercher un cure-dent dans une poubelle !

— Premièrement, on dit : une aiguille dans une botte de foin, c'est mieux ! dit Sara agacée. Et deuxièmement, d'où te vient cette manie de trouver des sigles pour tout ? C'est énervant ! Stan… tu me saoules… moi aussi je peux m'y mettre. STMS, tu comprends ?

— Quoi ? STMS ? interrogea Stan en détachant bien les quatre lettres.

— STMS, répéta-t-elle. Tu vois comme c'est crispant ! Je te traduis, écoute bien, ça signifie : « Stan tu me saoules » ! Ton cerveau est ramollo, mon cher collègue, ou alors tu ne comprends que tes plaisanteries ?

Stanislas éclata d'un rire tonitruant. Ce rire de gorge, digne d'un ténor, faisait tordre toute l'unité, et Sara s'avouait volontiers qu'elle trouvait cela très séduisant. Elle lança :

— Sinon, tu comptes te changer ou tu vas rester crotté comme ça ?

— T'inquiète ! J'ai une autre chemise dans mon casier… pas super repassée mais au moins elle est propre !

— Va l'enfiler ! Parce que, là, tu n'es pas crédible du tout !

Il se pencha par-dessus le bureau, fit mine de la gifler, mais son geste se termina en caresse. Une fois encore, il essayait de se rapprocher de Sara. Elle ne put s'empêcher d'esquiver.

— Stan, fais gaffe, on pourrait nous voir.

— Et pourquoi pas ? Tu sais, les autres s'en doutent un peu, tu ne crois pas ?

Elle eut une moue dubitative pour toute réponse et se plongea dans le dossier ouvert devant elle. Une façon de lui signifier que la conversation était close. Il reçut le message. Un peu vexé, il sortit sans prendre la peine de refermer la porte pour afficher sa désapprobation.

Le visage de Sara s'assombrit…

« Oui, je sais qu'on nous observe », pensa-t-elle, mais n'y avait-il pas moyen de faire autrement ? Sex friend, ce n'était pas si mal. Pas d'engagement, une solitude toute relative, un bon compromis. Elle n'était pas prête à voir deux brosses à dents sur son lavabo tous les matins.

Travailler ensemble, ça crée des liens. Encore une idée du commandant dans leur ancienne unité, Sara et Stan dans le rôle d'un couple de camés. C'était il y a quelques mois. Planquer, infiltrer une bande de cyber-dealers avec un peu trop de zèle, voilà toute l'histoire : on s'embrasse pour être crédible, et on y prend goût. Et un soir ça dérape, on a beau marcher sur la pointe des pieds pour ne pas éveiller l'attirance et les sentiments, ils vous rattrapent toujours. Depuis, ils s'étaient revus quelques fois. Rien de sérieux.

Pourtant Stan avait du charme. Il était attachant, attirant. Le visage mince. Des cheveux bouclés aussi noirs que ses yeux. Une allure empreinte d'une nonchalance assumée. Un goût prononcé pour le sourire à tout prix. Ses origines slaves tatouées sur des pommettes saillantes. C'est ce genre de physique qu'elle avait imaginé pour l'un des frères Karamazov, elle n'aurait su dire lequel, c'était loin Dostoïevski. Peut-être l'air un peu trop sûr de lui ? Des mains savantes sur son corps, le plaisir à portée de peau, fort, intense, une raison pour plonger ?

Céder, revivre cette émotion, bouleverser tous ses acquis, ça, elle l'avait déjà vécu. L'envie, la soif inextinguible du corps de l'autre qu'on a besoin de toucher, de boire, de caresser, de ne plus quitter. Avec Stan, elle se devait de prendre son temps, elle sentait bien que leur relation n'était pas anodine.

Comme si elle était née pour ça, elle était l'élue parfaite pour l'amour épuisant. Pas le banal, le quotidien, le tendre. Non, celui qui dévaste tout, qui met les cerveaux en friche et laisse les corps endoloris et épuisés. Elle avait mis trop de temps à se remettre de son histoire avec Adrien. Puis, il y avait eu Nicolas, l'homme sans fantaisie, plat comme une limande au fond d'une poêle, ni trop sucré, ni trop salé. Il avait failli à son rôle de sas de décompression. Depuis, elle n'avait pas quitté le pédiluve. Nager à nouveau dans le grand bain : un jour peut-être.

Désormais, elle restait sur ses gardes, elle se protégeait. Même de Stan... Et puis, ils travaillaient ensemble : quel avenir pour sa carrière ? Une promotion en vue et on choisirait Stanislas Varda, jamais sa compagne et encore moins sa femme, ça, elle en était sûre. Non, elle avait trop donné pour son métier, et elle l'aimait, ce job.

La porte du bureau de Sara était restée entrouverte. Stanislas passa le haut du corps. Un tee-shirt noir faisait ressortir son teint mat, il souriait.

— You come with me, darling, on va chez la petite amie d'Esteban, rue du Ruisseau, dans le dix-huitième. Allez, allez, en route !

Sara prit son blouson derrière sa chaise, l'enfila et le suivit.

— Tu avais parlé d'une chemise, non ? fit-elle pendant qu'ils couraient vers la voiture.

— Ce sera moins formel pour interroger la copine de notre gars. Une étudiante est sensible aux détails vestimentaires...

— Et toi tu es sensible aux étudiantes...

— Tu fais ta moue de jalouse, là, non ?

— Dans tes rêves, mon cher, je me gausse de toi, c'est tout.

— Avec un vocabulaire châtié, j'apprécie.

*

Le studio dans lequel habitait l'ex-amie du suspect était modeste, mais propre. Sara entra et lança discrètement un regard circulaire qui lui permit d'emblée de tirer quelques conclusions sur la personnalité de la fille. Meubles Ikea fonctionnels. Quelques livres : *Les fourmis* de Bernard Werber, le Goncourt d'il y a quatre ans et deux ou trois Poches sur une étagère en laqué noir. Des magazines people, une pile de *Elle* à même la moquette. « Le décor parfait pour une chanson de Vincent Delerm », se dit Sara.

La fille avait un corps de gamine. Elle portait un de ces tee-shirts au motif régressif à l'effigie d'un super-héros, un jean et des Jimmy Choo avec un talon de quinze centimètres. Elle lissait ses longs cheveux aux reflets auburn à chaque réponse comme un tic et allumait cigarettes sur cigarettes.

Elle leur confirma qu'elle était bien étudiante en psychologie. Sara avait du mal à le croire. Réflexion gratuite de sa part, elle brûlait d'envie de lui demander de lui faire le différentiel entre Lacan et Freud. On pouvait donner l'image d'une fashionista et avoir la tête bien remplie, certes, mais l'intuition poussait Sara à douter de tout. Pour avoir fait le même cursus il y a quelques années, elle sentait l'arnaque. Pas un seul ouvrage de psychologie sur le bureau. Elle pouvait toujours travailler en bibliothèque, admit Sara sans conviction. Mais pourquoi diable cette fille mentait-elle sur sa propre histoire ? Stan avait l'air crédule, pourtant. Il demanda :

— Vous l'avez rencontré où et quand ce Rafael Esteban ?

— Il m'a envoyé une invitation sur Facebook, il y a six mois environ. J'ai accepté comme on le fait tous sans réfléchir, faut pas se leurrer, le but est quand même d'exploser le compteur « amis », on en est tous là... même si on fait les blasés... Il était mignon sur les photos et m'a paru cool, en plus on a les mêmes délires, les soirées et tout ça. Et je suis en psycho, quoi ! Je me suis dit qu'un psy déjà en place pourrait me tuyauter mieux que personne. Bon, c'est sûr que quand il s'est pointé au rencard, il avait un peu plus que l'âge annoncé, mais moi ça ne m'a pas gênée... Tout le monde ment, de toute façon... et puis on s'est marrés très vite sur le sujet. Il m'a demandé si parmi mes potes personne n'avait jamais bidouillé une photo, genre Photoshop ou quoi, évidemment il avait raison... donc on est très vite passé à autre chose... un bar et quelques bières plus tard, on était au lit. Puis on s'est vus souvent, jusqu'à ce que je me rende compte qu'il jouait sur plusieurs tableaux. Des copines à moi, en plus. Je lui ai dit que j'avais repéré son manège et on s'est pris la tête. Il m'a giflée, et je l'ai foutu dehors.

La fille se mit à sangloter.

— Mais d'après vous sa violence aurait-elle pu dégénérer ?

— Ben, je sais pas trop... pourtant j'ai déjà eu des petits amis violents. Rafael, quand il m'a giflée, il avait une lueur étrange dans les yeux, comme s'il s'éclatait, comme s'il prenait son pied, le même regard qu'il avait quand on faisait l'amour, ça m'a fait hyper peur...

— Et les autres filles, vous sauriez nous donner leurs noms ? demanda Stan.

Elle ouvrit son MacBook, cliqua sur l'icône *amis Facebook*, et sur son profil à lui, leur montra les filles. Sara nota leurs noms. Puis Stan se leva, remercia et ils se dirigèrent vers la porte. Stan avait déjà le doigt sur le bouton d'appel de l'ascenseur, quand Sara se retourna et demanda :

— Excusez ma question indiscrète, mais vous êtes vraiment en psycho ?

La fille sourit et dit :

— Plus ou moins, j'ai fait un trimestre. J'y croyais ! Et puis j'ai eu une opportunité de faire un disque, alors mes parents me croient en fac, mais je traîne plutôt dans les studios, pourquoi, comment vous savez ?

— Oh, comme ça, une intuition. C'est mon job, vous savez…

Dans l'ascenseur, Stanislas taquina Sara sur son aptitude à soulever tous les lièvres, même les plus insignifiants. Elle allait toujours au bout de ses idées, et si avoir des réponses sur un élément dérisoire ne lui apportait rien de plus quant à l'affaire proprement dite, elle gardait ce besoin maladif de fouiller chaque détail, la moindre suspicion devait être comblée, c'était comme ça. Stan le savait, mais pour lui tout était prétexte à marivaudage. Devant sa mauvaise humeur, il reprit son sérieux en tentant de faire un point sur l'interrogatoire de la fille.

— Tu penses qu'Esteban, c'est notre homme, toi ?

— Possible. Il traîne sur les réseaux sociaux, il a arrangé sa photo… Cela dit, tout le monde le fait, elle a raison cette fille… Il peut aussi péter des plombs, comme ça, dès qu'il se sent en danger. Il a montré, pendant l'interrogatoire, son exigence de domination qui n'admet aucune contradiction. Sara avait l'air de réciter. Il voyait sa nuque se refléter dans le miroir de la cabine, ce cou gracile, élégant. Une attirance fluide dans son cœur. Il sourit :

— Mais celle-ci est en vie, non ?

— En effet, mais il se cherchait peut-être il y a six mois et n'avait pas encore compris que c'était ce rituel sexuel qui nourrissait son trouble. Maintenant, il sait. Alors il peut s'épanouir dans le crime, c'est comme ça qu'il fonctionne.

Ils se regardèrent en silence, chacun se repassant les événements avec plus ou moins de clarté. Ils arrivaient au rez-de-chaussée.

— OK, mais il n'y a aucune trace de nos victimes sur son profil, dit Stan en sortant de l'immeuble.

— Il peut très bien en avoir plusieurs.

— Évidemment. Mais celle-ci est plus âgée, c'est une vieille par rapport aux autres, elle a vingt et un ans.

— Tu as raison, mais cette fille l'a fréquenté avant Anna Santos, avant son passage à l'acte en série. Deux hypothèses : soit il n'avait pas encore basculé, soit il sépare sa vie en deux.

— Genre ?

— Ben genre, il se comporte comme un acteur, vie privée, vie publique, dans sa propre vie, il est violent, sans plus, et sur scène, il tue, il va jusqu'au bout de ses pulsions.

— Carrément ! Ça se tient.

— Allons-y !

Elle partit devant, impatiente de donner une suite à ses soupçons.

— Dépêche, ajouta-t-elle, on nous attend pour le deuxième round avec notre ami psy. Mais avant on passe chez Mister Cook, je tiens plus, là, j'ai trop faim…

*

La salle d'interrogatoire était calme. Une table au centre de la pièce, dont les pieds étaient rivés au sol par des écrous, ne laissait aucun doute sur la nature du lieu. Sara et Stanislas entrèrent et s'installèrent en face du suspect.

Rafael Esteban était un homme d'environ trente-cinq ans, paraissant dix de moins, au regard inquiétant. Barbe de trois jours, yeux bleus, jean taille basse, tee-shirt blanc Armani, des Nike aux pieds. La police avait recherché dans le fichier national tous les pédophiles récemment entendus, et il avait le profil. On vérifiait les alibis. Il était en garde à vue depuis hier soir, vingt heures. Chacun des membres de l'unité avait tenté sa chance et déployé une grande énergie à l'interroger, sans résultat.

Le commandant avait décidé de ne rien lâcher, de déballer toute la panoplie des approches possibles pour en tirer quelque chose. Il avait une manière de s'exprimer qui aurait rendu nerveux même les plus aguerris, un style très didactique et professoral alimenté par un bon vocabulaire. Il était loin des petits hackers, ces jeunes cybercriminels que Stan et Sara avaient côtoyés dans leur précédente unité, qui, bien qu'étant des cadors en informatique, ne maniaient pas aisément la syntaxe.

Déjà dix-huit heures qu'il était harcelé de questions, mais jusque-là, personne n'avait réussi à le faire basculer dans la confession. L'air sûr de lui, arrogant, il avança que l'équipe faisait une grossière erreur, qu'il était bien incapable de telles abominations et qui plus est sur des jeunes filles… lui qui les aimait tant…

À ces mots, Stan déglutit, prit une grande inspiration, tira sur son tee-shirt pour le remettre en place, but une gorgée d'eau, et planta ses yeux dans ceux de l'homme.

— Monsieur Esteban ou… Rafael, puis-je vous appeler Rafael, c'est plus intime, non ? Donc, d'après l'enquête, vous racolez sur Facebook, mais comment faisiez-vous avant ? Quand les réseaux sociaux n'avaient pas envahi le quotidien. Hein ?

L'homme se mura dans le silence.

— Moi je sais, Rafael… c'était ceinture, rien, nada, que dalle… le p'tit oiseau dans la cage…

— Votre familiarité ne me fera pas avouer ce que je n'ai pas fait ! rétorqua-t-il sèchement.

— Le souci, c'est qu'on a épluché votre compte « amis », et curieusement les trois-quarts sont des élèves du collège. Ça vous paraît normal à vous ?

— Ben oui, ce n'est pas de ma faute si je n'apprécie pas les filles de mon âge. Ça ne fait pas de moi un assassin !

— Non, juste un pervers…

Stan continua dans cette veine, et tout en gardant son calme, il lui assénait des détails scabreux sur les jeunes victimes et des sous-entendus sur sa culpabilité. Puis il lança un regard appuyé à Sara pour qu'elle enchaîne. Déstabiliser pour mieux manipuler, ils appliquaient tous deux à la lettre le fruit de leur jeune expérience.

Sara se posta derrière l'homme, se pencha et chuchota à son oreille avec le plus parfait naturel.

— Moi aussi j'aime bien les filles, surtout celles avec des petites culottes Disney, ça m'excite !

Esteban se retourna vers elle. Ses yeux froids s'animèrent. Il serra la mâchoire, émit une sorte d'éructation, et, d'un geste vif, il se leva, empoigna sa chaise et la lança sur Sara. Elle se retrouva à terre en l'esquivant. Comme il se ruait sur elle, il fut stoppé par Stan et l'intervention immédiate des deux agents en poste dans le couloir.

Stan hurla :

— Renfort, putain !

Le suspect maîtrisé, on le menotta. Il fut emmené dans un concert de cris féroces et d'insultes sexistes à l'encontre de Sara.

Derrière son bureau, le commandant Jean Bosco affichait une mine sombre. Stan et Sara, en descente d'adrénaline, ressemblaient à deux collégiens devant leur principal, qui ne se font pas d'illusion sur les heures de colle à venir. Muets, ils attendaient leur sanction. Mais quand il parla, la voix de Bosco était calme et posée :

— Comment savoir si on tient un gros poisson ? Vous savez, vous ? Vous venez de lui servir une bonne mise en bouche. Bien tenté ! Il est à point. Seulement avec celui-là… je crois qu'il faut changer de tactique. Sara, tu l'as choqué, et ça, c'est déjà une ouverture. On sait désormais comment le déstabiliser. Alors, tu vas y retourner… seule… et tu vas le faire cracher… pense à le brancher sur vos origines espagnoles communes, par exemple. Joue sur la corde sensible de la famille, enfin tu vois ?

Bosco sentait bien qu'il risquait encore de leur échapper, celui-ci. Il fallait tout essayer. Et puis c'était bon pour la petite, un excellent exercice.

— OK, patron…

Sara prit une grande inspiration et sortit la première, suivie de Stan.

Dès que la porte fut refermée, Jean Bosco porta ses deux mains à son estomac dans une grimace de douleur. Il ouvrit un tiroir à la recherche d'un vieux paquet de cigarettes, relique du temps de sa splendeur, la grande époque, celle des voyous honnêtes ayant un sens moral et une droiture invétérée, qualités disparues aujourd'hui. Une époque où les cendriers étaient pleins dans les commissariats, une époque sans internet, sans réseaux sociaux, une époque plus humaine à son goût. On atteignait des sommets de cruauté avec ces nouvelles machines. N'importe quel type tordu pouvait séduire des jeunes mal informés et en faire ce qu'il voulait. Bosco furetait maintenant un peu partout, jusque dans ses poches, en quête d'un briquet pour allumer cette cigarette tant convoitée, dont le tabac devait manquer de saveur. Rien. Pas même une allumette.

Une nouvelle douleur le saisit. Il se recroquevilla sur le bureau. Une position qui, il le savait, atténuait souvent son mal. Nicole, sa femme, le tannait tous les jours pour qu'il accepte de consulter. Mais il avait tant à faire. Et les médecins étaient tous des charlatans. Ils profitaient de la bonne volonté des patients inquiets pour leur déballer leur science, et les renvoyer chez eux avec une tape amicale et une ordonnance copieuse et inutile. Il était têtu, mais c'est son métier qui voulait ça.

Dans le couloir, Stan ne put s'empêcher d'effleurer le bras de Sara et dit :

— On sera derrière la vitre, t'inquiète ! Au moindre geste violent de sa part, on intervient.

Sara acquiesça d'un petit hochement de tête sans le regarder. Elle n'allait pas se laisser attendrir. Elle allait affronter le fauve, celui qu'elle considérait déjà comme le coupable de tous ces meurtres. Une forte intuition… mais en même temps… une petite voix intérieure lui disait : « et si je me trompais ? »

Elle poussa la porte sans trop réfléchir, comme un bon petit soldat. Ses années de psychologie et ses nombreux stages à la criminelle lui avaient donné les armes pour ce genre de situation. Elle entra. Rafael Esteban était assis bien droit devant la table, les mains derrière le dos, menottées cette fois. La pièce était étroite et aveugle. L'espace d'une seconde, elle se sentit perdue. Comme happée par un grand vide. La lumière froide du néon donnait à l'homme un teint blafard qu'elle devait avoir aussi. « Merde ! se dit-elle, ce n'est pas le moment de penser à ces conneries ! Allez Sara, tu vas y arriver, il faut que tu y arrives… »

Elle mit en route sa respiration ventrale, celle du calme et de la concentration… Une pierre dans l'estomac lui rappela qu'elle aurait mieux fait de s'abstenir d'ingurgiter ce sandwich chez Mister Cook. Depuis qu'elle s'efforçait de manger sain, son corps lui jouait des tours, elle devait s'y faire.

Elle s'approcha de l'homme assis qui la dévisageait.

— Ça va ? Ils ont été corrects avec vous, mes collègues ? Parce qu'ils sont un peu brutaux parfois.

— C'est bon… Ah, vous me tutoyez plus ? demanda Esteban sur la défensive.

— Je vous présente toutes mes excuses pour tout à l'heure, j'ai dépassé les bornes. Je crois que je regarde trop de séries américaines, pas vous ?

— Heu… oui… moi aussi j'ai pété les plombs, désolé, mais quand je vous ai vue, vous, si menue, si jolie, dire de telles insanités, j'ai cru que le monde s'écroulait… en plus, vous avez ce visage, oui, ce visage qui me rappelle ces images pieuses… ou un Botticelli, vous voyez…

Il avait le ton mielleux typique des bonimenteurs de foires. « Encore un de ces machos dominateurs et sans finesse qui imagine le monde en deux couleurs, bleu pour les garçons et rose pour les filles », songea Sara. Et si menue était synonyme de douceur, il allait être déçu. Sans laisser paraître la moindre émotion, elle répliqua :

— Vous avez cru que le monde s'écroulait ? Que voulez-vous dire, Rafael ?

— Ben, vous voyez, j'ai cru… un instant… que vous faisiez partie de ces femmes qui se prennent pour des mecs, qui jouent les dures, qui parlent comme des charretières et qui nous volent notre âme, notre essence même de gars, ben moi je n'aime pas ça...

— Ah, je vois ! Vous savez, Rafael, je suis bien d'accord avec vous... on vit dans un drôle de monde, les garçons ne sont plus vraiment des garçons, toutes les filles veulent être des bimbos et se déshabillent sur les réseaux. Ça vous fait du mal, je le sens bien... toute cette jeunesse à la dérive, sans code et sans morale... Vous, vous êtes un grand sensible, c'est pour ça que vous avez besoin de plus d'amour que les autres, pas vrai ? Toutes ces jeunes filles...

Sara soupira.

— Non, vous n'y êtes pas du tout. Je n'ai aucun problème. Je ne suis pas un crétin, vous savez, je sais faire la part des choses.

— Oui, je n'en doute pas une seconde... et vos dérapages sur cette jeune mineure en qualité de psychologue scolaire il y a deux ans, on en parle ? Sara avait durci le ton.

— Personne n'a rien compris, c'étaient de fausses allégations, des divagations de collégienne en mal de célébrité, c'est tout...

Il marqua une pause. Avec un sourire fanfaron, il reprit :

— D'ailleurs je n'ai pas été condamné.

— Il n'y a pas de fumée sans feu, Rafael, dit Sara avec calme. Et votre amie, celle de la rue du Ruisseau, Sabine, c'est ça ? Elle en a à dire sur votre façon de voir la relation à deux, pas vrai ?

— Ex-petite amie...

— Et pour cause... les gifles, c'était pas trop son truc, non ?

— N'exagérez pas, une dispute d'amoureux, ça va pas bien loin... on ne met pas les gens en garde à vue pour ça... sinon les commissariats seraient bondés… et les flics en burn-out total.

Il sourit, fier de sa plaisanterie.

— Non, effectivement… mais avouez que ça fait beaucoup pour un seul homme. Et que pensent vos parents de votre mise à pied ? Ils sont espagnols, n'est-ce pas ?

— Ça ne vous regarde pas, dit-il plus fort.

Sara comprit qu'il fallait qu'elle soit moins directe, plus subtile.

— Vous savez, mes parents sont espagnols aussi, alors je peux vous comprendre. On a eu la même éducation, probablement. Tout les choque, non ? Quant aux faits qui vous ont été reprochés, j'imagine que ça n'a pas dû les réjouir ?

L'homme se radoucit :

— Effectivement, ils appartiennent à l'ancienne école, je dirais. Mais pour des parents, c'est quand même dur à accepter. Et même s'ils m'ont conservé leur confiance, c'est plus comme avant.

— Bien sûr, mais à moi, vous pouvez tout dire. On est de la troisième génération, nous, nés en France, intégrés totalement. Nos idées sont plus libérales. On n'a pas peur du sexe, ni de le faire, ni d'en parler, n'est-ce pas Rafael ?

À ces mots, elle ouvrit le dossier posé sur la table d'un geste brusque et les clichés des victimes se répandirent sous ses yeux.

— Anna, Milane, Ingrid, Marine, Charlotte, Eva… vous les connaissiez, pas vrai ?

Sara s'exprimait d'une façon posée avec cette voix rauque si particulière qu'elle tenait de sa grand-mère paternelle. Il la fixa, son visage exprima tour à tour de la colère, puis du dégoût. Soudain il éclata en sanglots :

— Non... non... non... oh non ! Jamais je n'aurais pu faire une chose pareille, non, non, je vous l'ai déjà dit, jamais, oh non... NON.

Esteban, la tête sur la table, frappait maintenant son front à petits coups réguliers. « Quel comédien », se dit Sara.

— Allez, insista-t-elle, un petit effort, votre terrain de chasse, c'est les réseaux sociaux, avouez-le... les adolescentes adorent s'y montrer, vous, vous n'avez plus qu'à les cueillir comme des fleurs fraîches. Toutes neuves, toutes pures. Vous adorez ça, dites-le...

— Vous êtes écœurante, pourrie jusqu'à l'os ! Traître ! Vous m'avez pris pour un con. Enlevez-moi ces horreurs... Qué vergüenza ! Hija de puta !

Il se mit à hurler et se jeta à terre, haletant, un peu de salive mousseuse sur le coin de la lèvre.

— Non ! Non ! Non !

Il se tortillait comme un ver, les poignets toujours attachés dans le dos. La porte s'ouvrit et deux agents en uniforme l'emmenèrent.

Sara se laissa tomber sur sa chaise, un peu sonnée. Stan, qui l'avait rejointe, lui posa la main sur l'épaule :

— Allez viens, on va s'en jeter un, t'as besoin d'un break là !

4

Enfin une éclaircie. L'asphalte exhale une bonne odeur de pluie, il aime ça : mois de mars, mois des farces ou mois des garces. Il sourit en chantonnant. Les gens qu'il croise lui sourient aussi, il est heureux. Que peuvent-ils contre moi ? Rien, vraiment rien !

Il entre dans une boulangerie, se met dans la file d'attente. Devant lui, une petite fille d'environ dix ans attend son tour. Le parfum de ses cheveux d'enfant si caractéristique remonte jusqu'à ses narines, provoquant une pulsion irrépressible dans tout son corps. Il se penche et la soulève de terre, la mangeant de baisers. La fillette gesticule en disant : « Pose-moi par terre ! Pose-moi par terre ! » Il lance à la cantonade : « Desolé, elle a un sacré caractère ! Celle-ci est toujours en train d'acheter des bonbons, allez viens, je te ramène ma chérie ! » Personne n'a l'air de faire attention, à part la boulangère affairée qui lui lance même un regard attendri, sans interrompre son va-et-vient régulier entre les baguettes odorantes et le comptoir.

Soudain, il fait volte-face et sort, l'enfant toujours dans ses bras... Il la serre si fort qu'il en a mal aux muscles. Il s'engouffre dans une ruelle déserte. Il s'arrête.

— Tais-toi ! Mais tais-toi donc, idiote ! Je te ramène chez toi si tu veux ! Allez, regarde, je te pose par terre... là... tu vois, je ne vais pas te faire de mal... j'ai juste voulu faire une

blague, tu me rappelles tellement ma nièce, c'est tout, allez !
Sèche tes yeux…

La gamine le regarde, le visage sali par les larmes, elle
renifle en disant :

— Mais vous êtes qui ? Mes parents vous connaissent ?

— Mais oui, on est voisins, c'est toi qui habites dans
l'immeuble tout près d'ici ? tenta-t-il de son air le plus
rassurant.

— Ah, oui, c'est bien moi… alors vous savez qui je suis ?

Elle renifle toujours. Bien sûr qu'il ne l'a jamais vue, celle-
ci, mais l'imprévu est si délicieux. Une légère entorse à sa règle
de conduite, une courte récréation, et c'est tout. Elle est
quand même trop petite, il les aime un peu formées
d'habitude. « On n'est pas des bestiaux », se dit-il.

— Viens ! C'est vendredi, c'est la fête, le début du week-
end, tes parents doivent passer à la maison boire l'apéritif et
ils ont dit que c'était mieux si je venais te chercher parce que
tu ne sais pas où j'habite.

— Ah… mais je n'ai pas acheté la baguette pour maman…

— T'inquiète mon p'tit chat, y'en a des tas de baguettes
chez moi…

*

La route se dégageait enfin. Au milieu des embouteillages
parisiens, pourquoi lutter ? Les bas-côtés recommencèrent à
défiler à la vitesse normale. Sara s'engouffra comme les autres
dans la voix unique délimitée par des balises orangées. Dans
le demi-jour, les gyrophares des ambulances agressaient ses
yeux fatigués. Les conducteurs ralentissaient tous devant
l'accrochage pour regarder. « Normal, tout le monde fait ça »,
se dit-elle. Elle se souvint de son père qui mettait un point

d'honneur à ne jamais jeter un regard sur un accident, quand il se trouvait obligé d'en croiser un. Quand elle était enfant et qu'ils descendaient en Espagne, il allait même jusqu'à sortir de l'autoroute malgré la désapprobation de Teresa, sa femme, juste pour apprendre à ses gosses que le malheur des autres n'est pas un spectacle.

Sara monta le volume de l'autoradio. Son truc pour s'évader était sa musique : Mozart, Gwen Stéphanie ou Lana Del Rey. Elle l'écoutait dans sa Peugeot 206 CC, qui n'était pas de la première jeunesse, mais qu'elle aimait comme on apprécie une amie discrète et fidèle. Sa deuxième maison. On y trouvait un peu de tout en désordre : une couverture, une bouteille d'eau minérale, un liquide aseptisant, un diffuseur d'huiles essentielles, des CD, un paquet de Haribo dans la boîte à gants.

Vendredi soir, vendredi noir... Elle se serait bien passée de cette visite chez ses parents, mais l'anniversaire de son père était une tradition dans la famille Lopez. Elle repensait à Rafael Esteban, à ces deux derniers jours pendant lesquels l'équipe avait déployé une grande énergie, sans résultat. Sans preuve, pas d'arrestation : *Pas de bras, pas de chocolat*, comme disait Omar Sy, dans quel film déjà ? se demanda-t-elle.

À chaque fois qu'elle arrivait aux alentours de sa ville de banlieue, les souvenirs d'Adrien jouaient à saute-mouton et lui brouillaient les neurones. Comment chasser son image ? Tout ici lui rappelait son premier amour ; les rues, les enseignes, les boutiques, les bars, les terrasses de restaurants, les vieux tags. Elle l'avait tant aimé... Elle l'avait tant rêvé...

Elle aurait fait n'importe quoi pour lui. Mais cet amour était à sens unique. Voie sans issue. Impasse. Cul-de-sac. Elle adorait, il repoussait, elle méprisait, il revenait. Tous ses mots lui coulaient dans les veines, la nourrissaient. Une relation toxique.

Subir voulait-il dire aimer ? Lui et elle, leurs nuits à se raconter leurs plaies secrètes, à donner un sens nouveau aux paroles extrêmes, comme si rien n'avait existé avant ça. Et puis les petits matins, ceux où il était amnésique et avare de paroles. Comme un signe avant-coureur, elle savait qu'il ne donnerait aucune nouvelle avant longtemps. Adrien le mystérieux, Adrien le fantôme.

Terrible détresse que d'être repoussée par lui, en se demandant pourquoi à chaque minute. Ses « je t'aime » lui procuraient un bonheur vif... Et puis sa phrase, la phrase :

« Sara, tu es trop bien pour moi, ton avenir est tout tracé, tu vas faire de grandes études, tu feras briller ta vie, alors que moi, je finirai en banlieue comme j'ai commencé, notre histoire n'a aucune chance, je le sais et tu le sais... »

Elle détestait quand il parlait comme ça, elle n'y comprenait plus rien. Elle se comportait comme un chien à qui on envoie un bâton, et qui le ramène à chaque fois, content et fidèle. Elle était le Sisyphe de Camus, qui est heureux de faire et refaire encore, bien conscient de l'absurdité de sa démarche inexorable.

En réalité, elle trouvait son bonheur comme ça : aimer sans retour. Le drame de sa vie. Dès qu'un garçon tombait à ses pieds, elle l'encourageait, puis, s'il s'obstinait, elle le trouvait fade et sans intérêt. Était-ce de l'orgueil ? Ou le besoin irrépressible d'être aimée par tous, à n'importe quel prix ?

Sara n'oublierait jamais Adrien. Les sables mouvants des sentiments, les larmes, mais aussi les espoirs, avaient contribué à façonner la fille qu'elle était aujourd'hui.

En amour, il y en a toujours un qui souffre, et l'autre qui s'ennuie, une vision balzacienne qu'elle s'appropriait volontiers.

Lui, il n'avait rien fait pour l'empêcher de tomber amoureuse, au contraire. Il l'avait aimée à sa manière. Il l'avait attirée, séduite, et rendue malléable. Aimantée à son corps, à ses mains, à ses lèvres, à sa voix si grave et si troublante, elle s'était sentie exister pour la première fois dans ses bras. Elle passa devant Les Flanades. Que de choses vécues dans cette galerie marchande. Mais la faune de sa cité avait bien changé. À son époque, les dealers étaient plus discrets, et la vie semblait plus douce, du moins dans ses souvenirs d'adolescente. Aujourd'hui, les kebabs avaient remplacé les petits bars où le son des flippers assourdissait l'atmosphère enfumée. Un Carrefour Market trônait à la place de l'épicerie de monsieur Habib, chez qui tous les voisins avaient une ardoise. Quant aux bacs à sable, on y voyait désormais rarement des enfants, mais plutôt des ados à l'ennui tenace.

5

20 Mars

Je ne suis coupable de rien. Il me semble avoir été clair.

Non, je n'ai rien d'un monstre. Je suis juste lucide.

À vous qui me lisez, je tiens avant tout à vous rappeler que ce journal n'est pas une confession, pas plus qu'une tentative de justification de mes actes que d'aucuns considéreront, j'en suis sûr, comme étant d'une rare barbarie et l'œuvre d'un malade mental.

Vous prenez tellement de raccourcis pour vous faire une opinion sur les gens et sur tout en général !

Mais vous, petits moutons que vous êtes, vous comprenez quelque chose ?

Rien... Vous ne savez que bêler ce que vous avez entendu bêler. Vous bêlez le J.T. de vingt heures, vous bêlez les ragots de bureau, et vous re-bêlez tout ça sur les réseaux. Vous versez votre larme devant un village entier qui se fait massacrer en Afrique par des fanatiques, puis vous enchaînez avec la même émotion sur la vidéo d'un chaton qui cherche à entrer dans une boîte en carton trop petite pour lui.

Et c'est moi qui suis fou ? Désolé de ne pas être d'accord. Le monde est sale. Souillé... Inconscient d'être atteint par cette boue de décadence. En revanche, moi, je le reconnais et j'agis en conséquence. Il m'arrive de faire acte de contrition, et plus ça fait mal, plus ça vous remet les idées en place.

Il faut savoir accepter son châtiment, aussi dur soit-il, quand il est mérité, voilà tout. Je ne remercierai jamais assez l'homme qui m'a élevé, en fin de compte, qui pourtant devait être le pire salaud que la terre ait porté, de m'avoir fait comprendre, bien que ça ne fût sûrement pas son intention, la nécessité et les vertus purificatrices d'une bonne punition corporelle.

C'était en 1989. Je m'en souviens comme si c'était hier, et je sens encore le fumet du gigot à l'ail qui se répandait dans toute la maison jusqu'au sous-sol...

6

Dans les rayons de la supérette ce vendredi soir, le capitaine Stanislas Varda remplissait son panier avec méthode. Après une longue journée de travail, il appréciait ce moment de détente que lui procuraient les courses pour son dîner. D'autres auraient grogné à l'idée de cette perte de temps ; lui prenait cela comme un passage salutaire, une immersion dans le quotidien ordinaire. Comme un instant neutre qui lui permettait de relativiser les mauvaises nouvelles de la journée, de se projeter dans le havre de paix qui l'attendait : son appartement. Son petit home, sweet home.

Un parfait homme d'intérieur. Chez Stan, on pourrait manger par terre tellement c'est clean ! Un constat unanime de la part de son entourage. Cela ne le gênait pas. Il n'y pouvait rien. Comme un TOC, chaque soir en rentrant du poste, même tard, il faisait un petit quart d'heure de rangement... Trois fois rien, mais il ne s'endormait jamais avec du désordre. Les gens pensaient que sa mère avait dû être une perle rare, une femme qui tient sa maison à la perfection, et qu'il reproduisait forcément le même schéma. Mais ils se trompaient.

Plutôt du genre bohème, Olga Varda ne s'embarrassait pas de toutes ces fadaises que sa propre mère avait essayé de lui inculquer. Elle avait tout balayé, mais au figuré. Il ne se souvenait pas de l'avoir jamais vue un balai à la main. Quant à l'aspirateur, il ne troublait guère le silence de leur intérieur. Concernant la cuisine, c'était RAS et calme plat. Olga l'avait élevé et aimé d'une manière bien à elle. Non pas avec des gâteaux, des gratins, tout ce que les enfants adorent. Non, Olga chantait, Olga jouait de la guitare, Olga dansait et se confectionnait des grands pulls en point mousse, qu'elle portait sur des grandes jupes bariolées. Olga la généreuse en affublait toute la famille. Ainsi, Stanislas avait trimballé ses pulls maison jusqu'au lycée, ce qui lui avait valu quelques railleries de la part de ses camarades. Chez les Varda, les repas étaient faits de bric et de broc : du pain de mie, des pâtés, des fromages à tartiner, des chips, des crudités, des confitures, et beaucoup de Nutella. Jamais d'odeur de cuisine, mais des effluves d'encens et de patchouli qui alourdissaient l'atmosphère.

Lui, il rêvait d'aller finir sa scolarité dans un internat, loin des vapeurs de bougies parfumées et d'huiles essentielles. Mais ses parents ne cédèrent jamais, son père lui expliqua que la chaleur d'un foyer était indispensable à son équilibre.

Il se forgea donc par la force des choses son propre univers. Il serait flic. C'est ça qu'il voulait ; sauver le monde, aider les gens, les protéger, se sentir utile. Avoir une vie qui ait du sens. Enterrer certaines zones d'ombre…

La caissière lui sourit en lui rendant sa monnaie. Tandis qu'il rangeait ses emplettes avec soin, elle tenta d'engager la conversation sur la météo. Le téléphone de Stan sonna au même moment. C'était Bosco. Une fillette venait d'être portée disparue. « Et merde », dit-il en raccrochant. L'employée, qui ne le quittait pas des yeux tout en scannant les articles du client suivant, le scruta d'un air interrogateur.

— Un problème, monsieur ? demanda-t-elle en ignorant le client qui lui tendait un billet.

— Non, ça va aller, répondit Stan du bout des lèvres.

— Mais monsieur, vous êtes tout pâle, vous êtes sûr que ça va comme vous voulez ?

Stan entendait la voix de la fille comme dans un brouillard cotonneux. Il se rendit compte qu'il était resté immobile, les mains agrippées au bord du tapis roulant. Il gênait toute la file. Il fixa les jointures de ses deux poings, vidées de leur sang. Il prit une grande inspiration et se força à reprendre ses esprits. Soudain, il releva la tête, saisit ses sacs, bredouilla une excuse inaudible, jeta un dernier regard à la caissière, et sortit rapidement.

« Ça ne s'arrêtera donc jamais », pensa-t-il en marchant à grandes enjambées. L'air frais de la rue le ramenait à la réalité absurde de son malaise. Finirait-il par gommer un peu de sa mémoire ce jour maudit ? Sa petite sœur abusée par une bande de gamins du quartier. Elle allait avoir treize ans. Son image si pitoyable, quand elle avait fini par rentrer, ses nattes défaites, ses collants en laine déchirés, son visage noyé de larmes, et son cartable toujours bien en place sur son dos. Ses parents affolés. Une famille entière qui se serre les coudes avec l'espoir d'effacer le souvenir intolérable, et une petite fille perdue qui n'aura plus jamais droit au bonheur.

Elle s'était suicidée à quinze ans. Elle s'appelait Anouska. Stan s'engouffra dans son immeuble et décida de ne pas prendre l'ascenseur. Les bras chargés de ses paquets, il monta les trois étages en empruntant l'escalier, bien décidé à chasser les mauvais souvenirs. Il croisa la concierge qui redescendait avec un colis.

— Bonsoir, madame Clément, vous allez bien ?

— Bonsoir monsieur Varda ! Comme un vendredi, dit-elle, essoufflée. Ça fait trois jours que je monte et remonte ce colis chez la dame du sixième, toujours personne, c'est peut-être inquiétant, non ?

Stan tenta un sourire rassurant, sa concierge toujours suspicieuse avait l'impression que le fait d'avoir un capitaine de police dans son immeuble lui permettrait un jour de participer à l'élucidation d'une affaire. Elle en serait le témoin principal et on la consulterait pour les détails importants que seule une concierge détient. Aussi, son imagination l'emmenait dans les sphères de l'inquiétude et de l'investigation.

— Aucune crainte, madame Clément, la dame du sixième va certainement très bien, elle a dû partir en vacances.

— Ah ça non ! Je l'aurais su, pensez-vous ! C'est mon travail quand même de savoir, comme vous d'ailleurs, elle lui fit un clin d'œil complice. Il faudrait peut-être signaler sa disparition, non ?

— Attendons lundi et nous aviserons, dit Stan d'une voix ferme tout en la contournant difficilement.

Elle s'écarta à regret, et reprit sa descente en marmonnant.

*

En montant dans l'ascenseur de la tour D, Sara sentit l'odeur familière de son enfance, les parfums de cuisine de tous les pays se mélangeaient par ici, Inde, Maghreb, Afrique, Espagne. La cabine s'arrêta au cinquième. Elle poussa la porte. Un irrésistible fumet de paella lui rappela qu'elle mourait de faim. Elle avait fini par digérer ce sandwich trop gras de chez Mister Cook et englouti trop vite. Pas de doute, comme toujours, sa mère avait fait dans le classique. Elle sonna et celle-ci vint lui ouvrir :

— Ah, te voilà, Néna, on t'attendait pour ouvrir le Cava, claironna-t-elle en l'embrassant, ce petit surnom étant la seule tendresse qu'elle lui distillait depuis l'enfance, lors des grandes occasions.

Teresa Lopez. La mère avec un grand M. Soumise aux clichés et aux traditions qu'implique une longue lignée de femmes espagnoles. La mère sans remise en question. Envahissante. Pleine de bon sens.

Teresa Lopez, fournisseuse d'accès aux conseils illimités.

Abonnée principale : sa fille.

Sara examinait le ventre de sa mère, puis le sien : un appartement à louer pour neuf mois. La différence essentielle qui les séparait était qu'elle, elle n'avait jamais eu de locataire. D'ailleurs, l'envie de porter la vie, contrairement à la plupart des femmes, n'était jamais venue encombrer ses pensées. Et alors ? La pression culturelle et familiale n'avait pas eu raison d'elle. C'est probablement ce que Teresa n'avalait pas, et elle le lui faisait payer avec beaucoup de persévérance. Sara s'en tirait avec le meilleur argument du monde : elle n'avait pas d'homme dans sa vie.

Toute la famille était réunie au salon : son père, son grand-père, ses oncles et tantes, ses cousins et cousines et son frère, elle était la dernière comme d'habitude.

— Ah, la voilà, la Parisienne, enfin ! dit son grand-père en roulant les « r », une imperceptible note de dédain dans le ton. Il n'avait jamais renoncé à son accent, bien qu'il soit capable de le gommer tout à fait quand il le décidait. Mais en famille le naturel reprenait ses droits.

Elle avait toujours eu une relation un peu conflictuelle avec lui. Était-ce parce que si jeune, elle était déjà capitaine ?

Ressentait-il de l'amertume de n'avoir pas évolué dans son métier et d'être resté agent de la circulation toute sa vie, ou bien était-il trop réactionnaire pour admettre qu'une femme puisse s'épanouir autrement que dans les tâches ménagères ? Aujourd'hui, elle lui pardonnait les réflexions peu affables qu'elle subissait depuis son adolescence venant de lui.

Le reste de la famille montrait une certaine bienveillance et même de la fierté pour ce qu'elle était devenue, en particulier Mathis, son oncle paternel. Le fait qu'elle ait obtenu Paris pour ses premiers pas dans la police la plaçait assez haut dans son estime. Mathis avait été inspecteur sur le tard – à son époque c'était le terme –, juste quelques années avant sa retraite, qu'il avait prise à cinquante-six ans sous le jugement réprobateur du père de Sara, qui se demandait encore comment son frère avait pu abandonner si tôt.

Le bruit du bouchon la fit sursauter alors qu'elle embrassait son père en lui souhaitant un joyeux anniversaire. Sa mère dégaina les toasts à la soubressade en glissant dans l'oreille de Sara : « Au fait, je n'ai pas trouvé le pull que tu m'avais demandé d'acheter pour ton père, à la place je lui ai pris des chaussons bien chauds, c'est plus de son âge. » Sara resta interdite, pendant que son cousin Lucas s'approchait, deux flûtes à la main. Il en tendit une à Sara.

— Salut cousine ! Comment ça se passe avec Hannibal Lek Tor ? chuchota-t-il, en l'entraînant au fond de la pièce.

— Ça ne recule pas, dit-elle, impatientée.

— Que passa ? Teresa est encore passée par là ?

— Oh, c'est juste que ma chère maman jouit à l'idée de dominer son monde… et moi particulièrement. Je sais pourtant que je ne dois pas me laisser avoir, mais parfois je baisse la garde… laisse tomber… c'est rien, je suis simplement exténuée par ces deux derniers jours.

53

— Rien de nouveau sous le soleil, ma cousine. Pour le reste, fais gaffe... rappelle-toi des conseils de ton père : oublie... dès que tu quittes le bureau, il faut faire le vide. Comment je ferais, moi, alors, sans cette méthode... bonjour les cauchemars... la gigue des cadavres toute la nuit ?

Sara se dérida. Lucas était si prévenant avec elle, elle aurait tant aimé que son frère soit un peu comme lui. Et pourquoi pas médecin légiste comme Lucas. Ils auraient pu partager des points de vue sur les enquêtes, et par là même se croiser souvent. Mais Xavier était très tourné sur lui-même, solitaire et sans attache, ni familiale, ni amicale. Il se terrait dans son laboratoire avec la chimie comme seule compagne. Une vraie passion. Drôle de type... Elle l'aimait malgré lui, et continuait à espérer qu'il se révèle un peu plus et manifeste son affection envers ses proches. Les Lopez étaient des passionnés, chacun dans leur domaine, mais avec un côté ombrageux, allant même parfois jusqu'à ne pas se donner de nouvelles pendant des semaines pour un mot de travers. Sang espagnol ne saurait mentir, une lignée fière et parfois obtuse. Mais il existait une Teresa, le ciment de la famille, qui excellait dans son rôle de coordinatrice.

Lucas, qui pratiquait la médecine légale à Bichat, avait été recruté dans l'affaire de *l'Égorgeur des réseaux* au grand bonheur de Sara qui lui vouait une confiance aveugle. Il reprit :

— Son mode opératoire est à l'identique à chaque fois. Les autopsies m'amènent aux mêmes conclusions : pas de sang, il étrangle et la nuque se brise. Quelques hématomes à chaque fois quand la fille se débat. Il les viole post-mortem, mais ce n'est pas systématique. Il utilise de la kétamine ou du GHB pour les affaiblir, ça les rend confuses, désorientées, en ataxie. Elles sont incapables de coordonner leurs mouvements pour se défendre. Après, il prend un soin infini à les rendre propres comme un sou neuf. Et j'ai retrouvé à chaque fois des boules de coton hydrophile au fond de leur gorge. Mais ce qui est sûr, c'est que chaque victime a été tuée peu de temps avant qu'on ne la découvre. Tu peux me croire, je connais mes dossiers par cœur.

— Ah, tu ne peux pas t'en empêcher, toi non plus ? Moi aussi, je passe mes soirées à relire mes notes, histoire d'être sûre que rien ne m'échappe. Ça tourne à l'obsession ! Mais je ne pense pas qu'il en reste là, il se cherche encore. On relie les crimes grâce à la signature d'un tueur, sa marque de fabrique qui définit sa personnalité. Pour moi, il trouve son style au fur et à mesure, il prend peu à peu son rythme. Et là, notre seule certitude est géographique, il dépose les corps toujours sur les abords du périphérique. Et à mon avis, c'est un hasard quand le viol est post-mortem. À voir…

— Ce qui est sûr, c'est qu'il doit avoir une planque bien insonorisée si tout ça se passe dans Paris intra-muros… En tout cas, il prend de sacrés risques en transportant les corps, parce qu'on sait que ces filles sont à peine froides quand on les retrouve.

— J'imagine… Quoi qu'il en soit, on cherche la faille, le petit détail qui va le trahir, on reconstitue tout ce qu'on peut reconstituer et on auditionne des tas de suspects potentiels, c'est ça qui est éprouvant pour les nerfs. C'est le métier qui rentre…

Un pépiement d'oiseau signifia à Sara qu'elle avait un message. En le lisant, son visage perdit les quelques couleurs que le Cava lui avait rendues.

— What ? murmura Lucas, car il voyait sa mère fondre sur eux.

— Une gamine a disparu…

— Merde…

— Elle n'a que dix ans, j'y crois pas…

Lucas aurait voulu en apprendre plus mais Suzanne, sa mère, les interrompit. Avec un sourire faussement compatissant, elle s'adressa à sa nièce en minaudant :

— Ah ma jolie chérie ! Tu n'as pas amené de cavalier, toujours célibataire, décidément je comprends l'inquiétude de ta mère… Il n'était pourtant pas si mal ton dernier fiancé, ce Nicolas… moi, je l'aimais bien…

— Mais non, tata, tu vois, je suis libre comme l'air et très prise par mon boulot, répondit Sara sur le ton le plus aimable qu'elle put trouver.

Lucas afficha un air navré comme pour l'excuser. Une voix autoritaire venant de la salle à manger cria à la cantonade :

— À table, tout le monde !

Toute la famille Lopez alla s'installer autour de la paella fumante. Sauf Sara. En ligne avec la brigade, elle était prête à s'éclipser pour les rejoindre quand son père lui mit une main sur l'épaule, et avec un geste enveloppant, lui montra le chemin de la salle à manger. Elle s'exécuta. De toute façon, il n'y aurait rien à faire avant demain, se rassura-t-elle.

7

Ce lundi matin était gris. Le ciel se voilait de fines couches de nuages qui se superposaient comme des calques. Des formes naissaient, puis se muaient en d'autres formes qui incarnaient par instants des personnages furtifs, inquiétants, ombrés de noir. Une senteur d'asphalte mouillé annonçait déjà la pluie. Le capitaine Stanislas Varda entra dans la cour de l'hôtel de police. Il ajusta son caban, et fit faire un tour supplémentaire à l'écharpe autour de son cou. Il aimait le froid parisien, à condition d'être bien couvert. Il se souvint d'un proverbe slave que répétait son grand-père : *Brave le froid comme un ennemi, mais ne lui montre jamais que tu le crains, reste à couvert et toujours tu seras vainqueur.* Sur le parking, toutes les voitures de fonction étaient bien alignées, il apprécia... Il était sept heures trente. D'habitude, il arrivait le premier au bureau. Il avait besoin de ce moment où l'équipe de nuit vient juste de quitter les lieux, où le temps semble s'arrêter avant de faire place aux bruits familiers de l'équipe de jour : téléphones qui sonnent, imprimantes qui crépitent, notes de service hurlées entre collaborateurs, insultes et cris lors d'interrogatoires ou de réunions parfois houleuses. C'était un open space. L'idée des concepteurs étant d'offrir aux employés un espace convivial de travail. Seulement, les maigres plantes en plastique, censées atténuer les sons et donner un semblant d'intimité à chacun, encombraient plus qu'elles ne délimitaient les territoires.

L'unité spéciale créée depuis janvier dans les vieux locaux du commissariat du vingtième avait un peu poussé les meubles pour s'installer au rez-de-chaussée, sans chasser la brigade des mineurs à l'étage au-dessus. La cohabitation se passait plutôt bien humainement, et la collaboration se révélait déjà fructueuse. Stanislas Varda avait obtenu son propre bureau ainsi que Sara Lopez. Cédric Nivol, Jeanne Laval et Mohamed Bacry dit *Mo* pour les intimes, travaillaient dans l'open space avec d'autres collègues. Pour Mo, cela n'avait posé aucun problème. Se retrouver seul entre quatre murs n'était pas dans son tempérament. Trop de calme l'empêchait de se concentrer. Il était père de cinq enfants et à la maison, le calme était une vue de l'esprit. Cela lui plaisait de prendre les dépositions dans le bruit et l'effervescence de la grande pièce. Pour Cédric, la jalousie prenait le pas sur le raisonnable. Il se sentait floué par Varda et Lopez qui, d'après lui, avaient les faveurs du commandant. Il ne pouvait s'empêcher de les apprécier et de les envier en même temps. Quant à Jeanne, ancienne chanteuse de rock, le casque vissé sur les oreilles, rien ne la déconcentrait quand elle était au boulot.

L'ambiance était studieuse. À leur affaire de meurtres en série, venait de s'inviter une disparition d'enfant signalée en début de week-end. Stan voulait revoir les dossiers, et remettre tout à plat, sans pour autant écarter le suspect numéro un, Rafael Esteban, qu'ils avaient dû relâcher dans la nature, faute de preuves tangibles, faute d'aveu. En entrant dans la salle principale, il lança :

— Mais vous êtes tous tombés du lit ce matin, ma parole ! Des nouvelles de la petite Duprès ?

— Rien… salut quand même ! dit Cédric sur un ton de reproche.

— Nada… bien dormi ? répondit Mo.

— Bonjour tout le monde ! Bien dormi si on veut, j'ai passé mon week-end à revoir les vidéos des auditions, Esteban compris. Et là, j'ai comme une indigestion ! Il fit une grimace de dégoût.

Il toucha le bras de Jeanne pour lui signaler sa présence. Elle sursauta et sans prendre la peine de retirer son casque qui continuait à diffuser le son puissant de Rage Against the Machine, elle lui cria un « salut » bien sonore.

— Sara est déjà là ? demanda-t-il en se dirigeant vers son bureau sans attendre la réponse.

Solène Duprès, âgée de dix ans, avait disparu vendredi, le jour même où Rafael Esteban avait été relâché. Coïncidence troublante, mais l'unité évitait de faire le rapprochement avec leur affaire, les autres filles ayant toutes au moins quinze ans.

Stan s'engagea dans le couloir qui menait au bureau de Sara. En chemin, il reçut un SMS d'un ami de lycée qu'il voyait de temps en temps, et qui le relançait pour une soirée *Copains d'Avant*. Le côté retrouvailles d'anciens combattants ne l'emballait pas plus que ça. Le nez dans son téléphone, il buta sur des cartons d'archives qui traînaient par terre et s'étala de tout son long. « Pizdec ! » cria-t-il, en regardant impuissant le vol plané de son portable. La matinée commençait mal. L'appareil rebondit sur la moquette et termina sa course contre une plinthe dans un craquement de verre brisé. Il rampa pour aller le ramasser et constata, soulagé, que l'écran fêlé restait actif malgré la chute. Le temps de se relever, sa bonne humeur était revenue.

À travers la porte entrouverte, il aperçut Sara au téléphone derrière son bureau. Elle mâchonnait un crayon à papier qui atterrirait à n'en pas douter dans ses cheveux.

Stanislas resta planté un instant sur le pas de la porte à la regarder vivre. Il se dégageait d'elle une grâce imperceptible. Sa façon de tenir la tête bien droite comme une écolière qui lit un énoncé au tableau, son cou si délicat, et ses mains qui s'agitaient quand elle parlait, il aimait tout chez cette fille ! Mais pourquoi le tenait-elle à distance ? Toutes ses invitations à dîner essuyaient toujours le même refus. Comme si elle s'interdisait quelque chose.

Elle raccrocha et le pria d'entrer avec un « bonjour » rauque. Il s'affala sur le canapé sans même prendre la peine cette fois d'écarter les dossiers empilés. Il aurait mis tant d'ardeur à la protéger, si seulement elle lui en avait laissé le droit. Là, tout de suite, il aurait eu envie de la prendre dans ses bras et de lui dire ce qu'il ressentait. Il n'eut pas le cran de le faire.

— Toujours rien pour la petite Duprès, dit-elle d'un air contrarié. Je viens de faire le point avec l'équipe de nuit. Si je tenais entre mes mains ce fils de pute, je lui écrabouillerais sa sale gueule de connard, je te jure ! On a reçu des tonnes d'appels depuis samedi, tous plus loufoques les uns que les autres. Le plan Alerte enlèvement a du bon… mais donner un numéro de téléphone aux infos, ça draine aussi pas mal de détraqués en mal d'attention.

— On n'a aucune certitude que les affaires soient reliées, d'après le commandant…

— Ah oui, et tu gobes ça, toi ! fit-elle.

— Et ils disent quoi, au premier étage ?

— Ben, ils ont passé leur week-end à enquêter, c'est la brigade des mineurs, ils savent ce qu'ils font. Les premières vingt-quatre heures sont déterminantes. Moi, j'attends juste le feu vert de Bosco pour qu'on recoupe nos infos. Je suis certaine qu'Esteban a quelque chose à voir là-dedans, dit-elle, crispée.

— Peut-être, mais la perquisition n'a rien donné chez lui samedi... Ton instinct a des limites, comme le mien d'ailleurs... tant qu'on n'aura pas de preuve... dit-il en caressant du doigt son écran de téléphone dans la poche de son caban.

— Pour moi, tout colle, reprit Sara, Esteban sort de chez nous vendredi, après sa garde à vue... il passe par la boulangerie, où Solène Duprès a été aperçue pour la dernière fois, à deux pas d'ici comme par hasard ! Il enlève la fillette et l'emmène je ne sais où. Je suis sûre qu'elle doit y être encore... faut qu'on bouge Stan...

— Le mec n'est pas fou quand même, il se tape vingt-quatre heures de garde à vue et le premier truc qu'il fait en sortant de chez nous, c'est d'enlever une petite fille ? J'ai un peu de mal à le croire... Ou alors, il joue avec nous... Peu importe ! Qu'il nous embrouille autant qu'il veut, il finira bien par faire un faux pas, c'est sûr !

— Et une pulsion ? Une pulsion, c'est possible... Sara avait un air buté :

— Peut-être qu'il a suivi une pulsion malsaine...

Ils restèrent muets quelques secondes, Stan avait ressorti son portable et le contemplait, chagriné.

— OK, j'ai une idée !

Il la rejoignit derrière son bureau, lui saisit la main et l'attira vers lui :

— Viens, suis-moi !

Entraînée par la main ferme de Stan, elle faillit perdre l'équilibre en attrapant son blouson accroché au dossier de sa chaise et atterrit dans ses bras. Elle marqua un temps d'arrêt, leurs bouches se frôlèrent. Il sentit son haleine chaude et douce si proche. Sans s'attarder, elle se détourna et reprit son masque de travail… « C'est rien, c'est rien, pensa-t-elle, non, je ne ressens rien, allez Sara, oublie… Concentre-toi ! »

— On va où, alors ? lança-t-elle, gênée.

— Acheter des pains au chocolat !

Sara s'installa à côté de Stan dans la voiture, un peu troublée par ce qui venait de se passer. Elle avait chaud, certainement les joues rouges, ce qui ne l'encourageait pas à prendre la parole pour tenter d'avoir une conversation. Désinvolte et légère, voilà comment elle aimerait être. Pourquoi faisait-elle un drame de tout ? Un simple baiser de Stan ne l'engageait en rien, non ? Elle choisit le silence pendant la durée du trajet. Il mit la radio, la chanson *Radioactive* passait. *I'm waking up to ash and dust…* Je me réveille dans les cendres et la poussière… *I feel it in my bones…* Je le sens dans mes os… *I'm radioactive…* Je suis radioactive…

Voyant son malaise, Stan lui parla du SMS de son ami de lycée et de cette nouvelle tendance à se reconnecter à ses années d'adolescence. L'insistance du garçon commençait à le rendre nerveux, il se demandait s'il n'allait pas l'envoyer sur les roses. Sara trouvait au contraire que cela pouvait être amusant. Puis il lui avoua sa chute grotesque dans le couloir. Quand il lui montra son écran d'iPhone brisé, elle se dérida tout à fait.

Quelques minutes plus tard, ils pénétraient dans la boulangerie Au Pain d'Antan.

— Bonjour madame, capitaines Varda et Lopez, pouvons-nous passer derrière, nous aurions quelques questions à vous poser...

La boulangère était une femme mince, assez jolie, bien mise dans un tablier blanc très serré à la taille, qui lui donnait un air guindé. Elle les fit passer derrière le comptoir et les guida jusqu'à une pièce grande et claire au plafond haut, une ancienne cuisine transformée en réserve.

Avec un sourire commercial, elle demanda :

— Alors, que puis-je faire pour vous ?

— C'est à propos de la petite Solène Duprès, comme vous devez vous en douter.

— Oui, quelle triste histoire... Je ne peux même pas imaginer ce qui a pu lui arriver, c'est atroce, j'en ai des frissons rien que d'y penser... et vous savez, c'est pas bon du tout pour le commerce ça... les gens défilent à la boutique depuis samedi... sans rien acheter... juste pour voir... pour renifler l'endroit où la gamine a été vue pour la dernière fois... pfft... la nature humaine m'étonnera toujours.

— Vous connaissiez bien la famille ?

— Ben, comme ça... la mère venait rarement... une baguette de temps en temps. Encore une qui préfère le supermarché... ah, mais où va le monde ? Pfft... dites-le-moi...

— Et le père ?

— Oh, lui, un homme charmant ! Un dimanche sur deux, il venait prendre les croissants pour toute la famille, un vrai papa poule en plus, il fallait le voir avec son p'tit gars... samedi, ils sont passés avec vos collègues... c'est là que j'ai compris que c'étaient les parents de la petite. C'était la première fois que je les voyais ensemble, en couple quoi !

— Mais leur fille, Solène, vous ne l'aviez jamais vue ?

— Bah, non, jamais, sinon vous pensez bien que j'aurais réagi quand j'ai vu ce type la prendre en un éclair et l'emmener...

— Mais la scène ne vous a pas plus alarmée que ça, je ne comprends pas... une gamine fait la queue dans votre boulangerie, un homme se pointe, l'embarque alors qu'elle proteste, d'après les témoins, et vous ne bronchez pas, ça cloche non ?

— Eh, mais j'y suis pour rien, moi, et faudrait voir à pas inverser les rôles ! C'est pas moi la criminelle ! Y'avait du monde, c'est comme ça tous les jours vers dix-sept heures, à l'heure de la sortie des classes, on voit de tout, des habitués mais aussi des occasionnels, ah bah, si je m'attendais à me faire enguirlander...

Elle se frottait les mains d'une manière frénétique, le teint brouillé par la contrariété.

— Ne vous énervez pas madame Blanchon, on essaie juste d'y voir clair... il ressemblait à quoi, ce type ? intervint Sara, rassurante.

— Ben, je l'ai déjà dit aux autres policiers, il avait des lunettes de soleil, une casquette qui lui mangeait la moitié du visage, un tee-shirt ou une chemise, je ne sais plus, et il portait une espèce de barbe, comme les jeunes, maintenant... et pour le reste, ben... j'étais dans mon coup de feu, moi... y'avait un gamin dans une poussette qui hurlait, et un jeune avec un casque à fond sur les oreilles qui arrosait la boutique avec sa techno, ça je m'en souviens, et un tas d'autres clients dans la queue, c'est tout, moi je ne sais rien de plus !

Elle se mit à pleurnicher. Sara s'approcha et la prit par les épaules pour la consoler.

— Allons ! Allons, madame Blanchon, nous sommes désolés, il ne faut pas vous mettre dans un état pareil !

— Mais vous comprenez, ça me touche, moi, cette histoire... c'est dans ma boutique que ça s'est passé... quel malheur... je me souviens de lui avoir souri en plus, moi j'ai pensé que c'était son père, j'en dors plus vous savez, ça m'obsède d'avoir été témoin d'un enlèvement sans m'en rendre compte, c'est horrible... Quelle idée aussi d'envoyer une gamine si jeune acheter son goûter toute seule !

Stan lui tapota le bras avec sollicitude et lui montra plusieurs photos de suspects potentiels sur son écran de téléphone fêlé, dont celle d'Esteban. Madame Blanchon secoua la tête en reniflant.

— Allez, merci quand même, madame. Si toutefois en y repensant, un détail vous revenait, je ne sais pas moi, la couleur de son tee-shirt, n'importe quoi, voici ma carte. N'hésitez pas, vous pouvez appeler jour et nuit. Il y va de la vie d'une enfant qui s'est évanouie dans la nature depuis vendredi, alors vous voyez, ça urge, là...

— Vous pouvez compter sur moi, dit-elle, je vais en reparler à tous mes clients, des fois qu'il y en aurait un qui donne un détail de plus. Je vais m'y mettre à fond... j'ai été scout, vous savez, dans mon jeune temps...

La boulangère prit la carte des mains de Stan et les regarda sortir, les yeux mouillés.

*

Stanislas aligna la voiture de service au cordeau sur le parking du commissariat. Comme toujours, Sara se moqua de lui. Cette soif de perfection maladive faisait partie de sa personnalité. Il y avait deux Stan, le décontracté et le psychorigide. Elle préférait le premier... de loin... mais l'un n'allait pas sans l'autre. Ils descendirent du véhicule et

65

entrèrent dans le bâtiment. Il régnait une certaine agitation dans le hall. Stan s'adressa à Souany, la jeune recrue de l'accueil :

— Que se passe-t-il par ici ? Qu'est-ce qu'ils ont tous, on dirait les Galeries Lafayettes le premier jour des soldes !

— Hé ! Vous deux ! Le boss vous attend en salle de réu... de suite... y'a de la news... vite !

— Tout de suite ! scanda Stan. On dit : tout de suite, pas : de suite... Souany, tu déconnes ! Faut faire gaffe ! Je me permets de te reprendre sur tes expressions. Tu le sais, je fais ça pour toi. N'oublie pas que tu réponds au téléphone, tu représentes en quelque sorte la brigade. C'est la première image que les gens ont quand ils appellent, c'est important... fais-moi confiance !

— Oui, chef... je sais, chef ! Mais c'est pas une image qu'ils ont au téléphone, si je peux me permettre, railla-t-elle.

— Oh, ça va ! Ça va ! dit Stan sur un faux ton de reproche. Dans l'ascenseur, il poursuivit :

— C'est vrai quoi, elle est bien cette fille ! Elle a de l'humour en plus, mais elle n'arrivera jamais à rien si elle continue à s'exprimer en mauvais français ! Je n'ai pas raison ?

Sara acquiesça en souriant. Il savait de quoi il parlait, ses grands-parents russes avaient immigré en France sans connaître un traître mot de français. Ils en avaient beaucoup souffert. Un fort accent signifiait toujours leurs origines, aussi, ils avaient encouragé leurs enfants et leurs petits-enfants à défendre cette belle langue du pays qui les avait si bien accueillis, aimaient-ils leur répéter. Stan, à son tour, en avait fait un cheval de bataille, et il ne lâcherait pas Souany. Il se moquait bien que toute sa famille ne parle que le Bambara ; elle était née en France et il l'aiderait à progresser, pour elle et au nom de tous les déracinés du monde.

Dès qu'il les vit, Jean Bosco les invita d'un signe à s'asseoir autour de la table ovale. L'atmosphère était électrique.

— Silence ! hurla-t-il. Bon, certains d'entre vous sont déjà au jus... on a retrouvé la petite Duprès... vivante... mon homologue de Gagny vient de mettre au courant tous les commissariats de Paris et de banlieue pour recherche prioritaire sur cette affaire.

— Mais où l'a-t-on retrouvée ? demanda Cédric.

— Enroulée dans une couverture de survie, au milieu d'un massif de fleurs devant le commissariat de Gagny.

— Quelle délicatesse, ironisa Stan.

— Carrément n'importe quoi ! dit Jeanne. Nos victimes ont été jusque-là retrouvées sur les bordures du périph, et là... on retrouve la gamine en banlieue ? Mais il est gonflé quand même. Et ils n'ont pas de fenêtre, à Gagny, personne n'a rien vu ? C'est quand même pas banal, un type qui dépose un corps devant chez les keufs.

— Et comment va-t-elle, on lui a fait quoi, on le sait ? demanda Sara.

— Violée et très choquée, répondit Bosco, accablé. C'est moche ! Elle est à l'hôpital, kit de viol et tout le toutim, seuls ses parents sont autorisés à la voir pour l'instant... il va falloir patienter...

— On saura ça quand ? fit Cédric.

— Dès que le médecin me donne le feu vert, on fonce, continua Bosco.

— S'il change son rituel et ses cibles en plein milieu de la fiesta, ce n'est pas très fair-play envers nous, fit Stan.

— Rien ne peut nous confirmer que c'est notre tueur, n'est-ce pas, commandant ? dit Cédric.

— Tout juste, répondit Bosco, si la scientifique trouve quelque chose, il faudra comparer les résultats avec nos fichiers. Mais pour l'instant, Cédric a raison, nous ne pouvons pas faire de rapprochement avec notre affaire, je vous rappelle que l'enfant est vivante, prépubère, et pas encore, Dieu merci, sur les réseaux sociaux, en attendant, trouvez-moi qui, dans l'entourage de la gamine, aurait eu des raisons d'en vouloir aux parents ou à la famille, cherchez, et trouvez-moi n'importe quoi, mais trouvez-moi quelque chose, bordel !

Le commandant finit sa phrase en hurlant et en frappant la table du poing sur ses derniers mots. Il finirait par réveiller son ulcère à force de collectionner les coups de sang comme ça. Il lui restait cinq ans avant la retraite. Il s'agissait de se ménager un peu. Mais comment faire pour que ce genre d'affaires ne touche pas le cœur, impossible... Il se disait qu'avec toute son expérience, il aurait dû être immunisé contre la barbarie humaine : *Human Bomb*, il était là, la tuerie de Louveciennes aussi. Et bien avant ça, à Marseille, dès son premier poste, la pègre des années quatre-vingt et la misère des filles droguées et prostituées l'avaient plongé sans ménagement au cœur du sordide.

Pourtant, il ne s'y habituait toujours pas.

C'est sûr, se disait-il, d'autres avant lui avaient fait des guerres, ce qui évidemment était une expérience très forte, mais la poursuite des criminels était un sacerdoce que les gens n'imaginent pas. Cela ne se résumait pas à jouer au chat et à la souris. Il avait eu des rêves, Jean Bosco. Des rêves pour son pays, pour le monde. Essayer de protéger les gens, parfois malgré eux. Son but n'avait jamais été de boucler les délinquants et de passer à autre chose. Non, ce n'était pas une fin en soi, le dénouement ne résidait pas forcément là où on l'attendait. Il aurait aimé pouvoir réformer la police, faire du suivi psychologique quand cela était une évidence, ne pas punir juste pour l'exemple.

Il allait faire de son mieux avec cette nouvelle unité. Tant pis pour ses petits bobos personnels. C'était comme ça, il n'y pouvait rien. Tenir le mal dans sa main pour guérir celui des autres.

*

« Je déteste cette odeur d'éther », songea Sara, en longeant le couloir, seule, pour atteindre la chambre de Solène Duprès. Elle avait réussi à se faufiler dans l'ascenseur avec quelques infirmières qui discutaient entre elles. Ces dernières n'avaient pas prêté la moindre attention à sa blouse blanche peu réglementaire. Stanislas avait eu l'idée de passer chez un marchand de couleur du quartier pour acheter un costume d'infirmière au rayon déguisement. En écumant chaque rayon de la boutique, ils avaient fini par trouver au fond du magasin, sous un plastique un peu poussiéreux, l'objet de leur quête. Ils avaient retenu un fou rire quand le caissier leur avait souhaité une bonne journée en clignant de l'œil d'un air entendu. Sara avait eu de la chance, la tenue était quand même assez longue. En ouvrant l'emballage, elle avait craint de tomber sur ce genre d'uniforme d'infirmière sexy que certains couples à la libido en berne s'offrent pour la Saint Valentin.

La chambre de Solène se trouvait dans une partie de l'étage interdite au public, et pour cause, après ce qu'elle venait de subir il lui fallait le plus grand repos. Le médecin ne voulait pas de visites intempestives. Même la police avait été refoulée à l'entrée. Le psy était formel, il fallait qu'elle fasse le vide dans son esprit, il serait bien temps de tout faire remonter à la surface à un moment. L'équipe médicale n'avait aucune idée de l'importance de son témoignage. Même un infime détail pouvait tout changer. L'enquête exigeait du concret et Stan et

Sara, outrepassant les ordres, avaient pris l'initiative de tenter leur chance.

L'étage désert n'avait rien d'engageant. Une impression de coton dans les oreilles faillit lui déclencher une crise de claustrophobie. Sara ouvrit quelques portes au hasard.

Personne. Les lits étaient vides.

Une porte bleue au fond. Elle était là, allongée, les yeux ouverts, elle ne bougea pas quand elle vit Sara. Celle-ci s'approcha à pas feutrés et lui sourit en prenant son air le plus rassurant, elle dit :

— Bonjour Solène ! Je m'appelle Sara, je suis de la police, tu n'as rien à craindre, je voudrais juste te poser quelques questions…

L'enfant répondit :

— Bonjour madame, vous m'avez apporté un cadeau ?

Sara se mordit la lèvre en se maudissant de n'avoir pas pensé à une peluche ou des chocolats. Sa mère lui aurait sûrement reproché cet acte manqué en lui balançant sa sempiternelle phrase : « Tu ne peux pas comprendre, tu n'as pas d'enfant, ma fille ! ». « Et merde ! » se dit-elle.

— Non, ma puce, désolée… je voulais juste savoir si tu te souvenais un peu du monsieur qui t'a emmenée avec lui. Me dire comment il était : grand, petit, les yeux marron ou bleus, tu vois ?

L'enfant la regarda en écarquillant ses grands yeux verts, une candeur à pleurer. Elle dit :

— Quel monsieur ? Le docteur est très gentil avec moi… oui… c'est vrai… et les infirmières sont jolies et elles sentent drôlement bon !

À ces mots, le cœur de Sara se serra. Elle comprit qu'elle n'en tirerait rien. La gamine était dans un autre monde.

« Quel malheur pour cette pauvre gosse », pensa-t-elle en retirant sa blouse. Elle la roula en boule et l'enfonça dans la poubelle de la salle de bains.

Soudain, la porte s'ouvrit. Un homme entra, stéthoscope autour du cou, suivi d'un couple à la mine vaincue.

— Que faites-vous ici ? Qui êtes-vous ? Dehors ! Dehors ! chuchota le docteur en pointant son doigt vers la porte.

Ils se retrouvèrent dans le couloir.

— Infirmière ! J'avais dit qu'on ne laisse entrer personne, personne ! cria-t-il, très contrarié, à une femme en uniforme qui approchait.

— Capitaine Sara Lopez, brigade criminelle… pardonnez-moi, mais je devais essayer de l'interroger, nous devons retrouver le coupable, chaque minute compte.

— Et moi, je sais ce que je fais, voyez-vous ! Cette enfant est dans un état de choc émotionnel gravissime… en régression totale, un vrai syndrome post-traumatique, et elle souffre d'amnésie ! Il lui faut du calme, beaucoup de calme. Elle a été violée pendant tout un week-end.

— Je suis désolée… vraiment… s'excusa Sara avec sincérité, en s'adressant au couple. Monsieur et madame Duprès, je suppose ?

Le père acquiesça, tandis que la mère chiffonnait nerveusement un Kleenex.

— Je suis tellement navrée pour Solène… mais je vous en prie, essayez de répondre à ma question… à votre connaissance, quelqu'un pouvait-il en vouloir à votre famille, un ami, un oncle, un collègue de boulot ? demanda Sara.

— Non… non… répondit le père, je ne vois pas, nous avons une vie très tranquille, très banale… rien… je ne vois rien, et on nous a déjà demandé tout ça, partez, partez !

La porte était restée à demi ouverte, on entendait la petite fille chantonner une sorte de comptine enfantine : « Offre-moi une bague en patte de chat, patte de chat, patte de chat, la, la, la, la, la… »

La mère se mit alors à gémir de plus en plus fort :

— Ma petite, ma toute petite… oh, mon Dieu… pourquoi elle, Seigneur !

Elle tomba à genoux sur le sol. Son mari et Sara essayèrent de la relever mais c'était une femme assez corpulente et le chagrin lui faisait presque perdre connaissance. Le médecin, qui s'était mis à l'écart pour ne pas avoir à répondre aux questions de Sara, se précipita vers eux. La mère était maintenant inconsciente, flanquée sur le lino blanc cassé du couloir, son corps était tordu d'une manière grotesque. Sara restait immobile, accroupie près du corps.

— Vite ! hurla le médecin après une brève auscultation. Une civière, elle fait une crise cardiaque… chariot de réa… code bleu… code bleu…

Sara profita de l'arrivée des brancardiers pour s'éclipser, oppressée par la scène qu'elle venait de vivre.

Stan l'attendait sur le parking de l'hôpital. Quand il la vit, il comprit qu'elle n'était pas dans son assiette, il la rattrapa juste à temps au moment où elle se pliait pour vomir sur le trottoir.

8

Le radio-réveil sur la table de nuit se déclencha. Les premières notes de la chanson *Don't speak* de No Doubt flottèrent dans l'air comme une bonne odeur de gâteau. À travers le store, un rayon de soleil vint chatouiller les cils de Sara, endormie, qui émit un petit grognement.

Aujourd'hui, elle allait rester bien tranquille sous la couette. Écouter des chansons. Bouquiner. Paresser pendant des heures avec Tyra lové sous son bras, entre les quatre murs de son petit appartement parisien. Son lieu rien qu'à elle. Loin de l'ingérence maternelle. Elle y avait amené quelques meubles de chez ses parents. Teresa l'en avait convaincue, une manière de ne pas couper le cordon, de conserver sa fille sous son emprise. Elle savait faire naître un sentiment de culpabilité chez les gens comme personne. Alors on cédait.

Le reste de sa décoration, elle le chinait de loin en loin au gré de ses envies. Elle mesurait la chance qu'elle avait de vivre dans cette ville chère à son cœur, son Paris.

Pourquoi avait-elle enclenché son réveil hier soir ? L'habitude. Après l'épisode de l'hôpital, l'équipe lui avait ordonné de se mettre au vert une journée pour laver son cerveau de cette mauvaise scène, c'étaient les mots de Bosco.

Se réveiller avec des mélodies comme celle-ci, venue tout droit de ses années d'adolescence, la plongeait dans un autre temps. La radio avait ce don parfois de la cueillir par surprise.

De la remuer. Aussi précis qu'une machine à remonter le temps, certains refrains lui redonnaient les clefs de la Sara d'avant. Celle de l'insouciance et des rêves trop grands.

C'était ça être entre deux âges ? Encore jeune, mais plus assez. Encore en devenir, mais déjà un pied dedans. Encore le choix, à condition de se dépêcher un peu. Trente-trois ans, c'était un drôle d'âge, son horloge biologique était dès lors bien entamée. Elle n'en aurait pas eu une telle conscience si sa mère ne le lui avait rappelé régulièrement, en lui précisant que l'amniocentèse était obligatoire dès trente-cinq ans, sachant très bien que ce n'était pas tout à fait exact. Mais la mauvaise foi de Teresa n'était plus à prouver. Comme personne, elle savait lui souligner les étapes de la vie au Stabilo orange fluo. Ses origines espagnoles lui faisaient porter en elle toutes les espérances et tous les rêves d'une dynastie de femmes immigrées. La fameuse citation de Simone de Beauvoir, *On ne naît pas femme on le devient*, n'avait pas la même signification dans leurs bouches respectives. Pour Teresa, cela voulait dire : *Tant que tu ne seras pas mère, tu ne seras pas une vraie femme !* Pour Sara, devenir femme voulait dire : prendre la chance encore maintenant réservée aux hommes, la faire sienne, et foncer là où on l'a décidé. Le destin féminin écrit depuis des siècles par les hommes et même leurs propres mères, très peu pour elle.

Elle se souvenait de ce jour glacial de novembre. Elle, hébétée dans la salle de réveil d'un hôpital. Seule. Adrien l'attendait dehors avec un type qu'elle n'avait jamais vu. À peine aimable devant ses larmes dans la voiture, il lui avait proposé d'aller au cinéma. Drôle d'idée. Elle avait mal au ventre à se tordre. Ils s'étaient disputés au beau milieu du film. Elle s'était enfuie. Il ne l'avait pas suivie. Elle était rentrée à pied. Pitoyable. Cet enfant, leur enfant, qu'elle avait porté deux mois avant la décision d'avorter, il refusait d'admettre qu'il était de lui. Il restait buté. À partir de là, elle comprit qu'il ne la croirait jamais. Son cœur avait été broyé comme par un rouleau compresseur.

Sa mère n'en avait jamais rien su et lui rebattait les oreilles à propos de ses cousines qui avaient toutes déjà rempli sagement leur rôle de maman. Eh bien tant pis, elle avait au ventre une autre envie : réussir sa vie professionnelle. Elle n'y pouvait rien, c'était comme ça, il faudrait que Teresa s'y fasse. On verrait le reste plus tard.

Son portable se mit à sonner, la sortant de ses pensées.

— Oui... Stan ?

— Bonjour Sara ! Changement de programme, tu ramènes tes jolies fesses, on a du nouveau.

— Un autre corps ?

— Non... un nouveau suspect, viens ! Je t'expliquerai.

— Le temps de passer sous la douche et de m'habiller.

— Mais non, ne t'embête pas avec ça, viens comme tu es !

Son éclat de rire faillit lui crever le tympan droit. Elle raccrocha. C'était agréable de travailler avec Stan, pensa-t-elle, ce marivaudage lui convenait parfaitement. Un brin sexiste parfois, mais où trouver un homme honnête sans un petit travers de temps en temps. Sur Mars peut-être ! Et la question revint à sa mémoire : si un homme n'est plus sexiste, ne perd-il pas de son essence même pour devenir fade et sans goût ? Sara n'avait pas toujours pensé comme cela. Mais plus le temps passait et plus elle se rendait compte qu'un homme est un homme, seulement si on lui laisse la latitude pour l'être pleinement. Maintenant, c'est elle qui se trouvait sexiste. Elle activa la cadence, impatiente de connaître le nouveau suspect.

Elle arriva au bureau les cheveux encore mouillés, à peine maquillée comme à son habitude. À l'accueil, elle interrogea Souany du regard.

— Bureau du boss ! Ils t'attendent, grouille… Attends !

Elle lui colla d'office entre les mains une grosse pince en écaille en forme de papillon.

— Mets ça… t'as les cheveux qui dégoulinent, là…

— Merci, ma belle ! dit Sara, la pince entre les lèvres, le temps de remonter et rassembler ses cheveux.

Elle l'aimait bien cette Souany. Souany Kimbali. Elle trouvait ce nom joli. Une fille méritante et bourrée de talent qui avait intégré la brigade en tant qu'officier de police stagiaire. Elle lui avait confié qu'elle prenait en cachette de sa famille des cours de droit, trois soirs par semaine. Sara l'encourageait, consciente du sacrifice à son âge.

Elle trouva Stan assis sur le classeur dans le bureau du commandant. Jean Bosco, l'air soucieux, lui dit :

— Bonjour Sara, désolé pour ton jour off… mais on a un suspect et je ne pourrai peut-être pas le garder très longtemps celui-là. J'aimerais que ce soit Stan et toi qui l'interrogiez.

Elle échangea un regard furtif avec Stan. Finalement, cela ne lui déplaisait pas tant que ça qu'on l'associe toujours à lui.

— Alors, qui est-ce ?

— Un bon élève…

— C'est-à-dire ? dit Sara.

— Libéré pour bonne conduite. Condamné il y a huit ans pour viol sur mineure, sa nièce. Sorti il y a quatre ans, sous contrôle judiciaire depuis. Aucun alibi pour les affaires qui nous concernent. Vu rôdant autour des collèges du dix-huitième plusieurs fois. Profil sur les réseaux sociaux, même genre qu'Esteban, ramasse les jeunes filles en fleurs et leur paye des glaces au Luxembourg ou aux Buttes-Chaumont…

troublant non ? Ne s'est pas présenté à son agent de probation depuis deux mois…

— Ah ouais… quand même…

— Et alors, aboya-t-il, après un court silence, qu'est-ce vous attendez ? Vous devriez déjà y être.

Il les regarda sortir avec un sourire paternaliste. Sara prit des mains de Stan le dossier qu'elle parcourut dans le couloir.

Le suspect ressemblait à un gars ordinaire, un physique passe-partout, le crâne dégarni, le regard agrandi par des lunettes en écaille, la petite quarantaine. Quand ils entrèrent dans la salle, il joignit les mains et dit :

— S'il vous plaît, dites-moi que c'est une erreur, je ne sais même pas ce que je fais ici…

Stan tira la chaise à lui dans un grincement irritant. Il prit place en face de l'homme. Sara se posta un peu en arrière.

— Nom, prénom, âge, adresse…

— Barowsky… Victor… quarante-deux ans… rue Ronsard, dix-huitième… mais j'ai déjà dit tout ça à votre collègue.

— Ben voyons ! Et tu leur as parlé du bar Le Montmartre, rue Clignancourt, c'est un peu ton Q.G. non ? Bien situé… à deux pas du collège Dorgelès… on y fait des rencontres intéressantes, pas vrai ?

— Vous vous trompez, j'aime les cafés parisiens… l'ambiance… ça fait de la compagnie quand on est seul vous savez.

— Bien sûr, mais en général les gens sympathisent plutôt avec des types comme eux au comptoir, et ils refont le monde à coups de bières, non ? Pas toi ?

— Je ne bois pas…

— T'as pas chopé toutes les tares du monde, grâce à Dieu. Les gamines c'est déjà pas mal pour un seul homme.

— Mais je ne fais plus ça ! Je vous rappelle que j'ai été libéré pour bonne conduite et que j'ai payé ma dette à la société...

— Ben alors tu vas nous expliquer pourquoi tu ne t'es pas présenté à ton agent depuis deux mois ? Pour un gars propre comme un sou neuf, c'est bizarre ça ?

— Je reconnais que j'ai déconné, je vais pas vous mentir. C'est pas évident... je l'ai fait une fois, j'avais pris quelques jours de vacances, j'ai pas prévenu... et puis la deuxième fois ça grise, on se dit : marre de tout ça, je suis un peu dépressif vous savez...

Sara sentait que Stan montait en pression. Il avait une telle aversion pour ce genre de délit qu'il s'en rendait parfois malade. La drogue, le racket, les crimes crapuleux, les homicides passionnels, tout ça il pouvait comprendre, mais les viols et les meurtres d'enfants, ça le rendait fou. Sara l'avait même surpris un jour dans la salle des photocopieuses, les larmes aux yeux, après avoir vu des clichés particulièrement infâmes d'une enfant violée et battue par son père.

Stan dit :

— Tes états d'âme ne m'intéressent pas, mais alors pas du tout ! Ce que tu as fait ne pourra pas être lavé, même à la javel ! Il se pencha en avant et frappa des deux mains sur la table.

Le suspect eut un mouvement de recul et se raidit. Stan laissa Sara prendre le relais. Elle se posta en face de lui.

— Monsieur Barowsky... vous avez été condamné pour le viol avéré de votre nièce, non ?

— Heu... oui... mais j'ai changé, c'était une erreur, je sais... je regrette tellement, si vous saviez...

— On vous a vu rôder à proximité de deux collèges du dix-huitième et ce, à plusieurs reprises. Vous avez été identifié par deux collégiennes qui étaient des amies Facebook d'Anna Santos et qui vous ont vu tourner autour d'elle en novembre dernier juste avant ça…

Elle jeta la photo du corps de la petite Anna sur le bureau. Le cliché faisait froid dans le dos. Elle comptait là-dessus pour provoquer une réaction significative. Barowsky fixa l'image, son teint rougit. Les yeux exorbités, il regarda vers Sara et dit :

— Mais c'est dégueulasse, pourquoi me montrez-vous de telles horreurs ? Je ne vois pas de quoi vous voulez parler, je veux mon avocat, c'est quoi ce cirque-là…

« Chut ! » Sara posa un doigt sur ses lèvres en signe de silence. Puis elle poursuivit l'interrogatoire d'un timbre presque murmuré. Il respirait vite et son expression tourmentée passait de l'un à l'autre. Lorsqu'elle se tut, l'homme sembla aussitôt reprendre ses esprits. Il la fixa. Il retira ses lunettes et se mit à les essuyer avec le pan de sa chemise. Pendant une minute, elle l'affronta du regard en essayant de ne pas laisser paraître son trouble. Elle sentait des gouttes de sueur dégouliner sous son pull. Il ne fallait pas qu'elle lâche. Ne pas lui laisser croire qu'il pourrait, ne serait-ce qu'une seconde, dominer la situation. Elle avait chaud, si chaud. Et ce néon qui grésillait au-dessus de leurs têtes lui vrillait le cerveau. Après un temps qui lui parut interminable, la voix de Barowsky coupa l'air :

— Et puis violer n'est pas tuer…

Le poing de Stan s'abattit sur son nez. Le sang gicla.

— Sale connard ! Vous vous prenez pour qui ? hurla Barowsky en se levant, les mains cachant son visage.

— Pour la police, dit Stan très doucement, et je n'en ai pas fini avec toi.

Stan et Sara sortirent et rejoignirent l'autre pièce où se tenait le reste de l'équipe avec le commandant, derrière la glace sans tain. Ils observèrent l'homme un moment. L'aplomb de certains suspects était toujours une surprise. On lui posait une gaze sur le nez. Lui gardait les yeux vides, comme ceux d'un enfant sage livré aux mains expertes de l'infirmier de l'école. Bosco dit :

— Bon, Varda... le bourre-pif, c'était pas utile... ce genre de type ferait craquer même le gentil Gandhi, je sais, mais il faut te maîtriser, hein ! Allez deuxième round, on y retourne...

Les deux capitaines s'exécutèrent. Ils retrouvèrent Barowsky tapotant son nez avec une gaze tachée de sang, une lueur électrique dans les yeux.

Sara commença pendant que Stan, très calme, s'installait au fond de la pièce. Il affichait désormais un visage détendu.

— Bon, désolée, ça va mieux ? dit Sara, l'air concerné.

— Moi je vous dis que ça ne va pas se passer comme ça... je veux mon avocat... tout de suite... et lui, là, je veux qu'il sorte. Il désignait Stan d'une manière puérile, l'index tendu vers lui.

— Je vous dis que mon collègue s'excuse... vous n'êtes pas vraiment en position d'exiger quoi que ce soit... si vous nous parliez un peu maintenant, le capitaine Varda se tiendra tranquille, ne vous inquiétez pas... ce qu'on veut savoir, c'est pourquoi vous êtes un pervers, un sadique, un exhib', moi j'ai besoin de savoir ce qui se passe dans votre crâne quand vous approchez ces gamines...

— J'ai dit à ma mère que j'avais un problème, il y a des années déjà... elle n'a pas capté... elle m'a dit que j'avais pas confiance en moi... et que ça passerait. Mais non...

— Ça n'est jamais passé... c'est pour ça que vous tapez dans la case « ados », des proies faciles... hein ? Quand on pense que vous auriez pu vous en tirer avec un psy... mais vous êtes passé à l'acte une fois, alors pourquoi pas deux, et devant la résistance de la fille, allez ! On serre un peu le cou, et hop... on l'emballe, et ni vu ni connu, n'est-ce pas, Victor ?

Sara avait approché son visage si près du sien qu'il pouvait sentir sa respiration régulière.

— Vous avez un chewing-gum ? murmura-t-il. J'adore votre haleine. Et pour répondre à votre question, non, je ne pourrais pas tuer une gamine, j'ai des défauts mais pas celui-là.

Sara se demandait toujours comment faisaient ces suspects qui passaient d'une humeur à l'autre en moins d'une seconde. C'était si courant. Elle tentait de se remémorer ses cours de sciences comportementales.

— Alors que faisiez-vous le 14 novembre ?

— Mais je vous l'ai dit... je ne m'en souviens pas... j'peux pas l'inventer, putain ! Merde...

— Et vendredi dernier, ça, c'est dans vos cordes, ça fait seulement quatre jours, même un poisson s'en souviendrait !

— Ah ça, je sais ! J'étais en province, chez ma tante. Elle perd un peu la boule... un début d'Alzheimer, la pauvre. Interrogez-la, avec un peu de chance, elle s'en souviendra...

Il ricana.

— Mauvaise pioche, Victor... on sait que ce jour-là, votre agent de probation vous a eu au téléphone sur votre ligne fixe vers dix-huit heures pour vous rappeler à l'ordre, alors n'essayez pas de nous endormir, OK ? Le 14 novembre, j'attends...

— Je vous ai déjà répondu... et puis c'est loin tout ça...

— D'accord, vous voulez jouer au con, c'est à vous de voir ! La scientifique est en ce moment même en train de comparer votre ADN avec celui retrouvé sur les victimes. On verra…

Sara bluffait puisqu'elle savait que le tueur utilisait des préservatifs et lavait les corps au désinfectant ménager avant de les emballer dans des sacs-poubelle. Jusque-là ils avaient obtenu des traces infimes d'ADN, souvent impures et insuffisantes, mais il fallait bien trouver un moyen de faire peur à Barowsky. Et puis il restait une chance avec la petite Duprès, la police scientifique avait récupéré des cheveux sur ses vêtements. L'analyse était en cours.

— Eh, tout doux, là ! J'ai le droit de refuser, je veux mon avocat, lança-t-il en tapant des pieds.

— OK, c'est votre droit. Je vous laisse ma petite liste de dates au cas où la mémoire vous reviendrait… une longue nuit en garde à vue, ça aiguise les souvenirs, parfois…

Sara et Stan rejoignirent les autres dans la grande salle. Souany apporta du café en grande quantité. Elle avait l'instinct pour détecter sur leurs visages les signes des heures sup' à venir.

Souany Kimbali voulait réussir et se rendre indispensable par tous les moyens. Devenir officier lui demanderait beaucoup de travail. Mais à son âge, elle n'était pas encore sûre du dessin de son avenir. Et la dureté de ce qu'elle voyait chaque jour l'éloignait parfois du but qu'elle s'était fixé. Elle observait Sara au travail. Elle l'admirait, fascinée jusqu'à apprécier chez elle les détails les plus insignifiants. Sara était têtue, téméraire, déterminée, obstinée. Elle en avait sous le pied, comme disait Bosco. Et en plus elle était jolie. Souany en concluait qu'elle-même pourrait peut-être concilier sa personnalité de tigresse, comme disaient ses amis, avec ce métier. Qui a dit qu'une policière devait être fade ? Elle sourit à cette idée.

— On est bien avancés, reprit Stan, le mec doit avoir forcément des trucs à se reprocher, non ? Sinon il aurait sauté à pieds joints sur le test ADN. S'il est clean, il est à l'abri.

Jeanne retira ses écouteurs et prit la parole :

— Pas sûr, il sait que ça prend des plombes avant les résultats. Ça lui laisse le temps de rechercher ce qu'il faisait au moment de chaque meurtre. S'il retrouve au moins un alibi, il est peinard. Et puis j'ai la nette impression qu'il se sent exister. On s'intéresse à sa petite personne, ça le fait jouir sans aucun doute.

— Bon, les gars ! s'écria Bosco en tapant dans ses mains, puis s'adressant à Stan et Sara : vous me faites un point sur les victimes… un profil affiné du tueur. On a besoin d'un récapitulatif, il y a un truc qui nous échappe, je vous écoute.

Stan prit la parole :

— Nous avons essayé d'établir le profil psychologique du tueur. À ce stade, nous possédons quelques éléments incontournables qui nous aiguillent peut-être vers un pervers narcissique à tendance paranoïaque et schizophrénique.

— Effectivement, continua Sara, d'après mon analyse, il serait assez manipulateur, pas mal de sa personne, entre trente et quarante ans, ayant été vraisemblablement dominé dans son enfance par une mère soit abusive, soit laxiste, ce qui revient au même pour un garçon. Il est certainement très intelligent et a été très bien inséré professionnellement avant les meurtres. Il ne supporte pas la frustration, il se croit invincible et irrésistible et se comporte comme tel, ce qui me fait presque affirmer qu'il a dû perdre le contrôle de sa vie professionnelle et sociale très récemment. Ce qui l'a fait basculer dans le rituel. Le besoin de se raccrocher à une quelconque routine rassurante pour nourrir sa névrose.

— De plus, poursuivit Stan, contrairement à ce qu'on pourrait penser, il a son propre système de valeurs morales, et il compte bien l'appliquer. Je m'explique : il semblerait qu'il vive dans le paradoxe le plus total. Sur les Facebook des jeunes victimes, certains statuts laissent à penser qu'elles auraient été séduites par lui. C'est évidemment de leur plein gré qu'elles vont par la suite se jeter dans la gueule du loup. Finalement, tout cela est très élaboré. Rien n'est dû au hasard, il les choisit avec soin. Et pour lui, Facebook est un immense terrain de jeu dans lequel il évolue comme un poisson dans l'eau. Il cause l'informatique sans accent, est capable de changer d'adresse IP comme on change de chemise. Tous les moyens que fournit le dieu internet sont bons à prendre pour lui. Il sait parfaitement comment séduire de cette façon, bien caché derrière son écran, il a tout le loisir d'anticiper, de préparer avec minutie ses futures rencontres et d'atteindre son funeste but.

— Il n'est pas à proprement parler un psychopathe, dit Sara, car il n'a pas l'air d'être d'une froideur affective flagrante dans ses actes, j'en ai pour preuve l'application qu'il met à nettoyer les corps et à les déposer sans les balancer. Et puis, il est capable de sentiments amicaux avant de passer à l'acte, ses victimes tombent sous son charme, apparemment, comme a dit Stan.

— OK, reprit Bosco, merci. Ça veut dire : on met plus de gars sur le coup et on épluche les contacts de ces filles jour et nuit. On va bien finir par trouver quelque chose, bordel de merde ! Et les portables des victimes n'ont rien donné, Mo ?

— Non, pas pour l'instant. Enfin si, il s'est débrouillé à chaque fois pour s'en débarrasser n'importe où. Donc le bornage n'a pas donné grand-chose. Lui, il utilise des intraçables, vous pensez bien. Des cartes prépayées et tout le reste. Il sait y faire de ce côté-là, c'est un grand bidouilleur devant l'éternel.

Mo fit le signe de la croix en levant les yeux au ciel, bien conscient que sa plaisanterie amuserait ses collègues. Musulman d'origine, fils de Harkis, il était quant à lui athée et éduquait ses enfants dans cette optique, mais sa femme avait d'autres idées pour ses gosses, ce qui commençait à l'inquiéter, spécialement pour ses filles. Karima Bacry s'était mise en tête qu'elles devaient porter le voile, histoire de faire fuir tous les détraqués sexuels. Il n'aurait jamais dû lui parler de *l'Égorgeur des réseaux*, erreur classique de débutant. Mais cela l'affectait plus qu'il n'aurait voulu, et parfois à la maison, la quiétude et le réconfort avaient le don de délier les langues.

— Stan, quelque chose à ajouter ?

— Il se comporte comme un hacker, il est capable de renvoyer les signaux émis par son adresse IP vers n'importe quel pays. C'est un virtuose en système, en réseau. C'est un pro du grooming. Ses connaissances informatiques sont très étendues, d'après ce qu'on sait. Certains SMS proviendraient même de Bangkok et de Dubaï. C'est un casse-tête de le pister pour l'instant.

— Bon… si j'ai bien compris, on n'a pas grand-chose… répondit Bosco, sombre.

— On a trouvé quelques comptes Facebook douteux en rapport avec les victimes, mais ils restent inactifs et muets depuis les assassinats. Et vous savez comme moi que tous ces jeunes ont des centaines d'amis sur leur page, le but étant d'en avoir le plus possible. Le noyau de ceux qui se connaissent vraiment est ridicule en fait, conclut Sara.

— Cédric, du nouveau sur les caméras de surveillance du périph ?

Cédric se leva et se dirigea vers l'écran. Il actionna la télécommande.

Il fallait qu'il soit bon devant l'équipe et le patron, sinon son avancement en prendrait un coup. Depuis quelque temps, il se sentait distancé par le binôme Sara/Stan. Il n'y en avait que pour eux à la brigade. Il devait se distinguer à tout prix, sinon adieu les primes et les vacances en Thaïlande. Armelle ne lui pardonnerait pas.

Hier soir, elle lui avait tourné le dos en murmurant un seul mot : « canapé ». Au dîner, ils s'étaient disputés. À propos de tout. Leur fils Damien et ses jeux vidéo. Ses planques. Ses horaires. Elle avait terminé par un théâtral : « De toute façon tu ne m'aimes plus, tu préfères ton boulot. » Elle l'avait menacé de repartir chez ses parents à Saint-Malo avec Damien.

Il se racla la gorge et déglutit avec peine pour tenter de chasser cette boule douloureuse qui ne le lâchait plus depuis quelque temps déjà. Il se lança :

— On a réussi à isoler une silhouette dans la nuit du 14 février, mais il faisait nuit et on ne voit pratiquement rien, regardez !

Bosco chaussa ses lunettes et fronça le nez.

— C'est tout ? interrogea Bosco, un peu méprisant, au bout de tout ce temps, vous n'avez que ça ?

— Vous savez, commandant, les caméras du périph sont surtout là pour faire de la vidéo-verbalisation, elles ne sont pas vraiment dirigées sur les abords.

Et voilà, se dit Cédric, je me cherche encore des excuses pour mon manque d'infos. C'est sûr que les deux autres savent broder et noyer le poisson avec leur jargon de psy et de pro du net. Il tenta :

— Ah si… J'ai une info… il tue le vendredi, en général. Des rires fusèrent. Il se pinça les lèvres, vexé.

— Il a raison de le souligner, reprit Sara, c'est compulsif, ça fait partie du personnage.

— Effectivement, il n'y a pas de quoi rire… et les réseaux, vous en êtes où ? demanda Bosco, les sourcils de plus en plus froncés.

— Commandant, on est tous dessus, et à fond… Cédric avait terminé sa phrase dans un murmure. Il se sentait dépassé. Dépassé comme le pauvre gosse malheureux qu'il avait été, qui avait dû mettre les bouchées doubles pour tenter de devenir celui dont plus personne ne se moque. Abonné au visage impassible, malgré le mal au ventre que provoque une attitude trop maîtrisée. Bien que le fait d'avoir été choisi pour intégrer cette unité le flattât fortement, il aurait voulu en faire plus, trouver des solutions par lui-même, sans devoir toujours compter sur l'expérience des autres, notamment sur les réseaux sociaux. Mais son problème était qu'il ne se sentait pas du tout en phase avec la jeunesse actuelle, la jeunesse connectée. Comme beaucoup de quarantenaires, il avait lâché l'affaire, comme disait son fils, et faisait partie des rageux du genre : c'était mieux avant. C'est en gros ce que lui reprochait Armelle : laisser leur gamin de douze ans jouer en ligne au lieu de partager des activités avec lui.

Varda et Lopez avaient fait partie de la cybercriminelle à la protection des mineurs, alors ils étaient au fait de tout ça, pas lui. Lui, il venait de la BAC, du terrain, il devait passer pour un gros bœuf auprès des autres. Il entendit Bosco crier.

— Au boulot alors ! On continue ! À l'heure qu'il est, il doit déjà fomenter une nouvelle relation mortifère, et ça, ça me rend fou…

Bosco se pencha un peu en avant pour cacher la douleur fulgurante qu'il venait de ressentir à l'estomac. Il allait écouter Nicole, se dit-il, et prendre rendez-vous chez le toubib, il n'avait plus le choix, il souffrait trop, et trop souvent. Demain il appellerait, juré !

9

24 MARS

Mon cher journal,

J'ai failli oublier de t'ouvrir aujourd'hui. Ce n'est pas bien. Si je ne prends pas quelques notes de ma vie maintenant, et au fur et à mesure, que restera-t-il pour la postérité ? Déjà que je n'ai pas d'enfant, et que je n'ai aucunement l'intention de me reproduire, il faut bien que je laisse une trace de moi au monde, c'est normal de vouloir ça, tous les gens en rêvent, c'est humain ! Et plus j'aurai des choses extraordinaires à raconter, plus j'inscrirai mon nom dans l'histoire, on écrira peut-être un livre sur moi, Besson fera un film sur ma vie... yes ! Et mon nom caressera peut-être, à l'ouverture du J.T., les jolies lèvres d'Anne-Lise Baccarini ou de l'autre là, la nièce de l'animateur. Un jour, oui. Je ne suis pas banal moi, je suis différent, unique, et mes actes feront de moi un homme populaire. Ma popularité future, j'y travaille. Et même si celle-ci n'est pas encore très étendue, elle tend à l'être, et surtout, je m'y attelle jour et nuit.

MILANE DALVAUX & INGRID VAALSBERG

Elles, c'était le 28 novembre.

Parlons de la petite Milane. Celle-ci, elle aimait les filles, figurez-vous, comme si Dieu avait créé ses petits Anges féminins pour aller faire des cochonneries avec leurs consœurs. Non, Dieu sait faire les choses, il crée les Anges filles et les Anges garçons, c'est comme ça. Chacun doit rester à la place qui lui a été assignée dans l'univers.

Milane, Milane ! Elle, il a fallu que je fasse preuve de finesse plus qu'avec les autres pour l'attirer. Ce serait mal me connaître, que de penser que même une seule fois, je ne puisse trouver une solution.

16 ans. Brillante. En avance sur les autres. Intelligente, aimant la poésie de Verlaine et d'Apollinaire, le Marquis de Sade. Une vraie dévergondée, comme je vous dis. Il fallait que je la punisse de son mal. Elle aimait les filles ? Eh bien, j'allais lui en donner, moi, des filles.

J'avais gardé quelques contacts avec les élèves de l'atelier théâtre que j'avais monté il y a trois ans. Des gamines à l'époque. Je les contactai et organisai, un vendredi, une grande réunion dans les jardins des Buttes-Chaumont. Je demandai à Milane de se joindre à nous. Je savais que dans ce groupe, il y avait une brouteuse de pelouse précoce. Chacun devait amener une boisson et des gâteaux. J'avoue que la seule vue de toute cette jeunesse boutonneuse me rendit instantanément très joyeux.

Comme je le pressentais, Milane se fit repérer par Ingrid, et elles s'assirent l'une à côté de l'autre pendant la lecture des poésies.

Un garçon lisait :

— « Au premier degré, on perçoit l'odeur de cette douceur céleste ; au second, on la goûte ; et au troisième, quelquefois on la recueille et on la boit jusqu'à l'ivresse », Saint Bonaventure, soliloque, XIIIe.

Une fille prit la suite :

— « J'ai dépouillé ma robe ; comment la vêtirai-je ? J'ai lavé mes pieds, comment les souillerai-je ? Mon ami a avancé la main par les pertuis, et mon ventre a tremblé par son attouchement. Je me suis levée pour ouvrir à mon ami : mes mains distillèrent myrrhe, et mes doigts sont pleins de myrrhe très bien éprouvée. » Le Cantique des Cantiques.

— « Il est préférable d'affronter une fois dans sa vie un désir que l'on craint, que de vivre dans le soin éternel de l'éviter. » Sade.

Je finis la séance par Gabriel Cousin dans un poème érotique :

— « Un Bordeaux sur mon palais, mais le nectar féminin puisé à l'entrée du palais de la femme, un Beaujolais entre mes lèvres, mais le jus féminin goûté aux petites lèvres, un Cahors entre mes dents, mais la

liqueur féminine au bout de la langue, un Bourgogne dans ma bouche, mais le vin féminin à pleine bouche de vulve, un Champagne pétillant et glacé, mais le suc féminin léché au bourgeon brûlant, soif de femme, ivresse de vivre »

Je les sentais tous très émoustillés, et à la fois un peu gênés, alors j'ai dit :

— Il faut savoir comment votre âme, par ses exercices spirituels, doit réfléchir sa contemplation sur son intérieur, afin de reconnaître ce qu'elle était par la création, combien elle a été défigurée par le péché.

Je lâchai ça comme étant ma propre réflexion, sachant qu'aucun d'entre eux ne pouvait connaître précisément les écrits de Saint Bonaventure.

J'aimais ce moment où je les obligeais à revenir aux vraies valeurs religieuses, après leur avoir lâché la bride. Un vrai bonheur. Je sonnai la fin de la réunion.

J'emmenai les deux filles chez moi.

Je leur servis quelques vodkas-pomme, boisson favorite des jeunes depuis un certain temps avec les mojitos, histoire de les émoustiller un peu plus. Elles se mirent à danser au bout du troisième verre sur la voix maniérée du chanteur des BB Brune qui sortait du smartphone. Je quittai la pièce.

Quand je revins, elles s'embrassaient à pleine bouche, et j'avoue que ça m'a pas mal excité. Je m'approchai et les séparai doucement. Je pris Milane à part et lui expliquai qu'on devait parler un peu tous les deux, elle était quand même venue pour me voir ce jour-là, et finalement nous avions été en groupe tout l'après-midi. J'avais un exemplaire d'Une saison en enfer dans une édition très rare, et je voulais le lui montrer. Elle acquiesça un peu mollement, salua l'autre fille et s'assit sur le canapé pendant que je faisais mine de raccompagner sa goudou.

De fait, je l'emmenai à la cave et lui collai un chiffon d'éther sur le nez...

Peu après, je retrouvai ma délicieuse Milane et lui offris un dernier verre... allez, avec un nuage de GHB... vous savez... la poudre qui met les filles dans un état second. Pas besoin d'explication, elle a vite compris quand elle a aperçu le corps d'Ingrid sur le sol.

10

La pièce était baignée de soleil. Mégane Marceau s'étirait et s'enfonçait sous sa couette avec délice. Ses jambes à peine sorties de l'enfance, potelées et fermes à la fois, pendaient de part et d'autre de son lit étroit. Elle ne pouvait dormir que de cette manière – une curieuse anomalie que sa mère avait tenté de corriger à plusieurs reprises, sans succès. Ses cousines se moquaient d'elle sans relâche et l'avaient même persuadée qu'elle était ingrate, qu'elle n'aurait jamais de petit copain, qu'il lui manquait l'essentiel, et celle-ci, naïve et docile, intégra cette idée sans sourciller.

Hélène Marceau, sa mère, n'était pas de cet avis. Sa fille lui semblait jolie à elle. Un visage un peu suranné, comme d'un autre temps mais qui, une fois débarrassé de son côté poupin, ferait sans doute un portrait intéressant. Des cheveux blond cendré fins et bouclés, qu'elle portait longs et lissés – étant évident qu'il était hors de question de sortir sans brushing –, entouraient des yeux un peu ronds qu'elle tentait d'allonger avec du maquillage.

Elle venait d'avoir quinze ans, l'âge sous influence.

Après un bras de fer, les Marceau avaient cédé à l'appel de l'ordinateur portable. Philippe, en père responsable, comptait sur l'honnêteté de sa fille pour garder prudence et raison dans ce vaste monde qu'était internet. Néanmoins, il restait ferme sur l'achat d'un smartphone, elle s'en sortait encore très bien

93

avec son vieux Samsung, pensait-il. Et puis la fonction d'un téléphone n'est-elle pas d'abord de téléphoner ?

Le chant d'un merle à la gaieté communicative parvint jusqu'à elle, comme pour lui dire : « Allez Meg, debout, ça va être une bonne journée ! » Aucune envie de se lever ce matin ; elle avait eu du mal à trouver le sommeil après ce tchat avec lui hier soir. Elle en avait rêvé, Facebook l'avait exaucée. Depuis plusieurs semaines, ils se parlaient sur les réseaux sociaux.

Il était entré en contact avec elle par message privé sur l'ordinateur de Clara, sa meilleure amie. Désormais, cela allait être bien plus simple de communiquer – même du fond de son lit –, puisqu'elle possédait son propre ordinateur. Ses parents l'avaient toujours autorisée à utiliser celui du salon, mais il était hors de question qu'elle donne sa vie privée en pâture à toute la famille. Alors, elle allait chez Clara. Clara Blondel, sa meilleure amie depuis le CM2, dont les parents – à la fois laxistes et stricts – auraient pu figurer dans le Guinness des records au chapitre *Interdictions parentales extrêmes*. Un détonnant mélange ! Ils préféraient la savoir à la maison, l'exhortant à y inviter ses amis afin de la tenir à l'œil, c'était leur expression. La maintenir en cage pour la voir grandir leur paraissait salutaire. Aucun voyage scolaire, aucun sport, rien qui puisse la mettre en danger à l'extérieur du doux cocon familial. Par contre, Clara avait un ordinateur depuis la sixième, mais vu leur incompétence en la matière, ils n'avaient mesuré en rien les dangers du net. Elles en riaient beaucoup entre elles, les névroses des Blondel étant leur sujet de prédilection.

L'heure était venue d'aller au collège, il fallait se bouger. Elle se leva d'un bond, trébucha sur son jean en boule sur la moquette, puis sur sa basket, et finit par se cogner le genou sur le montant du lit.

« Merde ! Fait chier ! La loose ! », s'énerva-t-elle. Dans le couloir, elle croisa son petit frère, Arthur, encore tout ensommeillé, cheveux en bataille et pyjama Docteur Who. Il sortait des toilettes. « Je parie qu'il a encore pissé la lunette baissée… gagné… oh, je vais le tuer celui-ci un jour ! Maman ! Arthur a encore pissé à côté… Jamais il apprendra qu'un garçon relève la lunette ? Oh, la loose, la loose ! » Après sa douche, Mégane ouvrit son ordinateur et cliqua sur l'icône Facebook, elle avait un message de lui : *Petite Luciole, mon cœur est impatient de toucher le tien.* Son visage s'éclaira, elle lui répondit par un smiley clin d'œil et publia un statut : *J'ai décidé de devenir amoureuse.* Elle en autorisa la visibilité à tous. Elle se sentait si fière d'avoir été choisie par lui qu'elle était prête à le crier à la face du monde.

Maintenant, elle pouvait descendre pour le petit-déjeuner. Dans la cuisine, la voix de Canteloup s'efforçait de dérider les auditeurs en mal de bonne humeur. « La loose, ces radios de vieux ! », marmonna-t-elle. Ses parents étaient tellement accros qu'ils podcastaient méthodiquement les émissions qu'ils ne pouvaient écouter en direct.

— On s'entend plus dans cette baraque, vous ne pourriez pas baisser, là ? fit Mégane en les fusillant du regard.

Hélène et Philippe Marceau, très absorbés, attentifs au son qui sortait de la radio, lui firent signe de se taire. Mégane s'exécuta, non sans afficher un air outragé, et se servit un jus d'orange.

— Eh, Meg ! Tu t'es couchée tard hier, je t'ai entendue rire, tu étais encore en train de parler avec Clara ? dit sa mère.

— Pas du tout ! Tu délires, Hélène, je dormais comme un bébé.

— Maman… maman, pas Hélène, dit celle-ci en détachant bien les syllabes, je suis ta mère, pas ta copine il me semble. Alors tu as éteint à quelle heure ?

— Mais je sais pas, moi ! J'aimerais bien qu'on arrête de me fliquer… y'a plus de céréales ?

Elle sortit toutes les boîtes du placard, afin de trouver enfin celle de son petit-déjeuner favori : les céréales idéales, celles qui ne font pas grossir – mais qui ont quand même des pépites de chocolat à l'intérieur. « Il y a forcément une part de vrai dans la pub », pensa-t-elle.

— Je me demande ce que vous avez encore à vous dire après les cours. Bon, tu n'oublies pas que nous partons ce soir jusqu'à lundi, ton père et moi ? Mam viendra vers cinq heures, après ton cours de danse, je lui laisse la clé sous le pot en terre comme d'habitude, OK ? Tu m'écoutes ?

— Vous vous barrez en week-end le mercredi, vous ! Ben on comprend mieux pourquoi la France est à la traîne, niveau économie…

— Mais de quoi je me mêle, répondit son père en éclatant de rire, qu'est-ce que tu connais, toi, à l'économie ?

— Ben, j'en connais suffisamment pour voir que toutes vos RTT, là, ben c'est nul.

— Mais ma fille, on les mérite, nous, nos RTT, quand tu gagneras ta vie, tu comprendras et tu auras droit à la parole. Si je te presse le nez, c'est du lait qui coule encore… alors, on se calme.

— Mouais, c'est bon, n'importe quoi… bon, j'y vais là… suis à la bourre, bisous ! Elle se retourna et disparut.

— Tiens, elle vous parle en SMS maintenant et ça vous gêne pas ? Suis à la bourre ! Bisous ! Bisous !

Arthur singea Mégane en exagérant le trait. Il ne ratait aucune occasion pour descendre sa sœur aux yeux de ses parents.

Philippe et Hélène se regardèrent, partagés entre l'envie d'admettre la réalité affligeante et celle de réprimander leur fils sur son aptitude à la délation. Mais Arthur quitta à son tour la cuisine avant qu'ils n'aient eu le temps de réagir.

Dès qu'elle fut sortie, Mégane ne put s'empêcher de crier « yes ! », en faisant un geste victorieux.

Ce soir était le grand soir, elle allait enfin le rencontrer en chair et en os. Clara devait passer à la maison. Elles avaient élaboré un plan imparable. Elle la remplacerait dans son lit quelques heures, le temps de son rendez-vous. Sa grand-mère n'y verrait que du feu, du moins, l'espérait-elle. Elle était suspicieuse, pourtant, Mam. Il faut dire que sa propre fille, Hélène, lui avait fait ce genre de coup dans sa jeunesse – s'esquiver pendant les longues soirées télé du samedi soir. Alors, elle était du style à faire des rondes de nuit. Clara prendrait sa place sous la couette – étant entendu qu'elle aurait, elle aussi, fait le mur de son côté – et Mam serait rassurée.

Mégane jeta un œil vers le ciel et croisa les doigts pour que tout se passe bien. Un coup de klaxon la fit sursauter ; un homme aux bras tatoués au volant de sa camionnette était en train de l'insulter copieusement. Elle le regarda d'un air étonné et se rendit compte qu'elle prenait racine au beau milieu de la chaussée. D'un bond, elle sauta sur le trottoir avec un sourire d'excuse à l'adresse du conducteur qui repartit en la traitant de petite pétasse.

*

Elle croisa les jambes pour la centième fois. Agressée par la voix stridente de la prof d'anglais, elle levait les yeux au plafond en se donnant des airs. Elle se sentait hors sujet dans cette classe alors que dans quelques heures elle allait vivre un grand événement. Elle, Mégane Marceau, une fille si différente de ses camarades. Eux, qui ce soir dîneraient sagement à la table familiale, sans autre projet qu'une série américaine ou un jeu vidéo.

Un nœud dans le ventre. Comme au karaoké juste avant de prendre le micro. Quand la sonnerie retentit enfin, elle zippa son sac en moins d'une seconde. Elle embrassa son amie Clara qui souriait jaune, tremblant à l'idée de leur soirée peu conventionnelle. Elle se rua dans le couloir. Elle allait zapper son cours de danse. Vite, rentrer à la maison, prendre un bain, se faire une beauté, un ravalement de façade, comme disait sa mère. Trouver les fringues parfaites. Être la fille parfaite.

Elle arriva chez elle. Sa grand-mère l'attendait avec un bol de chocolat fumant et des crêpes. « Oh, my God ! » se dit-elle. Ça embaumait. Le problème avec les membres de votre famille, c'est qu'ils vous voient toujours comme une gamine, même à quinze ans révolus, vous n'êtes à leurs yeux qu'un bébé poussé en graine, et ils font tout pour vous le faire sentir à vous en faire étouffer.

Mégane sourit à sa grand-mère, et l'embrassa :

— Salut Mam, tu vas bien ? Tu n'as pas eu de mal à trouver les clés ?

— Bonjour ma poupée, non, j'ai l'habitude avec ta mère... la clé était bien sous le pot de terre, seulement le pot de terre n'était plus au même endroit, tss ! Elle ne changera jamais celle-ci, fofolle et distraite comme pas deux. Et toi, bonne journée ?

— Oh, la routine quoi, le collège, tu sais c'est un peu la même journée éternellement recommencée... le jour sans fin quoi !

— Oui, ma jolie, mais si tu veux un bon conseil : profites-en bien de ces années, tu sais quand on y est, on voudrait leur voir la queue et plus tard on rêverait de s'y replonger.

— Mouais... si tu le dis...

Filer direct dans sa chambre était une option, mais elle sentait qu'il serait préférable de se poser quelques minutes, de grignoter une crêpe, et qui sait, de prendre quelques précieuses infos sur la vie et tout le reste.

Mégane aimait beaucoup Mam, comme elle l'appelait depuis son plus jeune âge. Autant les remarques de sa mère l'importunaient au plus haut point, autant celles de sa grand-mère touchaient toujours au but et la faisaient réfléchir. Aussi, la duper ce soir n'était pas une partie de plaisir pour elle, et elle s'en voulait déjà... mais si elle avait eu la plus petite velléité de changer d'avis maintenant, le processus était enclenché. Clara devait arriver d'ici une heure ; faire croire à Mam qu'elle venait réviser un contrôle de maths avec elle pour demain, puis faire mine de repartir vers dix-neuf heures trente, passer par le garage et remonter discrètement dans sa chambre. Un plan parfait. Carré. Qui ne pouvait pas rater.

25 Mars – Marine Leroy

Elles me tuent ces gamines… À peine sorties de l'œuf et déjà en pose sexy. Comment le monde a-t-il pu basculer ainsi ? La faute des parents bien sûr. Mon prochain projet sera de m'occuper des mères d'adolescentes. Pas con ! Je vous ai dit que j'avais un grand avenir. Mon œuvre est sans limite et ma motivation inébranlable, je les aurai toutes, jusqu'à la dernière.

Marine, c'était le 12 décembre. Grande blonde surexcitée, qui rêvait d'être mannequin. Une blogueuse beauté… les pires ! Elle se faisait une pub monstre sur son Facebook. Liens sur son Instagram : ça y allait, les selfies, maquillage outrancier, les yeux charbonneux, les cheveux lissés, puis bouclés, très habillée, puis moins, extérieur, intérieur, nuit, jour, enfin toute sa vie donnée en pâture à des centaines d'yeux étrangers. Hélas, elle n'est pas la seule dans son cas. Grosse épidémie d'exhibitionnisme sur le web.

Avec elle, je me suis concocté un profil de casteur, évidemment. Pas besoin de faire comme d'habitude, tchat ou échange de mails, séduction et tout le bordel. Simple, efficace, une fausse petite annonce et un message privé de la belle plus tard, le rendez-vous était pris. Directement chez moi, enfin, dans la maison de ma mère, en voyage dans les îles avec son nouveau mange-merde, oui c'est comme ça que j'appelle les amants de ma pourrie de mère. Elle a gagné un séjour dans un paquet de biscottes. Débile ! Mais je digresse…

Bref, je pars un peu plus tôt avec mes quelques achats effectués sur divers sites, vêtements, lumières, rideaux en velours rouge pour créer un décor cabaret qui devrait plaire à Marine. J'aime les mises en scène un peu théâtrales. Après tout c'est ce que je suis : un metteur en scène. Je crée une situation, j'y insère mon personnage favori... et... action !

À peine le temps de tout installer au sous-sol, un coup de sonnette, c'est elle. Débraillée comme je m'y attendais, une bobo hystéro chicos. Beurk ! Mais excitante ! Je devrai encore en payer les conséquences. Je n'ai pas le droit, c'est mal de convoiter, c'est mal de jouir. Ces petits Anges m'entraînent sur une pente délicate, il faudra expier et beaucoup prier.

Pressée de poser pour le photographe professionnel qu'elle croit que je suis, elle s'empresse de descendre l'escalier sans une once de méfiance. Il faut dire que je sais être rassurant et beau gosse, vous le savez. Seul cadeau que ma mère m'ait fait : un physique. Elle me parle de son book qu'elle doit améliorer et diversifier. Le décor lui plaît, elle adore Nana de Zola, me confie-t-elle. Je me dis qu'au moins elle ne mourra pas idiote, celle-là, et ça me fait rire. Ironie du sort. La séance peut commencer, haut les cuisses ! Quel régal de la punir.

12

Les pas de Mégane crissèrent sur le gravier. Elle se figea un instant, puis avec mille précautions, elle continua jusqu'à la grille sur la pointe des pieds. Pourtant, elle savait bien que personne ne pouvait l'entendre : ses parents étaient à Londres, Mam était un peu dure d'oreille, quant à son frère, il devait avoir le casque de sa Play sur les oreilles, comme à son habitude. Le danger d'être découverte l'angoissait et l'excitait à la fois.

Londres, c'était dans cette ville que ses parents s'étaient rencontrés. Leur histoire faisait toujours battre son cœur et celui de ses copines à chaque fois qu'elle l'évoquait. Abreuvées de séries pour ados, elles trouvaient ça très romantique. Quand elles se faisaient des soirées pyjama/DVD devant *Wild & Popular*, *Gossip Girl*, ou encore *Looking for Rosie*, elles poussaient des petits cris stridents de belette quand l'amour triomphait. Mégane jugeait cela un peu trop démonstratif quand même.

Vêtue trop légèrement sous sa parka, elle frissonna en descendant du bus. La petite robe noire qu'elle avait empruntée à sa mère lui donnait un air plus femme, qu'elle arborait fièrement. Le printemps tardait à venir cette année, et la soirée était humide, le soleil de la journée n'ayant pas suffi à réchauffer l'atmosphère.

Le souffle court, elle avançait vers son destin. Un rendez-vous secret pour la première fois de sa vie. Elle avait déjà eu des petits amis bien sûr, mais toujours dans le cadre du collège, des amourettes de récré, de plages. Mais là, c'était bien différent, elle vivait un grand moment, un rencard, comme avait dit Clara.

Elle arriva sur le parking du Mac Donald. Plusieurs voitures y stationnaient, toutes inoccupées. Il lui avait dit qu'il l'attendrait au volant de sa Mégane gris métallisé. Mégane... comme son prénom. Elle y avait vu un signe. Elle passa devant l'entrée et jeta machinalement un coup d'œil à l'intérieur. À travers les vitres embuées, elle reconnut deux camarades de sa classe qui dévoraient leur sandwich en rigolant. Elle contourna l'établissement. La voiture était là, unique véhicule garé sur la zone réservée aux employés. Des papillons dans le ventre, elle accéléra le pas et se pencha à la vitre passager...

Elle découvrit un garçon plus âgé que ce à quoi elle s'attendait. Il ressemblait un peu à sa photo Facebook, quoi que... en regardant de plus près... elle était perplexe. Il portait un bonnet en laine noir, une doudoune, et des lunettes de vue stylées, très à son goût, se réjouit-elle. Elle nota ses yeux d'un bleu étonnant, gris-bleu acier comme un husky, pensa-t-elle. Il lui fit signe de faire le tour et de s'asseoir près de lui. Mais elle restait plantée sans un mouvement sur le parking désert. Les questions se bousculaient, on lui avait appris la prudence à la maison et là, elle se comportait comme une fille qui n'a peur de rien. Il baissa la vitre :

— Salut ! Mégane ? dit-il d'un ton engageant.

— Oui c'est moi !

« Réponse idiote », se dit-elle. Évidemment que c'était elle, qui d'autre, à part lui, savait où elle avait rendez-vous ? Une pluie fine se mit à tomber. Il dit :

— Cool... tu montes, il pleut là...

— Je sais... heu... mais je n'ai pas l'habitude...

— L'habitude de quoi... de ne pas te mettre à l'abri quand il pleut... ou l'habitude de rester immobile à un rencard ? demanda-t-il.

Elle grelottait maintenant. Sous sa parka un peu trop courte, la robe légère laissait passer tous les courants d'air. Elle se décida et dit, intimidée :

— Bon OK ! Mais cinq minutes alors...

Elle avait appris dans ses séries favorites qu'une femme digne de ce nom doit toujours être sur le point de partir, et faire mine d'accorder son temps précieux comme un cadeau. Il lui arrivait même de citer les répliques de certaines de ses héroïnes et de les faire siennes. Il se pencha pour lui ouvrir la porte. Elle monta.

— Voilà qui est mieux... on se serre la main ou on se fait la bise ?

Il sourit, découvrant des dents d'une extrême blancheur. Un sourire un peu froid, étrange, mais terriblement attirant. Elle pensa à Bella et Edward, le vampire séduisant de Twilight, car la situation avait un avant-goût de danger indéfinissable. Elle le sentait, mais elle mourait d'envie de vivre une histoire d'amour romantique et unique, alors le mystérieux de la situation ne pouvait être qu'excitant.

— La bise, OK, répondit-elle. Il l'embrassa sur la joue.

— Tu sens super bon, attends, ne me dis pas... vanille et mûre...

— Yes, trop fort !

— Bon, on a enfin fait connaissance, je suis ravi… entre nous, j'étais sûr que tu serais jolie et douce comme ça.

— Tu trouves ? Ah, cool… merci… par contre tu as plus de vingt ans, pas vrai ?

— Ça se voit tant que ça ? Il souriait toujours. Mais tu sais… mon cœur, lui a vingt ans. Et toi quinze ? Cinq ans d'écart, ce n'est pas la mer à boire et si j'avais un peu plus… serait-ce bien grave ?

Il s'exprimait bien, elle appréciait.

— Non, pas du tout. Mes parents ont, eux aussi, cinq ans de différence, et ils s'entendent si bien… quand Clara va savoir ça, elle va être trop jalouse qu'un homme comme toi s'intéresse à moi…

— Tu n'es pas obligée de lui dire à Clara…

Son regard bleu se durcit, et en un clin d'œil se radoucit.

— … sinon elle voudra que je lui présente un pote à moi, remarque, ça pourrait être cool… les quatre z'amis.

— T'as trop raison… en plus, un couple romantique doit vivre sa passion loin du monde, moi, c'est comme ça que je vois les choses.

— Bien dit ! C'est bluffant comme on est raccord, tu es trop top, jolie Mégane…

Ils bavardèrent encore quelques instants, parlant de tout et de rien, de ses goûts, de ses cours de danse, de ses vacances, il avait l'air de s'intéresser vraiment à elle. Il lui souriait comme à une femme qu'on veut séduire. Il ne la prenait pas de haut comme le faisaient ses cousins plus âgés. Elle se laissa aller à beaucoup de confidences, elle se sentait tellement bien. Tout à coup, il dit :

— Bien, bien, chère Mégane, il commence à se faire tard, non ? Tes parents vont s'inquiéter, j'imagine ?

— Oh non, mes parents sont absents, c'est ma grand-mère qui nous garde, heu... qui garde la maison, je veux dire, se rattrapa-t-elle pour ne pas avoir l'air d'une gamine.

— OK, girl... je te dépose quelque part ?

— Ah, déjà...

— Toutes les bonnes choses ont une fin. On s'est rencontrés : première étape... la prochaine fois, deuxième étape. Ah, ah, suspense...

Il avait tellement raison, il avait tellement la classe, pas de précipitation, « J'adore ! » pensa-t-elle. Un garçon de son âge aurait déjà essayé de l'embrasser.

— On peut faire un petit selfie ? hasarda-t-elle.

— Ah sûrement pas ! fit-il plus sèchement qu'il n'aurait voulu, puis il se reprit :

— Ma jolie Luciole, attendons le prochain rendez-vous pour nous donner en spectacle, qu'en dis-tu ? Le secret est un mystère délicieux, non ?

— Oui, bien sûr... pardon... je suis bête... pardon ! Elle rosissait à vue d'œil.

— Bien, c'est dit ! Alors un petit tour dans mon carrosse, jeune demoiselle ?

— Je veux bien que tu m'avances un peu à la prochaine station de bus, si ça ne t'embête pas.

— Vos désirs sont des ordres, princesse !

Il mit sa ceinture et démarra la voiture. Ils passèrent devant le fast-food juste au moment où ses deux camarades en sortaient, ils la reconnurent et Sohel lui fit un pouce en l'air en riant. Elle descendit au fond de son siège. « Mince ! pensa-t-elle, j'espère qu'ils ne vont pas baver demain, au collège, qu'ils m'ont vue. » Il se gara un peu au-delà de La Bellevilloise. Juste avant qu'elle ne se retourne pour sortir, il prit son menton avec toute la douceur dont il était capable et lui déposa un léger baiser sur les lèvres.

13

26 MARS – CHARLOTTE ALTÈGUE

Hello my Diary, me revoili, me revoilou. En me relisant hier soir, je me suis rendu compte que je ne vous avais pas raconté Charlotte, ma Saint-Sylvestre à moi, mon trente-et-un presque parfait, tout occupé que j'étais par la docile Milane et sa copine, sans oublier Miss Marine Leroy.

Bref, j'avais repéré sur Facebook quelques invitations à des « grosses soirées », comme ils disent aujourd'hui, mais je n'avais pas encore fait mon choix pour le réveillon. M'inviter et taper l'incruste étant une de mes spécialités. J'hésitais entre soirée collège, ou soirée lycée, voire soirée fac. J'avais un paquet de contacts sur mes comptes et je décidai de raconter en tchat que la fille qui organisait la soirée où je devais me rendre avait annulé pour cause de gastro. C'est insensé comme les jeunes sont peu méfiants dès lors que l'info provient de leurs réseaux, je me retrouvai invité sans problème à une fête de gosses de riches au Trocadéro, par la cousine de l'un d'entre eux : j'ai nommé Charlotte, avec laquelle nous avions déjà eu deux rendez-vous au jardin de Bagatelle. Elle, elle aimait les fleurs. J'avais une voiture, j'imagine que c'est ça qui a tout déclenché, parce que le métro c'est pas mal pour l'aller, mais pour le retour les filles aiment mieux ne pas avoir à se geler les fesses après les avoir bien trémoussées sur du boum boum. En parlant de fesses, Charlotte avait choisi une minijupe en strass, avec des bottes en plexi bien sexy et un haut en mousseline noire, très transparent. En parfait gentleman, je suis passé la prendre en bas de son immeuble. Quand elle est montée dans la voiture, j'ai eu du mal à regarder la route ! Mais je voulais apprécier le moment ; attendre sa proie est doux et violent pour les nerfs, et j'avoue que ça en vaut la chandelle à chaque fois. Bon, je vous passe les détails du dancefloor, de la mousse balancée à minuit par un jeune con fringué comme un SDF, mais probablement pour plus de mille euros. Le champagne coulait à flots évidemment, et je ne parle pas de la coke. Des nuages de poudre sur les tables basses. Ma Charlotte s'amusait bien. Moi, vers quatre heures du mat, j'ai craqué ; j'en ai eu marre qu'elle se frotte comme ça à tous les garçons de la fête. Il fallait que je punisse cette libertine, trop, c'est trop. C'est marrant comme je suis d'humeur changeante, versatile. Je suis bien, et tout à coup je ressens comme une explosion dans mon cerveau reptilien – le cerveau des pulsions comme le pensait Freud –, mes nerfs sont à vif en une seconde, et j'ai envie de hurler pour que ça s'arrête. Alors j'entends cette voix familière qui me conduit et me guide depuis toujours. Une voix entêtante, qui m'oblige même à faire des choses auxquelles je n'aurais jamais pensé. C'est là que j'agis.

il me donne le feu vert. il me dégage de toute responsabilité. Je Deviens lui…

D'abord, elle a refusé de partir… Alors j'ai mis un petit cachet dans son verre, son nom savant est l'acide gamma-hydroxybutyrique, j'en ai toujours sous la main, vous vous en doutez, je leur en donne à chaque fois. C'est incolore, inodore et sans saveur lorsqu'il est mélangé à une boisson. Les effets apparaissent en quelques minutes : désorientation spatio-temporelle, ataxie et surtout désinhibition. Et là, j'ai encore plus de raison de les punir, parce qu'elles se lâchent mais alors vraiment, vous pouvez me croire !

Moi je dis : quand on est vraiment innocente et croyante, même avec un cachet on reste propre. Seulement, ce n'est jamais le cas. Mon rôle est de sévir en conséquence, et d'aider ces petits Anges perdus à retrouver le chemin de Dieu. C'est ça, c'est ma mission, ma mission, ma mission, ma mission, ma mission, ma mission, ma mission, ma mission, ma mission, ma mission, ma mission, ma mission.

Dans la voiture, elle a commencé à me faire des trucs, j'ai mordu ma langue jusqu'au sang pour ne pas aimer ça. À la maison, je lui ai fait son affaire, elle m'avait rendu dingue. Un peu d'éther pour la faire taire, j'ai serré son petit cou… Puis nettoyage, emballage et débarrassage.

14

Stan, les clefs entre les dents, des sacs de courses dans chaque main, referma la porte de son appartement avec le pied. Il n'aimait pas être en nage ; une deuxième douche ne serait pas du luxe. Il en avait déjà pris une au poste, incapable de tenir jusque chez lui avec cette impression de sentir la sueur. Obsédé par la propreté depuis toujours, même à l'âge critique de la fin de l'enfance, où les garçons tentent d'éviter la salle de bains de toutes leurs ruses, lui y allait de bon cœur, sachant que ses copines préféreraient l'embrasser lui, plutôt que les autres.

Il jeta un regard furtif au miroir de l'entrée et pesta. Un gosse n'aurait pas eu les joues plus rouges après une partie de foot. Il se dirigea vers le coin cuisine et déposa ses emplettes sur le bar américain, non sans délicatesse. Il avait acheté du champagne Mademoiselle, sa marque favorite, un assortiment de spécialités de chez Droski, le traiteur russe, et il lui restait une assiette de pirojki, qu'il avait confectionnés lui-même. Il fallait que tout soit parfait pour elle. Il avait enfin trouvé le courage d'inviter Sara à dîner chez lui et, à sa grande surprise, elle avait accepté très simplement.

Tandis qu'il ouvrait le robinet de la douche, il se demanda comment Sara et sa mère s'entendraient, deux femmes que tout opposait. L'une torturée et profonde, l'autre fantasque et légère. Sara l'impulsive contre Olga la rieuse. Il repensait souvent à ses soirées d'anniversaire en famille quand il était gamin – avant le drame. Au dessert, ses grands-parents entonnaient les airs russes de leur enfance, et sa mère prenait sa guitare et les accompagnait. Et puis très vite, elle lâchait le russe pour la pop. Les Pretenders, Bob Dylan, Léonard Cohen, Brassens et les autres. Après la disparition d'Anouska, la capacité de tout le clan Varda à encaisser la fatalité avait été exemplaire. Le sang russe sait emballer le malheur. Lui, malgré ses efforts, n'oubliait pas. Sa petite sœur était présente à chaque instant. Une image figée.

Il mit son peignoir tout en se frictionnant la tête avec sa serviette et passa dans la chambre. Il ouvrit son dressing – un petit cadeau qu'il s'était offert récemment. Les rayons parfaits, les tee-shirts rangés par couleurs, les chemises bien pendues, les cintres-pantalons, les tiroirs à chaussettes et à boxers avec compartiments qui glissent bourgeoisement, s'éclairent quand on les actionne et s'éteignent quand on les referme. Et puis les chaussures de ville, les baskets bien alignées dans des box prévus à cet effet, un rêve ! Lui qui aimait tant l'ordre, cette invention avait été conçue pour lui.

Il se rasait maintenant, torse nu devant son miroir. Il se mit à penser à Irina. Sa jolie Irina, qui avait partagé sa vie pendant trois ans. Leurs rendez-vous amoureux ressemblaient à celui qu'il s'apprêtait à vivre avec Sara. Pendant une année, ils n'imaginaient pas que leur envie d'être deux au quotidien risquait de tout remettre en question. Elle vint s'installer chez lui treize mois après leur rencontre. Irina plaisait beaucoup à son père. Enseignants tous deux aux Langues Orientales, leurs conversations pointues les isolaient souvent des autres convives lors des repas dominicaux. Irina insistait toujours pour honorer les invitations de ses beaux-parents, même si elle savait que Stanislas aurait préféré parfois rester à la maison, surtout lorsqu'il était d'astreinte : le dîner pouvait être interrompu à tout moment, il devait rester sobre, ça lui gâchait la soirée. Au moins avec Sara, il n'y avait pas ce genre de contraintes, elle savait s'enivrer juste ce qu'il faut pour décompresser, et, tout naturellement, Stan se mettait au diapason.

Pourtant, Irina n'avait rien de la belle-fille idéale. Pour Olga, elle n'était pas une fille pour son fils. Même si ses origines russes plaidaient en sa faveur, elle ne la trouvait pas assez gentille. Trop étriquée dans ses idées, trop donneuse de leçons en général.

La troisième année fut illustrée tristement par des conversations fades et un calme plat au lit. Il tint bon jusqu'en décembre, et la quitta après avoir lu un vieux Poche de Beigbeder, *L'amour dure trois ans.* Cela ne l'avait pas directement influencé, mais le constat était là, tout simplement.

Presque vingt heures… Il enfila une chemise blanche à fines rayures bleu ciel, un Levis, et il passa ses bottines italiennes en peau retournée qu'il adorait. Quelques gouttes d'Habit Rouge de Guerlain. Un dernier regard à son miroir. Il arrangeait ses cheveux quand la sonnette retentit. Un pincement, comme une légère appréhension, au moment où il ouvrit la porte.

— Hello Boy ! dit Sara en lui collant une bouteille dans les mains.

— Bonsoir ! Tiens du champagne, on a eu la même idée, je crois bien, fit-il en l'invitant à entrer.

— Ça nous changera des bières ordinaires d'après boulot, un peu de classe dans ce monde de brutes !

Elle passa devant lui en faisant mine de l'ignorer et joua la vamp en retirant son manteau qu'elle envoya d'un coup de poignet sur le canapé. Elle portait un mini-kilt, des bas très fins, des bottes noires en cuir, et une chemise en soie assez décolletée. Les cheveux relevés sur un ras-de-cou en velours.

Elle restait debout tout en observant les chromos sur les murs. Stan mit en route sa play-list sur son iPod, et l'on entendit les premières notes de Blue de Joni Mitchell.

— Alors surpris, non ? J'ai vu ton regard tu sais... j'ai eu envie de m'habiller en fille... pour toi, dit Sara avec des yeux rieurs.

— Moi, je trouve que ça te va très bien. Même vêtue d'un sac-poubelle, tu serais classe !

Sara leva les sourcils.

— La prochaine fois, je sais ce que je mettrai.

— Désolé ! C'est vrai que la comparaison n'est pas très heureuse, se rattrapa Stan. Bon, en un mot, t'es sexy, quoi...

Elle rit pendant que Stan débouchait la bouteille.

— À l'avenir ! Ils trinquèrent.

Alors qu'ils entamaient la seconde bouteille, Stan se pencha vers Sara, et l'embrassa.

*

Il était six heures dix. Stan bloqua le bip du réveil. Il se tourna vers l'oreiller sur lequel les cheveux de Sara s'étalaient. Elle respirait tranquillement, les traits encore embellis par le sommeil. Il approcha doucement son index à quelques centimètres de son visage et en dessina les contours. Que cette fille lui plaisait ! Ses sentiments avaient l'odeur de Sara. Il la voulait pour la vie, il rêvait de centaines de matins comme celui-là, se réveiller avec elle, faire des projets, des enfants peut-être, voyager et travailler toujours et encore ensemble.

Sara n'était pas une fille banale. Se poser n'était pas planifié chez elle. Il connaissait la pression familiale qu'elle subissait et en déduisait qu'il allait ramer. Lui non plus n'avait pas prévu ça. Pas prévu non plus le rival, l'amour de jeunesse : cet Adrien dont elle lui avait parlé… beaucoup parlé. Chasser les fantômes, un sport dont il ne connaissait pas les règles. Sans vouloir se vanter, jusque-là ses conquêtes avaient semblé plutôt prêtes à tout lâcher pour le suivre. Il s'avouait en avoir profité. Mais là, cette envie de se plonger à deux dans l'avenir, d'en prendre pour vingt ans peut-être, ne l'effrayait plus, même quand il repensait à Irina. L'émotion au ventre, pleine, affamée, dépossédée de toute raison qui envoie des signaux au cœur, il la sentait. L'émotion incontournable découlant de la présence addictive de Sara. Une sensation bien vivante, qu'il ne pourrait plus oublier désormais.

Il connaissait le courage des filles telles que Sara, celles qui ne prenaient rien à la légère, capables de buter cent fois dans un mur pour en venir à bout, têtues, rebelles, obstinées. Avec elle, il aurait son content de cris, d'affrontements, il en avait conscience. Cela lui convenait parfaitement, il ne souhaitait pas une vie trop tranquille, et encore moins une relation plate et ennuyeuse. Cette fois, il ne voulait pas que cette soirée soit sans conséquences. Il en voulait, lui, des conséquences, des décennies de conséquences.

Il se leva à regret, se pressa vers la salle de bains, en ayant pris soin de faire un crochet par la cuisine pour allumer la cafetière. Quand il revint dans la chambre, elle avait disparu.

— Sara ? Sara ? cria-t-il, inquiet, dans le silence de l'appartement.

Rien, Sara s'était volatilisée.

15

27 Mars

On me croit dur, sauvage, brutal, bestial, sadique, monstrueux, en un mot, inhumain.

Mais ce n'est pas vrai, je peux être doux et très bienveillant. Pour me comprendre, il faudrait déjà me connaître. Je disais plus haut que nos actes nous définissent, les miens sont empreints de sens, et peu importe mon passé, j'ai été choisi simplement parce que je suis un être entier et sincère. Prenons par exemple, moi, enfant.

Mon rôle a été celui de protecteur de ma jeune sœur, j'étais le gardien de sa vie, de ses nuits, même. J'ai déjà dit à quel point le cercle familial était dévastateur, on fait avec ce qu'on a.

Vous pensez peut-être qu'on avait de gentils parents bien intentionnés à notre égard ? Un papa qui rentre du travail tous les soirs et qui vient vérifier si ses charmants bambins ont fini leurs devoirs, qui leur donne un baiser avant d'aller pincer joyeusement les fesses de sa femme à la cuisine ? Une maman bien aimante et caressante qui ne se lasse pas de faire des gâteaux et des guili-guili ?

L'idéal quoi !

Non, chez nous c'était plus pointu. Le cadre familial n'avait rien de classique. Celui qui m'a élevé a foutu le camp sans laisser d'adresse, j'avais dix ans. Je ne vous raconte pas le défilé à la maison, une femme délaissée a de la ressource, croyez-moi ! L'illusion d'appartenir à une vraie famille a fondu comme neige au soleil. Les spécimens de père possible se sont succédé, une fois, il y en a même un qui est resté presque un an.

On était de nouveau quatre à table. Et puis patatras ! Encore un désistement. Mais tous avaient un point commun : les claques volaient et nous brûlaient les joues... une tendresse comme une autre.

Alors il a bien fallu qu'on se serre les coudes avec la sœurette, si vous voyez ce que je veux dire... Oui, je suis certain que vous comprenez. D'ailleurs, qui ne s'est pas adonné à quelques tripotages avec frère, sœur, cousin, cousine ? Après, c'est la routine ; on recherche le contact, on provoque les occasions, puis on passe très vite aux choses plus sérieuses. C'est de l'amour, oui, c'est de l'amour, je le jure devant tous mes petits Anges réunis au ciel.

Dieu était déjà présent en moi ; Sa voix a résonné longtemps avant que je ne mette un nom dessus. J'appelais ça mes acouphènes. Et c'est à cette époque que la lumière m'a aveuglé. Dieu était en haut, puis en moi, et me dirigeait pour assainir avec mes pauvres moyens le monde d'en bas. Le croyez-vous ? Il m'avait choisi depuis longtemps... Alors, pas question de faire les choses à moitié. Jamais. Ma route était tracée, je serais le justicier divin, le chasseur d'Anges perdus.

J'avais entendu dire que la kétamine me serait utile. Un oncle à la campagne s'en servait pour ses chevaux, à l'époque. C'est le véto qui le lui prescrivait. Moi, j'en piquais à chaque fois qu'on y allait le dimanche. Ce produit anesthésie et rend amnésique, c'était parfait. D'ailleurs, ma sœur n'a sûrement aucun souvenir de tout ça.

Mon enfance est peut-être la même que la vôtre après tout. Cherchez bien dans votre mémoire. Cela reste en chacun de nous un bien inaliénable, comme un patrimoine qu'on se garde précieusement dans un petit recoin de sa tête. Certains s'en vantent, d'autres souhaiteraient oublier. Il y a ceux qui n'ont que ça à la bouche et vous balancent des « moi, quand j'étais petit... bla, blu, bla... », histoire de faire le numéro de celui qui est bien resté en connexion avec son passé, et surtout, qui n'a rien à cacher. Le genre de gens qui se sentent parfaitement à l'aise en société. Ces personnes qu'on a tous croisées et qui évoluent dans la vie comme si tout leur était dû ; ils vous montrent bien qu'ils ont tout compris, eux. Ils ont droit au bonheur et il ne faudrait pas leur voler ne serait-ce qu'une infime part de ce gros gâteau qui leur appartient… Tant mieux pour eux. Et il y a ceux qui se taisent en prétextant n'avoir rien à raconter. Méfiez-vous de ces derniers, c'est un conseil.

Tenez, au fait, je ne vous ai pas parlé de la petite Eva Fabriguez, ma délicate danseuse, mon petit rat qui rêvait d'Opéra du fond de son HLM.

Eva Fabriguez

Une douce romantique sans histoire. Celle-là n'avait pas fait de faute particulière, sauf peut-être un léger faux pas, avouez que pour une danseuse, c'est le comble ! Après notre premier rendez-vous, elle n'avait pas souhaité donner suite. J'avais insisté, mais rien. Elle m'avait donc obligé à la suivre un soir de février, le 12, pour être précis, à la sortie de son cours de danse à la MJC du vingtième.

Je savais qu'elle rentrait toujours à pied et décidai de la pister en voiture. J'attendis qu'elle coupe par les ruelles, et là, arrivé à sa hauteur, je ralentis. Elle eut l'air un peu étonné de me trouver sur son chemin, mais ne fit aucune difficulté pour monter à mes côtés. Bonne gamine ! Mais je vous ai déjà dit que je pouvais être très persuasif et rassurant, c'est mon plus grand talent. Elle exhalait des bouffées légères de transpiration douce et âcre, celle des petites filles. Elle avait passé à la va-vite un gros pull en angora rose sur ses collants noirs. Il remontait largement sur ses cuisses, elle avait beau le tirailler pour le faire descendre, il était décidément trop court. Je lui dis qu'elle prenait des risques en se baladant si court vêtue, à cette heure-ci. N'avait-elle pas peur des garçons ou des hommes qu'elle pourrait croiser ? Elle rougissait sans arrêt. J'aimais ça très fort. Je lui proposai de passer à la maison pour voir un DVD de Patrick Dupond sur sa variation d'Albrecht du deuxième acte de Giselle, quand il remporta la médaille d'or du Concours international de ballet de Varna en Bulgarie, une merveille. Comme elle hésitait, je lui promis simplement de le lui prêter, ça prendrait tout au plus une dizaine de minutes, et après, je la raccompagnerais chez elle.

On dit que les danseuses sont comme des poupées de chiffon, très flexibles. C'est la stricte vérité, mais ce qu'on ne dit pas c'est l'extrême fermeté de ce genre de corps aguerri à la souffrance et à l'endurance. Nous avons passé un excellent moment ce soir-là, un vrai duo, je suis encore très souple vous savez, et très musclé aussi, je me défends ! Comme à l'opéra, le rideau est tombé et le spectacle s'est terminé. Eva ne dansera plus jamais, sa dernière chorégraphie était pour moi. Seulement pour moi.

16

Sara appuya sur *envoyer*. Un texto était quand même le moins qu'elle puisse faire pour Stan, pensa-t-elle. Comme une voleuse, elle avait fui. Sans même prendre le temps d'une douche.

Elle se sentait tomber dans un puits sans fond. L'inconnu comme seule destination. Aurait-elle la chance d'Alice au Pays des Merveilles ? Découvrir un pays imaginaire avec Stan ? Pourquoi pas ? Son côté positif à l'opposé du sien rétablirait l'équilibre de son cœur trop souvent sombre. Elle n'avait qu'un souhait : qu'il soit sincère. C'est tout. Sur la liste de ses résolutions à venir, elle nota mentalement : me décider à être moins sauvage et moins obstinément accrochée à ma liberté. Malgré elle, le changement était en marche…

D'un geste précis, elle étalait sa crème contour des yeux en se scrutant à travers la buée du miroir de sa salle de bains. Ce bain chaud lui avait remis les idées en place. Elle se rinça les doigts et passa l'essuie-mains sur la glace. Son visage lui apparut déformé par les traînées de vapeur d'eau, comme boursouflé. « Bravo, Sara, plaisanta-t-elle tout haut, juste le jour où tu dois parler en public ». Elle passa dans sa chambre et choisit une tenue pratique et passe-partout. En entrant dans la cuisine, elle entendit le clap de sa bouilloire et le bruit rassurant de l'eau qui bout. Sept heures trente, elle était dans les temps.

À neuf heures, elle monta en silence dans la voiture où Stan était déjà installé. Depuis ce matin, ils s'étaient juste croisés au bureau mais n'avaient pas encore eu l'occasion de se parler seul à seul.

Il était question de faire le tour des collèges afin de donner quelques conférences sur les dangers des réseaux sociaux entre autres choses. Le but de la manœuvre était de mettre en garde les adolescentes contre le prédateur sexuel qui sévissait dans la ville ; tâche difficile car il fallait maîtriser l'information pour ne pas provoquer un vent de panique.

— Prête pour jouer au prof ? lança Stan d'un air enjoué.

— Il faut bien… Stan… je voulais te dire…

— Quoi ? dit-il doucement.

— Cette nuit… j'ai aimé tu sais… et j'aurais voulu rester mais… tu me connais… je n'ai pas pu…

Sa voix était douce et rauque à la fois.

— Je sais, Sara… t'as juste raté le meilleur petit-déj' de la terre, je fais un café merveilleux et mes tartines sont à tomber…

Elle sourit, gênée. Vite, penser à la minute d'après, à ce qu'ils avaient prévu de dire aux jeunes. Il pleuvait. Elle regardait les devantures des boutiques qui défilaient à travers les vitres ruisselantes. Un magazine dans un kiosque titrait : Se mettre en couple en dix leçons. « Ça pourrait peut-être m'apprendre quelque chose », ironisa-t-elle en son for intérieur. Si elle s'obstinait dans cette attitude, elle irait droit au massacre, une plongée directe dans les regrets assurée. Équilibre instable… équilibre instable… Dans son rétroviseur, d'ici quelques années, une Sara bien amère allait lui reprocher ses erreurs. Et si tout ça n'était en fait que du pur égoïsme, ou pire, de la paresse. Après tout, c'est crevant d'aimer, épuisant même. Il faut sans cesse prendre sur soi, avoir des attentions, sourire même si on n'en a pas envie, s'éloigner de soi. Le couple était-il contre nature ? Elle se souvenait de ce sujet de dissertation au lycée. Elle en avait eu des choses à dire à l'époque. Aujourd'hui elle répondrait par un laconique « oui ». Mais aimer quelqu'un, c'est aussi partager : aïe ! Elle n'aimait pas partager, son plus gros défaut. Déjà enfant, elle piquait les chocolats de Pâques de son petit frère en lui vendant l'idée qu'elle y avait plus droit que lui, étant dit qu'elle les aimait plus que lui, et que par conséquent, son envie devait être assouvie.

— Toc, toc ! Qu'est-ce que tu dis ? J'entends des mots, mais je ne comprends rien, fit Stan.

— Oui… désolée, Stan, c'est cette pluie qui me fout le bourdon.

— Et donc tu bourdonnes…

— On dit « marmonnes », le reprit-elle en souriant.

— Oups ! Ah ce satané russe me fout dedans à chaque fois… plaisanta-t-il.

Ils arrivaient au collège. Stan gara la voiture sur une place de parking réservée au personnel. Ils entrèrent dans le hall. Un mélange de senteurs d'école leur monta au nez : gommes de baskets, lino, odeurs de lessive, relents de sueur douceâtre.

— Ah, tu sens… ça rappelle des souvenirs… fit-il.

— Tu m'étonnes… le temps béni de nos quinze ans.

Le principal vint à leur rencontre, les salua et les dirigea vers l'amphithéâtre. En chemin, il les encouragea à la prudence, il ne fallait pas affoler les élèves. Il ouvrit la porte et présenta les policiers à l'assistance :

— Bonjour, je vous présente Sara Lopez et Stanislas Varda, capitaines de la brigade criminelle, tous deux spécialisés en cybercriminalité. Votre professeur principal a dû vous prévenir de leur visite. C'est à vous, ajouta-t-il en se tournant vers eux.

Stan prit la parole. Il commença par le laïus habituel sur les dangers d'internet et des réseaux sociaux. Il enchaîna avec la série de meurtres à laquelle la police faisait face depuis quelques mois. Puis Sara continua :

— Le tueur est forcément sur Facebook, il change d'identité, mais il se peut qu'il soit dans vos comptes amis. Je vous engage à faire un peu le tri parmi les gens que vous connaissez vraiment… et les autres. On sait bien comment ça marche, pour un ami réel, au moins cent sont inconnus, j'ai raison ou j'ai raison ?

L'auditoire entier se mit à rire. Clara Blondel et Mégane Marceau, un peu moins. Une fille leva la main.

— Oui ? dit Sara.

— Mais on peut pas virer les gens comme ça, madame, il y en a qui nous demande en ami juste parce qu'on est stylé et qu'ils sont fans de nous, vous comprenez.

— Tout à fait, mademoiselle, mais là, c'est un cas de force majeure. On a déjà vu des fans s'en prendre à leurs idoles et tenter de les assassiner simplement parce que leur star ne répondait pas aux messages. Alors un serial killer, vous imaginez ?

La fille se rassit, sceptique. Un garçon se leva à son tour.

— À toi, dit Sara.

— Moi, les meufs qui veulent m'ajouter, c'est toujours pour ma belle gueule…

Des rires fusèrent au milieu des cris mécontents de ceux qui prenaient l'information des policiers plus au sérieux. Stan reprit la parole.

— Écoutez… je sais bien qu'à votre âge, c'est plutôt *Touche pas à mon réseau* que *Touche pas à mon pote*, un slogan des années quatre-vingt, peut-être en avez-vous entendu parler, fit-il. Nous n'avons malheureusement pas le droit de vous montrer les photos des pauvres corps abîmés des victimes retrouvées sur les abords du périph… nues, rigides, des grains de terre qui salissent leur peau, enveloppées dans des sacs-poubelle taille XXL… des filles comme vous, parties le cœur léger à un rendez-vous amoureux, enlevées, violées, étranglées.

Stan savait trouver les mots quand il voulait se faire entendre. Et en effet, le silence régnait à nouveau dans la salle. Quand une voix s'éleva du fond de l'amphithéâtre :

— Ouais, c'est *Les Experts Périph*…

La salle se remplit de rires à nouveau. Le principal tenta de les faire taire le temps d'une conclusion rapide des policiers et leur rendit leur liberté.

En les raccompagnant, il expliqua à Sara et Stan que cette attitude était typique des adolescents, agressivité et ironie pour cacher leurs inquiétudes bien réelles. Les perturbateurs n'en avaient pas moins reçu le message, les rassura-t-il.

Le hall se vidait. Comme un long serpent sans fin, le flot des élèves se dirigeait avec lenteur vers la sortie. Un calme singulier rendait cette fin de matinée étrange au collège Rimbaud. Pas de cris. Pas de rires. Seulement le frottement nonchalant des baskets sur le lino. Chacun chuchotant ses remarques à son voisin. Les visages étaient pâles. Les sourires envolés. On lisait la crainte dans chaque paire d'yeux. Clara et Mégane restèrent en retrait et attendirent que tout le monde soit dehors. La pluie avait cessé. Clara avait bien saisi la mise en garde des policiers. Son caractère raisonnable et inquiet prenait le dessus, elle avait entrepris de convaincre Mégane de cesser toute relation avec son nouveau petit ami rencontré sur internet.

— Putain ! Clara, arrête ! Aucun rapport je te dis ! Lui, c'est un mec bien, je l'ai rencontré, je te signale et il m'a pas dégommée, non ? J'avoue, à part être romantique, attirant et plus que swag, je ne lui trouve pas d'autres défauts, alors je vois pas ce qui te fait flipper comme ça ?

— Mégane, tu déconnes là ! T'as carrément des keufs qui débarquent au collège pour nous dire de faire gaffe, et toi tu t'en tapes, t'es conne ou quoi ?

— Eh, meuf ! Je n'aime pas quand tu m'appelles Mégane, c'est Meg d'abord ! Et ensuite, ce n'est pas parce que ces filles sont tombées dans un piège, que ça va m'arriver aussi. T'inquiète, on dirait ta mère qui a peur de tout... lui raconte pas sinon elle te boucle à la maison pendant un an, c'est sûr !

Elle fit un arrêt, se pinça la lèvre inférieure pour s'empêcher d'éclater de rire et dit :

— Et elle engage un précepteur pour finir ton éducation. Elles pouffèrent. C'était une blague entre elles depuis la primaire : l'arrivée du précepteur grand et beau qui l'épouse à la fin de ses études. Cette pauvre Clara avait du souci à se faire avec les névroses de ses parents. Elles continuèrent dans cette humeur légère jusqu'à l'arrêt du bus, non sans avoir évoqué en gloussant la plastique des deux policiers qu'elles avaient grandement appréciée.

*

Le générique des informations retentit dans le salon
« À table ! » cria Hélène Marceau, les mains encombrées par deux dessous-de-plat, une panière à pain et un saladier. Philippe, son mari, entra dans la pièce et s'installa à sa place sans quitter des yeux l'écran de télévision. Anne-Lise Baccarini récitait les titres du journal de vingt heures :

Après quelques mois de recherches infructueuses, la police va faire appel aux citoyens. Un dangereux criminel, que l'on peut d'ores et déjà qualifier de tueur en série, sévit à l'heure actuelle sur Paris et la région parisienne. Les corps de plusieurs jeunes filles ont été retrouvés sur les abords du périphérique. La police incite toute personne ayant des renseignements pouvant faire avancer cette affaire, à se mettre en relation avec les autorités. Un numéro vert, qui s'affiche en ce moment sur votre écran, est mis à votre disposition pendant la durée de l'enquête. Ce dangereux criminel trouverait ses victimes sur internet, plus précisément sur Facebook. Avis donc aux familles dont les jeunes filles possèdent un compte sur ce réseau social. La prudence est de rigueur. Reportage de nos envoyés spéciaux, Roseline Lavelle, Bertrand Sedan, et Rachid Sadi.

Mégane et Arthur arrivèrent en se chamaillant.

— Chut ! dit Philippe.

— Pas les infos ! La loose… on peut mettre Touche pas à mon poste ? lança Arthur.

— Non, Plus belle la vie ! cria Mégane.

— N'imp', ma pauvre fille, ça craint ta série pour les vieux là… ricana Arthur.

— T'es lourd, pauvre mec, va !

Philippe et Hélène ne prêtèrent aucune attention aux enfants, tout absorbés qu'ils étaient par le reportage sur le tueur en série. À la fin, ils se regardèrent :

— Ça fait froid dans le dos cette histoire, dit Hélène.

— Meg ! Tu as entendu ? Toi, tu n'es pas sur Facebook, n'est-ce pas ?

Mégane rougit et baissa la tête vers son assiette.

— Non, pas vraiment…

— Comment ça, pas vraiment, ou tu as un compte ou tu n'en as pas, non ?

— Nan, mais Clara en a un, alors je connais bien.

— Ne mens pas Meg, c'est très grave là, t'as entendu les infos ? Y'a un type qui se balade sur les comptes Facebook des collégiennes, qui devient ami avec elles, qui les viole et qui les flingue. C'est plus un jeu, là, ma fille, il faut que tu nous dises tout. Hélène avait haussé le ton.

Mégane affichait sa moue boudeuse que ses copines lui enviaient tant, parce qu'elles trouvaient ça sensuel. Elle ne flancha pas. Elle n'allait pas lâcher le morceau comme ça. Elle ne parla pas non plus de la visite des deux policiers au collège. Elle avait menti et elle connaissait les sanctions chez les Marceau. On se devait la confiance, mais dès que quelqu'un dérapait, en l'occurrence toujours elle, c'était privation de sorties pendant au moins un mois. Pas question ! Et puis son idylle battait son plein, et, franchement, il n'avait rien d'un tueur son chéri. Elle rassura sa mère du mieux qu'elle put et le dîner se termina sur une blague d'Arthur, comme souvent du plus mauvais goût.

*

— C'est quoi ce foutoir ? hurla Jean Bosco qui venait de voir le reportage sur son affaire.

Il se mit à tousser après avoir avalé de travers sa cuillère de soupe.

— Doucement, Jean, ne t'énerve pas, tu vas encore mal digérer ! dit Nicole Bosco, avec toute la tendresse dont elle était capable.

Elle avait eu peur toute son existence pour cet homme qu'elle aimait de tout son cœur. Ils avaient eu une bonne vie pourtant. Deux beaux enfants qui, aujourd'hui, volaient de leurs propres ailes, un joli pavillon avec un petit jardin où elle faisait pousser quelques légumes. Sa passion pour les bonsaïs lui prenait tout son temps depuis qu'elle était en retraite. Jean et elle étaient complémentaires ; lui, très nerveux et angoissé, obnubilé par son travail et elle, d'un caractère plus posé, à l'esprit philosophe et sage. Employée de mairie, elle avait eu tout le loisir de vivre pleinement sa vie de mère et de femme. Maintenant, elle sentait son Jean au bord du surmenage. Elle aurait préféré que les quelques années qui le séparaient de la retraite lui amènent des affaires moins tordues et surtout moins anxiogènes. Mais le hasard en avait décidé autrement.

Le téléphone sonna. Jean se leva d'un bond. Après une conversation houleuse avec sa hiérarchie, il revint.

— Je m'en doutais, dit-il, la tournée d'information des collèges… ça dérape sur les réseaux… Ces gosses ne font plus la différence entre la gravité d'une série de meurtres et les conneries de téléréalité qu'ils avalent. Ils balancent tout sur internet sans filtre. Et les journalistes s'en emparent sans prendre les moindres précautions. Quelle époque, ma Nicole ! Comment veux-tu enquêter correctement et avoir une chance d'arrêter les dégâts, si les médias s'en mêlent.

— Allez, allez, ne te mets pas martel en tête. Ça me rappelle l'affaire Villers en 93, tu te souviens ? Finalement, c'est grâce au fait que ce soit passé aux infos que vous l'avez eu. Comme quoi la télé, ça a du bon aussi.

— Ce n'est pas pareil… là, avec internet, ça va être un raz-de-marée, une pure panique, t'imagines même pas la bouillasse dans laquelle on est. Tiens, je vais encore bien dormir, moi, cette nuit.

Nicole lui fit une caresse dans les cheveux, et se rendit à la cuisine avec les bols de soupe froids. Elle les enfourna dans le micro-ondes pour les réchauffer. Tout en espérant que son mari allait s'apaiser et qu'ils pourraient terminer leur dîner dans le calme, elle sortit les bols fumants après quelques secondes et les disposa sur un plateau. Avant de sortir, elle pensa à mettre en marche la bouilloire pour leur tisane verveine/camomille. Cela adoucirait peut-être leur nuit, qui, d'après son expérience, promettait d'être agitée. Quand elle revint dans la salle à manger, Jean avait encore disparu. Elle se rassit et fixa les bols qui refroidissaient. Il passa plusieurs coups de fils de son bureau. Sa voix avait l'intonation des mauvais jours. Des effluves douceâtres de tabac blond parvinrent jusqu'à elle.

Il avait replongé…

17

27 MARS

Je l'avais prédit, je le savais, qu'en dites-vous ? La classe ! Elle parle de moi et je peux avouer que, sortis d'entre ses lèvres, tous ces mots me caressent là où j'en ai le plus besoin. Elle va droit au but, elle ne se noie pas dans des commentaires sans intérêt, elle est précise, exacte, rigoureuse, presque mathématique. Pas de moue intempestive avec sa jolie bouche, ce ne serait pas approprié et elle le sait, elle connaît son métier. Les mots sifflent à mes oreilles comme des cerfs-volants dans le vent, c'est doux et entêtant à la fois. C'est fantastique, magique, la petite fille qu'elle a été tremble un peu à l'intérieur, la jeune fille se demande ce qu'elle aurait fait, elle, et la femme chasse cette pensée en manifestant une réelle pitié pour ces filles mortes.

Tellement d'années ont passé avant que je ne cesse de souffrir, avant que je ne devienne vraiment sincère avec moi-même. L'évolution a été lente, mais la maturation est sûre. Refuser de céder à ses impulsions est un crime, refuser l'essence même de son être est un crime, refuser la légèreté de l'exultation est un crime, refuser l'engouement créatif est un crime, refuser d'écouter le petit garçon en larmes qui crie au fond de soi est un crime.

Je l'ai entendue et elle a parlé de moi. La reconnaissance de mes efforts a produit le feu d'artifice auquel j'avais droit. Merveille, oh merveille.

Maintenant, ils savent tous, la France sait. J'existe enfin.

18

Les voitures banalisées sont restées en contrebas d'un petit chemin qu'ils ont dû emprunter pour rejoindre le terre-plein qui surplombe les abords du périphérique, à la hauteur de la porte de Bagnolet. La brigade au complet est sur les lieux. Il fait froid, il tombe une bruine glacée, le sol est gelé et glissant. Des corbeaux tourbillonnent dans le ciel gris, qui, comme un couvercle géant, descend, menaçant, ombrant l'endroit de sa lourdeur. Les rafales se faufilent dans leur cou et les pincent. Elles pénètrent les vêtements. Ils sont tous là, plantés, figés, saisis par la vision d'horreur d'un sac-poubelle béant laissant deviner un corps de fille, nu et tordu. La peau blanche, souillée d'éclaboussures de grains noirs, donne l'impression d'un gâchis absolu. Tous alignés, l'espace d'une minute, ils font penser à une bande d'Indiens Comanches postés en haut de la plaine, surveillant le bivouac récemment installé de colons américains. Seulement, ceux-là ne vont pas descendre pour parlementer, ceux-là vont constater que la folie meurtrière d'un homme a encore frappé.

Bosco a des bourdonnements. Le va-et-vient incessant des voitures sur le périphérique lui provoque un vertige très désagréable. J'ai besoin d'une clope, songe-t-il. Il sort son paquet, pense à Nicole, à son visage qui se ferme quand il fume, il hésite une fraction de seconde, puis d'un geste rapide, prend une cigarette et l'allume. Il aspire bruyamment la bouffée salvatrice. Il a froid à la tête. Le doigt glacé du vent se glisse dans ses oreilles. Contrairement à ses collègues plus jeunes qui osent le bonnet à la mode urbaine, lui s'en tient à sa calvitie naissante, sans chichi.

Les hommes de la BAC sont là, ce sont eux qui ont donné l'alerte. Stan et Sara descendent prudemment la pente en plantant bien leurs talons dans le sol pour éviter de déraper. Sara est pâle, elle remonte le col de son caban sans desserrer les poings en luttant contre la vague de dégoût qui la traverse. Le bruit est assourdissant. Les émanations des pots d'échappement s'infiltrent dans les narines, donnent la nausée à toute l'équipe. Personne ne dit un mot là-dessus. Tous mettent ça sur le compte de l'abomination de la scène. La joue de Mo tremble par à-coups.

On ne peut distinguer son visage mais le corps est jeune sans aucun doute. La couleur de ses cheveux, que l'on devine rouge, est altérée par les feuilles humides et l'humus. Cédric est accroupi devant la victime, à la recherche de quelques indices prouvant la similarité de ce crime avec les précédents. Jeanne prend des photos, la capuche relevée, les écouteurs silencieux. Mo, brusquement, remonte à toute vitesse le chemin pentu, et se jette derrière un buisson. On l'entend vomir malgré le tumulte ambiant. La PTS – Police technique et scientifique – est là.

L'équipe s'agite autour du corps, à l'affût du moindre détail nouveau, ou hélas récurrent, qui amènera à la navrante conclusion que le mode opératoire est du déjà-vu. Bosco a les doigts gourds maintenant. « Putain de mois de mars ! » marmonne-t-il. N'y tenant plus, il fait un geste de ralliement pour que son groupe remonte et lève le camp. Son estomac brûle. En silence, tous prennent le chemin du retour, s'engouffrent dans les voitures, trop contents de mettre de la distance entre eux et cette scène insupportable.

*

Sara entra rapidement dans la voiture et se frotta les mains, elles étaient gelées, elle avait le nez rouge. Elle se pencha en avant et appuya machinalement sur le bouton *On* du chauffage.

— Attends, dit Stan, je mets le contact.

— C'est horrible, dit Sara.

— Elle avait quoi, seize ans tout au plus, quelle chierie ! Ça va ?

Le teint de Sara n'avait plus de couleur. Le souvenir de ce qu'elle venait d'imprimer à sa mémoire resterait indélébile. Elle entendait encore jusqu'aux hoquets de Mo, qui avait vomi ses tripes sous cet arbre. Elle s'était pourtant endurcie, du moins le croyait-elle. Et étrangement, cette fille lui rappelait quelqu'un, il faudrait qu'elle trouve… Quelqu'un qui lui était familier…

Stan redoubla de sollicitude à son égard. Il retira son blouson, le posa sur ses épaules avec douceur et démarra. Les autres avaient pris beaucoup d'avance.

Quand ils arrivèrent au bureau, Souany affichait une mine de circonstance. Elle leur lança quand même un gentil « bonjour » compatissant. Bosco les attendait déjà en salle de réunion. Ils décidèrent de grimper les marches de l'escalier en courant, histoire de se réchauffer, ou peut-être de chasser les images intolérables qui s'accrochaient à leur cerveau, comme un gimmick musical qui entre dans la tête et qui martèle son habitant. Quand ils pénétrèrent dans la pièce, Bosco était en train de disposer les dossiers de chacune des jeunes victimes devant lui. Cédric gérait le rétroprojecteur. Les reproductions des scènes de crimes apparurent sur le mur au-dessus de Jean Bosco, qui recula de quelques pas pour avoir une vue d'ensemble.

On avait là Anna Santos, Milane Dalvaux, Ingrid Vaalseberg, Marine Leroy, Charlotte Altègue, Eva Fabriguez, une photo de Solène Duprès et la dernière victime non encore identifiée.

Toutes si jeunes et ayant en commun une fin atroce. Sara se répétait : « si jeunes, si jeunes », sans même s'en rendre compte. Elle avait conscience de s'impliquer beaucoup trop dans cette enquête, peut-être parce qu'elle était une femme et qu'elle avait eu tant de chance de vivre une adolescence plutôt tranquille. Elle savait que dans cette salle tout le monde ne pouvait malheureusement pas en dire autant. Malika, une collègue de la BAC, avait subi une tournante à dix-sept ans à Trappes, et avait attendu son dix-huitième anniversaire pour s'engager dans la police. Pour elle, ce dossier était plus que concret.

Bosco prit la parole :

— Bon, on ne va pas épiloguer sur ce que nous venons de voir. C'est la septième victime depuis octobre… pratiquement une par mois…

— Bon rythme de croisière, ironisa Jeanne.

— Jusque-là toutes nos pistes sont allées dans le mur. Esteban et les autres se sont découvert au moins un alibi pour au moins une affaire, même si ça reste à vérifier. Idem pour Barowsky, en plus, le résultat de l'analyse de son ADN est revenu négatif. Si l'on considère que Solène Duprès fait partie des victimes du même taré, les cheveux retrouvés sur son corps ne provenaient ni d'elle, ni d'aucun profil connu. Et pour l'instant, les médecins disent que vu son état, elle est incapable d'identifier qui que ce soit.

— Chef, vous pensez vraiment qu'elle est une miraculée de notre assassin ?

— Pour être honnête, je n'en sais rien. Il se pourrait même qu'on ait un autre enfoiré dans la nature. On n'avait pas besoin de ça...

— On peut continuer longtemps à épuiser tout le fichier des pédophiles présumés de France, intervint Stan. En attendant, lui, il assassine à l'infini. On doit maintenant passer à l'offensive.

Un concert de borborygmes approbateurs accompagna ses derniers mots.

— Je suis d'accord, répondit Bosco, alors j'attends de vous des suggestions lumineuses. Réfléchissez, mais réfléchissez vite, le temps est contre nous !

*

Sara arriva en avance à la morgue. Le relent des produits aseptiques et stérilisants la dérangea. Lucas Lopez avait terminé l'autopsie. Les résultats des prélèvements de la scientifique n'avaient rien révélé, une fois de plus. L'homme utilisait des gants chirurgicaux, lavait les corps au détergent, avant de les enfouir comme de vulgaires déchets volumineux dans des sacs-poubelle taille XXL.

On avait donné rendez-vous à un couple de parents dont la fille avait disparu depuis moins de vingt-quatre heures et pour laquelle le signalement correspondait. Sara voulait s'assurer de la régularité de l'affaire, recevoir ces gens et peut-être obtenir une identification. La fille était allongée sur la table, recouverte d'un drap maculé. Sara s'approcha de son cousin et lui demanda de relever le linge. La morte avait l'air de dormir paisiblement. Elle était toujours très admirative du travail de Lucas. Cette gamine avait vécu l'enfer, ça, c'était sûr, et lui, après l'avoir examinée, charcutée, arrivait à rendre son visage presque serein et enfantin, comme si elle était morte de sa belle mort. Elle eut juste le temps de le remercier pour son talent, quand un appariteur vint lui signifier que le couple attendait dans le hall. Elle sortit pour aller les chercher.

La femme était petite, mal habillée, les mains abîmées par des séjours trop fréquents dans l'eau de Javel et assurément un manque de soin dû à un travail pénible. Le père, quant à lui, était en bleu de travail, taillé pour l'effort, l'attitude réservée. Il avait les cheveux roux. En les précédant, Sara se sentit inutile, frustrée, affectée plus qu'elle n'aurait dû. Elle croisa les doigts sans illusion pour qu'ils ne soient pas les malheureux parents de cette pauvre fille.

Laurène Le Quéré...

Voilà, elle avait un nom. Elle avait existé jusqu'à cette mauvaise rencontre.

En la voyant désormais sous la lumière blanche et sans grâce du néon, Sara se rappela enfin où elle avait déjà vu ce visage : tout simplement à la caisse de la supérette en bas de chez ses parents, à Sarcelles. Sa famille habitait dans le quartier. Le look gothique et les cheveux rouges n'étaient pas communs dans le coin. On croisait plutôt des looks urbains, capuches, survêtements et baskets. Et, sans aucun doute, son allure avait dû faire jaser dans le voisinage.

— Je ne sais pas comment tu fais, Lucas... toute la journée en tête-à-tête avec la mort... mince ! Je ne pourrais pas faire ton métier.

— Bah, on s'habitue ! Tous les soirs quand je rentre, je prends une douche, je frotte, je mets de la crème, du parfum, mais malgré mes efforts, Juliette me dit que je sens quand même la mort. Elle craque, tu sais, nous deux c'est vaseux depuis un bout de temps.

— Ça ne s'arrange pas ? Je suis désolée, mon cousin. T'as essayé de casser un peu la routine... de lui faire quelques surprises de temps en temps, on en avait parlé l'autre soir ? Du style, vous vous levez le samedi matin et tu lui dis : « On part à Deauville, fais vite ton sac, tout est réservé, on dépose les filles chez ma mère. » C'est pas si compliqué d'opérer des petits changements. Il n'y a pas que le boulot dans la vie, même si on adore ce qu'on fait.

— C'est toi qui dis ça ! Non, je n'arrive pas à m'organiser en fait. Et puis entre Juliette et ma mère, ce n'est pas l'ambiance des tropiques... ce serait plutôt les fjords norvégiens, enfin... tu vois. Alors lui confier les gosses, c'est no way... je vais la perdre, je le sens.

— Parti comme c'est, là c'est sûr ! Mais crois-moi, si tu l'aimes encore, et je sais qu'elle, elle t'aime, alors c'est juste une question de réglage de vie, y'a pas de drame à prévoir, reprit Sara, encourageante.

— J'adore tes conseils, cousine, tu parles comme une pro du couple. Tu connais ces choses comment ?

— J'en sais trop rien, ça me vient, c'est tout ! Et puis, c'est ce dont moi j'aurais envie certainement si j'étais avec quelqu'un depuis longtemps. Et je n'invente rien, tu n'as qu'à ouvrir les magazines féminins, ils balancent les mêmes thèmes tous les ans à la même époque, on appelle ça un marronnier. Comme les feuilles des arbres qui reviennent au printemps : *Mon mec me délaisse. C'est plus comme avant. Peut-on raviver la flamme après dix ans ?* Enfin tu vois, ça prouve juste que tous les couples long play ont le même problème, en définitive.

— Oui, sûrement, mais ça ne me rassure pas plus que ça. Et toi, Sara, où en es-tu côté cœur ? Stan toujours, Stan jamais ? demanda Lucas, en souriant.

— Oh, moi, je suis bonne pour donner des conseils aux autres, j'aimerais avoir le cran de franchir le pas, mais j'ai du mal à me lancer, c'est là tout le problème. Et en plus, je l'ai sous le nez toute la journée, comment pourrais-je avoir le recul nécessaire pour prendre la décision de ma vie ?

— Comme tu y vas ! Tu peux encore faire un essai et si tu te plantes, ben... fin de l'histoire, c'est tout. Vous êtes comme deux aimants, tous les deux, c'est frappant, dit-il en riant.

— Oui, et si ça foire, comment je vais gérer moi ? Je bosse H 24 avec lui.

— Mais arrête de t'empêcher de vivre tes envies, tu délires là, ce n'est pas la fin du monde... Il prit un air pénétré et récita : La vie avance Sara, ne rate pas le train, ne reste pas sur le quai en agitant la main, tu mérites mieux que ça.

— T'es gentil ! Et tes métaphores me vont droit au cœur, c'est beau comme un slam de Grand Corps Malade, dit Sara en pouffant.

— Ah, non, cousine, ça, c'est de moi ! Il rit.

— Alors il vaut mieux que tu restes médecin légiste... Elle regarda sa montre :

— Putain, il est déjà midi ! Faut que je me sauve.

Ils s'embrassèrent. Sara ne put s'empêcher de jeter un dernier coup d'œil au corps pâle de Laurène. « Laurène Le Quéré », se répéta-t-elle, comme si en la nommant, elle lui insufflait un reste de sa vie passée.

Son téléphone sonna, c'était sa mère. En grimaçant, elle montra son écran à Lucas, une photo de Teresa s'affichait.

Avec un sourire compatissant, il lui ouvrit la porte tandis qu'elle répondait. Sa mère lui signalait qu'une jeune caissière de la supérette avait disparu et que le quartier était en effervescence, elle lui précisa que la fille avait les cheveux rouges. Avec cette affaire de tueur en série – ils en avaient parlé à la télévision, lui dit-elle –, elle se demandait si sa fille avait quelques informations. Teresa avait tenté un ton moins autoritaire qu'à l'accoutumée, pensant l'amadouer et obtenir de quoi alimenter les cancans des commerces de proximité. Sara lui rappela, à peine aimable, que son père, lorsqu'il était en activité, ne s'exprimait jamais sur ses enquêtes à la maison. Alors elle devait bien s'imaginer que sa propre fille suivrait évidemment son exemple. Teresa raccrocha, vexée.

Maintenant il n'y avait plus aucun doute, Laurène Le Quéré avait bien vécu dans son ancien quartier.

19

Ses longues jambes allongées sur le boutis marocain – cadeau de Noël de ses grands-parents –, Jennifer Latour tapotait sur son clavier d'ordinateur, mollement adossée à de grands coussins bariolés incrustés de brillants. Elle était en grande conversation sur Facebook avec deux de ses amies de collège. Son père avait encore refusé de donner son autorisation pour le voyage qu'elle projetait de faire cet été avec ses copains. Furieuse, elle cherchait un moyen de contourner l'interdit coûte que coûte. Il lui fallait juste trouver cinq cents euros. Une simple question d'argent. Si elle obtenait cette somme, elle pourrait partir tranquille et avoir de quoi se payer un retour en train en cas de coup dur, du genre dispute ou clash avec certaines invitées du voyage. Pourquoi ses copains se sentaient-ils obligés de convier ces deux terminales belles et expérimentées ? Elle ne ferait pas le poids face à elles deux. Plus personne ne la calculerait, à tous les coups.

Jennifer allait sur ses seize ans, comme disait sa grand-mère. Pour cette dernière, marocaine de naissance et vivant toujours à Casablanca, elle était déjà une femme largement en âge de se marier. Si Jen n'avait pas encore de telles ambitions, elle était quand même flattée par ce genre d'encouragements venant de sa grand-mère préférée.

Être considérée, respectée, vue, c'est tout ce qu'elle demandait. Mais ses parents s'obstinaient à ne pas la comprendre, à ne jamais lui faire confiance. Alors il lui fallait mentir à s'en déchirer le cœur pour goûter à la vie qui s'offrait à elle. Son amie Éloïse ne souffrait pas de réprimandes, ni d'interdits comme elle. Elle avait des parents en or, pensait-elle, qui lui laissaient une grande liberté. Du coup, Éloïse était plus sage qu'une image. Forcément, se disait Jennifer, quand on peut toucher le ciel, une fois qu'on l'a fait, pas difficile de patienter jusqu'à la prochaine fois et se dire qu'avec un peu d'expérience, ce sera meilleur encore, on devient philosophe ! Mais quand tout est prétexte à lutte vaine et épuisante, franchir les limites est un sport quotidien, très loin d'une réflexion intelligente et sensée.

Ainsi pensait Jennifer Latour.

Après avoir conclu avec ses amies, elle s'apprêtait à refermer sa session quand l'icône *message* afficha le chiffre *1* en rouge. Incapable de résister, trop curieuse, elle cliqua.

Message de GarçonSwag 95 à Jennifer lundi 30 mars, 23 h 32 :

GarçonSwag 95 : Salut ! J'ai jamais fait ça de toute ma life, mais ta photo me parle grave…

Jennifer : T'es Ki ?

GarçonSwag 95 : Un ami d'ami qui te kiffe.

Jennifer : OK, et… ??

GarçonSwag 95 : J'aimerais bien te connaître, tu fais quoi là ?

Jennifer : Rien de spécial.

GarçonSwag 95 : Je t'imagine dans ta chambre, allongée sur ton grand lit avec ton ordi sur les jambes, posé sur un coussin pour ne pas te brûler les cuisses.

Jennifer : Grand lit, bravo ! Le reste ça ne te regarde pas.

GarçonSwag 95 : Et tu viens de prendre un bon bain chaud et moussant et tu te sens cool.

Jennifer : Gagné pour le bain, mais je me sens comme tous les soirs, triste et en colère.

GarçonSwag 95 : Une jolie fille comme toi devrait plutôt rire et avoir une vie swag.

Jennifer : Ah, ah, tu dis ça à cause de ton pseudo ? Mais si tu connaissais mes parents, tu saurais que j'ai le *seum* à chaque heure qui passe.

GarçonSwag 95 : Faut pas dire ça, tes parents t'aiment sûrement beaucoup.

Jennifer : Oui, et ils m'aiment tellement qu'ils me croient en sucre et veulent me garder que pour eux.

GarçonSwag 95 : T'avais qu'à pas être jolie comme ça, c'est normal, on a envie de te protéger quand on te voit. Enfin si c'est bien toi sur les selfies, ah, ah !

Jennifer : Non, mais tu me prends pour un faux profil ou quoi ?

GarçonSwag 95 : Non, je plaisante, je vois bien que tu es une fille vraie. Je resterais carrément sur ta page toute la nuit.

Jennifer : Je vois que tu viens de L.A. ? C'est cool, t'as dû avoir une vie de rêve. T'as quel âge au fait ?

GarçonSwag 95 : Vingt !

Jennifer : Ah, quand même, et tu préfères pas les filles de ton âge ?

GarçonSwag 95 : En général si, mais toi tu m'as percé le cœur et si t'as seize ans ça fait pas une telle différence, non ? Tes parents ont le même âge ?

Jennifer : Ah, non, justement mon père a huit ans de plus que ma mère.

GarçonSwag 95 : Ben tu vois bien…

Jennifer : En parlant de ma mère qui est soûlante, elle vient de me crier d'éteindre la lumière, il est minuit et j'ai cours, moi, demain.

GarçonSwag 95 : OK, pas de souci, à demain BJ…

Jennifer : BJ ???

GarçonSwag 95 : Beautiful Jennifer…

Jennifer : Lol ! On verra, bonsoir.

Ce soir-là, Jennifer s'endormit avec un sourire sur les lèvres.

*

Le lendemain, une réunion des parents des victimes était prévue en fin de journée. Jean Bosco savait que cela n'allait pas être une partie de plaisir. Néanmoins, il fallait s'y résoudre. Il arrivait parfois que les familles, après quelque temps, retrouvent la force de mettre en lumière des souvenirs plus précis sur des détails qui leur avaient semblé minimes au moment des faits.

Vers dix-huit heures trente, Souany Kimbali était en train de disposer des chaises dans la salle de réunion. Elle voulait que tout soit parfait. Non seulement un détraqué avait pris la vie de leur enfant, mais on leur demandait maintenant d'y repenser, de revivre leurs derniers instants et d'en reparler une fois encore. Elle chargea la cafetière en café et se tint prête.

Un bruit de porte. Des pas dans le couloir. La brigade et quelques éléments de la BAC entrèrent, précédant les familles. Souany les accueillit du mieux qu'elle put, chaleureuse et souriante. Ce groupe hétéroclite se composait d'hommes et de femmes aux visages fermés et méfiants. Certains trituraient leur mouchoir, d'autres restaient impassibles, leurs bouches demeuraient crispées dans un rictus de colère. Un tableau navrant de gens à l'air gêné, qui vivaient au jour le jour un drame injuste et cruel. Mais derrière leur peine immense, des physionomies révoltées, pour la plupart.

Jean Bosco prit la parole :

— Tout d'abord, je tiens à vous remercier toutes et tous d'avoir accepté de venir ce soir. Je sais que cela doit être très éprouvant d'évoquer encore les drames qui ont frappé vos familles, mais il nous faut reparler de certains détails qui, aujourd'hui, pourraient nous éclairer d'une manière nouvelle, j'en suis convaincu.

— Parler du monstre, vous voulez dire, dit une femme au fond.

— En effet, répondit Bosco, on peut le qualifier ainsi. Mais j'aurais souhaité que nous ne sombrions pas dans l'horreur sans nom des faits, mais surtout dans ce qui a précédé. Tout ce dont vous pouvez vous souvenir peut être utile, sachez-le, même des choses anodines. Je sais bien que nous vous avons déjà tous entendus dans nos bureaux, mais on ne sait jamais. Le recul fait parfois des miracles…

Un homme leva la main. Bosco lui fit signe de parler, c'était le père de Charlotte Altègue, un conducteur de travaux.

— Deux semaines avant sa disparition, ma fille se murait dans sa chambre le soir, elle se couchait plus tôt que d'habitude. Avec ma femme, on avait remarqué qu'elle était toujours sur son ordinateur assez tard, bien après minuit. On lui avait posé des questions, bien sûr, mais elle disait qu'elle préparait un exposé important et qu'elle faisait des recherches. Nous l'avions évidemment crue. Mais Lydie c'est ma femme – pensait qu'elle devait être amoureuse d'un garçon du collège, vous savez, une mère sent ce genre de choses. Rien de grave à son âge, une amourette de jeunes.

Comment aurions-nous pu imaginer qu'elle correspondait avec son propre bourreau ?

— Oui, nous, c'est pareil, elle était devenue absente, rêveuse, ne participait plus à la vie familiale. On sentait qu'elle grandissait, qu'elle mûrissait à vue d'œil, mais quoi de plus normal à quatorze ans ? Elle rêvait d'entrer à l'Opéra, dit la mère d'Eva Fabriguez.

— Nous la nôtre, son rêve était d'être mannequin, elle avait tout pour ça, belle, grande, élancée avec un petit truc en plus, nous en étions convaincus. C'est pour ça que l'on ne voulait pas la contrarier dans ses choix. Elle nous avait promis de terminer le lycée, d'aller jusqu'au bac. Elle se rendait à des castings de temps en temps, mais je l'accompagnais le plus souvent. Elle était si raisonnable. Pas comme ces filles qui font des téléréalités et tout et n'importe quoi pour accéder à une popularité de pacotille. Moi aussi, quand j'étais jeune, j'ai fait quelques shootings, je pouvais la comprendre… Mais le jour de sa disparition, elle n'a même pas dit où elle allait. D'après sa petite sœur, son casting aurait eu lieu dans le vingtième, mais Marine lui avait fait promettre de ne rien dire. Pourquoi ? On ne le saura jamais, jamais…

La mère de Marine Leroy s'effondra en cachant son visage dans son mouchoir. Son mari la prit tendrement par les épaules. Sara regarda Jeanne qui baissa la tête. Personne n'avait informé les Leroy sur le fait que Marine était aussi une blogueuse un peu débridée sur Youtube.

— Allez, vous en faites pas, ils vont l'avoir ce salaud, ayez confiance, nous aussi on attend que ça… et ce jour-là, il n'aura pas intérêt à se trouver sur mon chemin, parce que ces mains que vous voyez, là, après avoir donné tant de soins à mon enfant, seront prêtes à griffer, cogner jusqu'à ce qu'il en crève ce pourri de merde…

La mère d'Ingrid Vaalseberg était devenue rouge de hargne en prononçant ses mots. Un brouhaha s'éleva, des cris et des protestations dominèrent l'assistance, la violence verbale prit le dessus en un instant. Les couples et les familles affichaient maintenant des visages tordus par la haine. Comme au sein d'une meute, le loup dominant avait parlé, et lancé le cri de ralliement. Personne n'écoutait plus personne, cette femme avait tout remué à l'intérieur du cœur de ces gens. La réunion tournait au fiasco.

C'est le moment que choisit Jean Bosco pour intervenir à nouveau. Il n'avait pas eu l'intention de faire une psychothérapie de groupe, leur dit-il. Son idée était de tenter une autre approche, de glaner quelques indices supplémentaires. Mais il constatait que cela n'en prenait pas le chemin. Il se tut un instant, et fit signe à Souany de proposer du café. Elle s'exécuta, la mine bienveillante.

Quand avait-il déjà vécu une situation similaire ? s'interrogea Bosco. Du plus loin qu'il s'en souvînt, aucune affaire n'avait donné aussi peu de résultats. Sauf peut-être l'affaire Dalbado en 1991, un autre tueur en série qui terrorisait les jeunes filles. Les réseaux sociaux n'existaient pas et le meurtrier mettait des petites annonces dans Libé. Il s'était inspiré du film avec Madonna : *Recherche Suzanne désespérément*. La police l'avait finalement pris en flag sur les planches de Deauville, se prenant pour le héros du film.

« Mais bon Dieu, que pouvait-il se passer dans la tête de ces meurtriers ? » se demandait Bosco. Le plaisir de jouer au chat et à la souris, l'envie de se sentir important, le besoin de célébrité ? L'irrépressible attirance pour la lumière, en passant par le noir le plus profond qui soit ? C'était sûrement ce qui animait leur tueur actuel. Comme un message lancé au monde, à l'instar de Luka Magnotta, qui filmait ses méfaits monstrueux pour les poster sur internet. Toute cette génération de gamins était complètement sens dessus dessous avec ces nouvelles technologies, pestait-il en lui-même. Crimes gratuits, nudité offerte, sexe donné en pâture au monde étriqué du web. Bien calé dans son siège de bureau, ça regarde, ça épie, ça se gargarise du malheur des autres, ça jalouse les petits bonheurs, les réussites professionnelles. Mais... toujours de la maison, au chaud, les fesses installées sur un bon coussin. Et au bout des doigts, le pouvoir de publier, de donner son opinion sur tout et n'importe quoi, n'importe quand. Le grand voyage est là, à portée de tous.

Le calme était revenu. Maintenant, l'équipe passait dans les rangs et posait quelques questions précises à chaque famille. Au bout de vingt minutes, Bosco décida de conclure.

— Mesdames, messieurs, je vous donne ma parole que nous allons l'arrêter très bientôt. Mon équipe et moi-même partageons votre douleur, soyez-en sûrs... Je ne vais pas vous sortir les sempiternels sermons pour vous convaincre que la haine ne fera pas revenir vos enfants. Mais je vous dis quand même ceci : bien que ce qui vous arrive soit terrible, vous devez essayer de garder votre sang-froid, ne flanchez pas, cela lui ferait trop d'honneur.

À ces mots, un homme se leva, le visage débonnaire sous des traits marqués par la peine. C'était le père d'Anna Santos, la première victime retrouvée en novembre. Il remercia Bosco et l'équipe puis s'adressa aux autres parents avec un fort accent portugais.

— Vous savez, ma petite Anna, elle a été élevée dans l'amour de Dieu et de son prochain... et même si vous pensez que ça n'a servi à rien, moi, je sais qu'elle est au ciel maintenant et je veux garder un visage serein pour qu'elle ne s'inquiète plus pour moi et qu'elle repose en paix. Alors abandonnez vos idées de vengeances et faites comme moi, priez, priez pour que ça s'arrête…

Personne n'osa répondre. Cet homme avec ses mots simples avait comme lavé la salle de toute sa tension.

20

31 MARS – LAURÈNE LE QUERRÉ

Qu'est-ce que je m'amuse ! Ils s'imaginaient quoi leur brigade de pacotille, que j'allais chasser avec un seul profil ? Non mais, ils m'ont pris pour un canard ou quoi ? Croyez-vous sérieusement que je puisse me cantonner à un seul profil pour mener à bien une mission de cette importance ?

Le profil de Matt Bogosse m'a servi pour ma petite Anna, après j'ai eu Steve le casteur pour ma petite Marine, et Kamel O – oui, je sais, ce n'est pas très fin – pour ma petite Eva. Pour ma petite Milane, j'ai osé mon propre nom, il fallait bien qu'elle fasse le lien avec mon ancien « moi », je vous expliquerai, patience ! Avec Charlotte, on s'est captés d'abord sur Instagram… Pour Laurène, ah, oui, il faut que je vous raconte Laurène, j'ai utilisé un pseudo gratiné : Zoltan, étant donné que celle-ci était un peu portée sur l'ésotérisme, sa grande passion.

Le bluff, c'est ma spécialité, j'en fais des smoothies : un peu de vrai, un peu de faux, je mixe, et hop ! Comme les enfants qui jouent à « On dirait qu'on serait fiancés », pour s'amuser à touche-pipi ou autres jeux délicieux de l'enfance. Moi, je l'ai gardée, mon âme d'enfant, pas comme vous, qui jouez aux adultes, aux grandes personnes jusqu'à la mort. Quel ennui ! À force de vous croire si raisonnables, vous vous oubliez, vous vous perdez, vous vous emmerdez !

Moi je veux jouer. Je sais jouer, donc je joue.

Un de mes Anges les plus fascinants est sans aucun doute Laurène ; fille aux cheveux rouges, un roux naturel, hélas accentué par une vulgaire teinture bon marché, têtue et ostentatoire. Pourquoi vouloir toujours ce qu'on n'a pas, pourquoi vouloir inlassablement se montrer, comme à travers l'écran de ce que les autres pourraient voir ou penser ? Certes, elle a dû souffrir, la rouquine, depuis sa plus tendre enfance, les enfants sont si mauvais. Alors à l'adolescence on se lâche, et soit on cache tout radicalement, on éradique le naturel, soit on l'accentue, on le gueule. Et on devient la fille au look sexy cradingue, mi-gothique, mi-pouffe.

Adepte de Twitter, elle balançait sa haine au jour le jour. Il fallait vraiment que je la sauve.

Elle avait mis une annonce sur son profil, pour trouver un portable avec une pomme, un « iConne » comme je préfère appeler ça ! Vous savez que je suis un peu partout sur la toile, je surfe sur ma planche rapide et légère. Et voilà, moi, j'ai tout simplement répondu à son annonce.

Et comment j'ai attiré son attention ? Une page d'accueil d'un rouge sang, un nom de magicien prédicateur, c'est aussi simple que ça.

Dès que nous sommes entrés en contact, j'ai senti que sa rousseur laissait présager un personnage peu conventionnel.

Et comment ai-je fait pour la faire venir chez moi ? Eh bien, après mes approches habituelles de séduction, elle a carrément proposé de me faire une strip-webcam. J'ai accepté la mort dans l'âme ; j'avais décroché le pompon de la fillette la plus débauchée. À même pas seize ans, elle avait tout d'une future nymphomane, mon Dieu ! Elle pensait peut-être que j'allais garder ça pour moi, mais pour qui me prenait-elle donc ? Après son spectacle ridicule, je lui ai montré un extrait de sa prestation que j'avais enregistrée et je l'ai immédiatement menacée de tout balancer sur Youtube, à moins qu'elle ne cède à ma demande de la rencontrer en chair et en os. Elle a accepté assez facilement. Elle s'est pointée une heure après, la gueule enfarinée, maquillée comme une voiture volée. Vous voyez... ce style de gamine déjà pro en allumage en tout genre, bien au chaud dans sa chambre derrière son écran. Elle n'en était sûrement pas à son premier essai.

Née et élevée à Sarcelles, au milieu des tours, elle avait apparemment déjà subi les derniers outrages sexuels si chers aux petits coqs de banlieue. J'ai essayé de l'égayer pour ses derniers instants ; je lui avais acheté des chocolats en forme de cœur, je ne sais pas pourquoi. On a regardé des vidéos de Charlie Chaplin. Elle ne connaissait même pas son existence. Quelle inculture habite nos chères têtes blondes, aujourd'hui ! Écœurant… enfin, pour elle, c'était carton rouge, ah, ah… Pas de discussion, je lui ai fait boire direct une vodka-pomme avec un peu de GHB. Au déshabillage, elle portait quand même une guêpière rouge sous sa robe gothique, j'avoue que les plateform shoes ont failli me faire débander… LOL et re-lol !

Petite garce
A retrouvé sa place.

21

Sofia Latour trouvait le temps long. Elle était assise, une jambe repliée sous elle, la jupe un peu relevée sur sa cuisse. Cela n'avait pas échappé à son voisin de droite, qui ne pouvait s'empêcher de glisser des œillades qu'il croyait discrètes. « Peu importe, se dit-elle, il n'a peut-être rien à voir à la maison, et si je peux lui chatouiller la libido, tant mieux ! J'aurais au moins été utile à quelqu'un aujourd'hui. »

Dans la salle surchauffée, les employés arrivaient à peine à dissimuler leur ennui après une heure et demie de réunion. Les halogènes diffusaient une lumière jaunâtre et vacillante qui commençait à peser sur les nerfs de Sofia. L'air sentait l'aigre. On étouffait.

Plus personne n'écoutait l'intervenant convoqué par la boîte, qui continuait de distiller son discours indigeste comme un repas de Noël. Sofia croisait le regard de Clarisse à intervalle régulier, et toutes deux se mordaient la joue pour ne pas éclater de rire. Il faut dire que ce type était gratiné. Il semblait avoir deux de tension et paraphrasait dans un doux ronron d'innombrables statistiques. Sofia regarda sa montre. Presque dix-sept heures. La liberté dans cinq minutes !

Elle aimait pourtant son boulot, mais la réunion hebdomadaire la rendait hystérique. Pourquoi les patrons du groupe s'obstinaient-ils à payer des conférenciers pour démolir le moral des employés, leur montrer leurs limites et leur enlever toute envie d'initiative en les bridant ? Un supérieur qui essaie de transmettre son expérience dans la vente et qui omet simplement de voir qu'en quinze ans les mentalités ont changé est-il viable ? « Trop de briefing tue le briefing et plus personne n'a confiance. Après, il faut remotiver les troupes. L'objectif est considéré comme non-atteint. On appelle cela de la contre-productivité », se récitait Sofia.

Enfin le calvaire se termina dans un grincement de chaises repoussées par les mains impatientes des employés. Sofia salua tout le monde, prit son sac, embrassa Clarisse et se hâta vers la sortie pour être la première devant l'ascenseur. Elle avait rendez-vous au Louvre avec sa fille, qui devait croquer *Le radeau de la Méduse* pour son cours d'art plastique. Depuis quelque temps, le torchon brûlait avec Jennifer. Existait-il seulement un mode d'emploi de la mère parfaite ? Une association du genre *alcooliques anonymes*, mais pour les parents : « Bonjour, je m'appelle Sofia, et ça fait six jours que je ne me suis pas disputée avec ma fille. » Avec un parrain plein de bons conseils pour les périodes où c'est trop dur.

Le cap des quinze ans de sa fille ne passait pas inaperçu et apportait son lot de contradictions à la maison. Tout était prétexte à ergotages et querelles : le choix des vêtements, des programmes de télévision, des repas, et même des vacances. Justement, Jennifer s'était mis en tête de partir en juillet avec une bande de copains pour faire les châteaux cathares. Les murs avaient tremblé quand son père avait refusé catégoriquement cette idée. Jennifer avait cassé le vase marocain que Sofia tenait de sa grand-mère et qu'elle affectionnait particulièrement, tant il était lié à des souvenirs d'enfance. Son psy lui avait conseillé de ne surtout pas lâcher, et de continuer du mieux qu'elle pourrait d'alimenter la sacro-sainte relation mère/fille. Bref, Sofia espérait beaucoup de ce petit moment d'intimité avec elle. Après, elles pourraient passer une heure au café Marly autour d'un thé, et peut-être se parler un peu.

Jennifer attendait sa mère sur le parvis du Louvre. Elle s'était promis d'user de diplomatie pour l'amadouer, afin qu'elle accepte d'intercéder auprès de son père pour cet été. Il fallait que ses parents changent d'avis : tout le monde y allait à ce voyage. Elle aurait l'air de quoi si elle était obligée de décliner pour cause de parents ringards et non-épanouissants.

Fille unique, quelle solitude !

Elle aperçut Sofia qui trébucha en lui faisant un signe de la main. Un passant la rattrapa. Jennifer eut honte. Pourquoi sa mère s'obstinait-elle à porter des talons hauts à son âge ? Il fallait se rendre à l'évidence, elle ne pouvait plus rivaliser avec les filles plus jeunes. En tant qu'agent immobilier, elle se devait d'afficher une certaine élégance, mais celle-ci n'était pas du tout du goût de Jennifer. À quarante-cinq ans, elle se croyait toujours au top.

— Salut maman, t'as failli t'étaler où j'ai rêvé ? T'abuses avec tes pompes quand même, tout le monde te regarde…

— Bonjour ma chérie ! Merci pour l'accueil ! Et non, c'est gentil, je ne me suis pas fait mal, j'ai eu de la chance. Ne t'en fais pas pour moi…

— Oh, ça va, désolée… j'ai bien vu que ça allait… Sofia tendit la main pour lui caresser l'épaule d'un geste tendre que Jennifer esquiva. Tant pis pour la diplomatie, elle ne supportait plus cette femme qui était sa mère.

Comment faisaient ses amies pour qui tout allait bien ? Elle, c'était une vraie rebelle, et il n'était pas question que sa mère s'imagine qu'elle pourrait la modeler à son image.

En arpentant les couloirs immenses du Louvre, Sofia se rendit compte que l'hostilité de sa fille lui enlevait toute idée de conversation badine. En arrivant devant le tableau de Géricault, Jennifer s'installa sur un banc, ouvrit son cahier de croquis et commença son esquisse. Sofia voulut s'éloigner un peu pour la laisser tranquille, essayer de ne pas être sur son dos. Elle se rappela qu'elle avait envie de faire pipi depuis son départ précipité du bureau. Elle prévint Jennifer qu'elle filait aux toilettes.

— OK, lui répondit-elle d'un air bougon.

Ce fut la dernière fois qu'elle vit sa fille vivante.

*

Les doigts de Sara recouverts de gants blancs pianotaient à toute allure sur le clavier. Derrière elle, la police scientifique passait en revue chaque recoin de la chambre de Jennifer Latour. Tout l'univers de l'adolescente criait son absence. Sofia Latour était livide, immobile, muette. Près de la fenêtre, Hervé Latour, son mari, pleurait en regardant les voitures défiler sur la rue Belgrand. Les dernières lueurs du jour marquaient son cœur comme la fin d'une époque. Plus rien ne serait pareil désormais. Perdre son enfant unique, sa petite fille, rien de cela n'était imaginable. Pourquoi n'avait-il pas été plus à l'écoute, pensa-t-il, pourquoi était-il en froid avec elle depuis ces deux dernières semaines à cause de ce foutu voyage entre copains. Il aurait voulu être mort à sa place. Comment l'adolescence peut-elle révolutionner une famille, et tout saccager sur son passage ? On croit tout savoir quand on devient parent, les biberons, les nuits, les chagrins, les bobos. Et on se réveille un matin avec une grande personne qui vit dans votre maison et qui a construit un mur entre vous. Rien à faire, on a beau lutter, user de subterfuges : l'argent de poche, les cadeaux, les vêtements, les ordinateurs, rien ne marche ! Cette personne veut seulement vous éliminer de sa vie et vous crier qu'elle n'a rien à voir avec vous. « J'y ai cru, moi, se dit-il, je pensais que j'avais le temps, que tout allait s'arranger, mais l'impatience de vivre a été plus forte ». Et sans conseils, une adolescente peut commettre l'irréparable, se trouver au mauvais endroit au mauvais moment. « Non ! » cria-t-il à haute voix en se tapant le front contre la vitre.

Stan s'approcha, prit l'homme par les épaules et l'entraîna jusqu'au salon d'une main ferme, mais bienveillante. Clarisse, la meilleure amie de Sofia, venue soutenir la famille lui apporta une tasse de thé, tandis que sa femme lui posait un gant de toilette mouillé d'eau fraîche sur le front.

Sara avait le cœur crevé. Stan lui fit signe qu'il était temps de partir alors que l'équipe scientifique remballait son matériel. Elle leur remit le MacBook de Jennifer. Ils saluèrent les Latour et sortirent.

Une fois dans la voiture, il allait allumer la radio, lorsque Sara l'interrompit.

— Non, Stan ! Attends ! J'avoue que j'ai du mal à me sortir du contexte aussi rapidement aujourd'hui.

— Je dois reconnaître que c'est hard… voir ce père effondré m'a aussi chamboulé. Tu as trouvé quelque chose sur le Facebook de la gamine ?

— Oui, une conversation avec un garçon, qu'elle ne connaissait visiblement pas, datée de lundi, vers vingt-trois heures, un certain *GarçonSwag*. Ils se payent de ces pseudos, je te jure ! Mais il y en a d'autres, plus tôt dans le mois. Apparemment, c'était une habituée de l'accroche anonyme sur les réseaux…

— L'ennui et la peur de ne pas exister ! Comme toutes ces ados d'aujourd'hui.

— Pas seulement d'aujourd'hui Stan, je crois… je pense que c'est la caractéristique numéro un de l'ado, sa marque de fabrique, t'as oublié ou quoi ? Sara sourit.

— Oublié, non ! Mais nous, on n'avait pas les mêmes vecteurs pour balancer nos questions au monde. Pas de Facebook, pas de Twitter, pas d'Instagram, pas de Tinder…

Ses yeux se plissèrent.

— Sauf toi, si je me souviens bien, tu es originaire d'une autre planète… on communiquait comment, chez vous ?

Il rit.

— Sarcelles, tu l'as dit, la planète de rêve… remarque, tu peux parler toi… avec ton Goussainville, le trou du cul du monde !

— Mais Sara, je ne parlais pas de Sarcelles, mais de la planète étrange qui t'a vue naître : celle des filles les plus jolies de l'univers, fraîches comme la rosée, même après une nuit de planque dans une voiture.

— T'es con ! dit-elle en riant. Mais merci, je prends le compliment.

Oui, elle le prenait ce compliment, et plus encore. Stan arrivait toujours à l'aider à dépasser les moments difficiles. Avec lui, le verre n'était pas à moitié vide, mais à moitié plein, et la saveur des petits instants chaque fois transcendée par son approche positive des choses. Tout le contraire de son caractère, elle qui se complaisait presque dans la douleur.

22

Assis dans son canapé, détendu dans un jogging défraîchi, Stan sirotait une boisson qu'il venait de se préparer avec son appareil Soda Stream flambant neuf. Il l'avait enfin, sa machine design. Il allait profiter un maximum de son goût pour le *fait-maison*. Avec une petite pensée pour sa mère, qui, bien qu'elle n'ait jamais touché une casserole de sa vie, s'obstinait à concocter d'improbables boissons à base de fruits et légumes en tout genre. Dans le magasin, ce matin, le vendeur qui l'avait abordé lui avait proposé de prendre la carte d'adhérent qui lui donnerait d'emblée un rabais dès son premier achat. Il avait sauté sur cette aubaine et s'était dirigé sans hésiter vers le rayon *Maison & Design*.

Stan avait déjà flashé sur un modèle de couleur rouge, élégant et futuriste.

À présent, il était plongé dans le fascicule de recettes proposées avec l'appareil, quand le téléphone fixe retentit. Qui pouvait bien appeler ? On ne le contactait pratiquement plus que sur son portable, désormais… sûrement une erreur ou une enquête de sondage. Il décrocha, méfiant.

— Oui, allô ?

— Stan ?

— Oui, qui est à l'appareil ?

— C'est moi. Yann…

158

— Yann ? Comment as-tu eu ce numéro ? Tu m'appelles sur mon portable d'habitude.

— Je sais, mais figure-toi que mon téléphone beugue, il a effacé tous mes contacts, je crois qu'il est en train de rendre l'âme…

— Ah, alors 1 partout, j'ai pété l'écran du mien cette semaine, mais il marche quand même.

— Du coup, je me suis souvenu que tu t'étais inscrit sur le site *Copains d'Avant* et j'y ai trouvé ton numéro.

— Ah, c'est vrai, j'avais oublié, c'était il y a trois ans. Le cap fatidique des trente ans… C'est pas mon genre, tu le sais, mais j'ai eu cinq minutes un gros moment de nostalgie. En fait, j'avais repris contact avec Cécile, Virginie, Maxence et les autres, mais à l'époque, nous n'avions pas dépassé le stade de l'échange de quelques mails. En plus, pas mal d'entre eux avaient quitté Paris, alors !

— Tu sais pourquoi je t'appelle ?

— Oui, la soirée des vieux débris, c'est ça ? dit Stan sur un ton amusé.

— Allez, laisse-toi faire ! Une soirée des anciens de Pablo Neruda, ça ne se refuse pas… Il fallait pas t'inscrire, tout le monde me demande après toi ! C'est vendredi prochain et c'est Mélanie qui organise, tu te rappelles ? Elle m'a confié la mission de rameuter le plus de gens possible. Ça peut défoncer, comme soirée ! Allez, quoi, fuck la police ! Ça te changera la tête…

— J'admets que les distractions sont rares en ce moment. Les anciens, aïe ! Ça pique un peu quand même ! Mais revoir les autres me plairait assez en effet…

— Cool ! Tu peux venir avec ta copine, si copine il y a…

— On va dire ça. J'essaye de faire comprendre à la femme de ma vie, qu'elle est la femme de ma vie. Et toi ? T'as quelqu'un en ce moment ?

— Moi, je suis un vieux célibataire, tu sais…

— Toi, célibataire ? Je t'ai toujours connu très entouré, plaisanta Stan.

— OK, j'avoue tout, monsieur le capitaine. Oui, tu m'as démasqué, je papillonne, je butine. Pas fixé encore… bon… je dois te laisser, j'ai des coups de fil à passer, alors je te mets sur la liste ?

— On verra… je n'ai pas encore dit oui.

— Bon, j'attends ta réponse alors… et je dis à Mélanie de t'envoyer l'adresse, OK ?

— Ça marche ! À bientôt alors, salut.

Stan raccrocha. Voilà, il s'était laissé embobiner par Yann le passéiste. Ce gars, à qui on aurait prédit un avenir plutôt brillant, avait finalement choisi une voie de facilité : l'immobilier. Il avait le physique et le bagout, le charme aussi. Stan et lui étaient comme deux coqs, en terminale.

Deux gamins qui se tiraient la bourre pour conquérir un maximum de filles. Ils s'étaient perdus de vue pendant quelques années et retrouvés par hasard dans un bar en face du commissariat. Quelques bières plus tard, ils n'ignoraient plus rien de leurs dix dernières années respectives. De vingt à trente, celles qui sont déterminantes. Celles des choix. Depuis, ils se voyaient de loin en loin au gré de leurs disponibilités. Mais Stan ne racontait pas tout à Yann. Il triait. Entre eux subsistait un reste de l'ambiance de compétition qui les avait animés.

Revoir tout le monde serait un drôle de truc. Il sourit. Pourquoi pas, après tout ? Il se pencha sur la table basse et se resservit un soda.

160

Être flic, un isolement inévitable dû à la profession. Les horaires sont folkloriques, alors on se fréquente entre collègues. À moins d'être marié, la plupart du temps, le poste ou les voitures banalisées sont comme une seconde maison. Les jambon-beurre, hamburgers et autres kebabs deviennent la gastronomie quotidienne des pauvres estomacs des policiers. Les bières entre amis s'espacent, laissant la place aux bières entre collègues, histoire de décompresser. Alors, retrouver des copains de lycée, voir si ça peut coller avec la vie qui a déjà fait son chemin depuis plus de quinze ans, pourquoi pas…

Stan se demanda si Sara accepterait de l'accompagner.

Justement, son mobile se mit à vibrer et entonna sa petite mélodie, troublant sa quiétude : c'était Sara ; elle était d'astreinte ce samedi et elle venait de recevoir un appel de madame Blanchon, la boulangère, qui avait mené sa propre enquête et avait retrouvé un témoin qui pouvait, d'après elle, décrire le kidnappeur de la petite Solène le 20 mars.

— Espérons que ce soit constructif, dit Stan, parce que les témoins oculaires sont rarement performants après deux semaines.

— En tout cas, au téléphone, elle était à fond ! Elle dit qu'elle y a pris goût et qu'elle se sent une âme de policière, j'ai failli lui exploser de rire au nez, je n'ai pas pu m'empêcher de l'imaginer sur le terrain avec son tablier blanc !

Quand il arriva au poste, Stan fila directement dans le bureau de Sara, heureux de cette circonstance providentielle qui lui permettait de la voir alors qu'il était de repos. Elle lui effleura les lèvres d'un léger baiser qu'il tenta de prolonger, mais elle se déroba, le gratifiant de son habituel sourire d'excuse qu'il pouvait traduire invariablement par : « Pas ici,

Stan, on pourrait nous voir ! » ou « Stan, ce n'est vraiment pas le moment ! ».

Jeanne entra à ce moment-là, accompagnée de madame Blanchon et d'une femme vêtue de noir. Sara les invita à s'asseoir tandis que Stan s'installait sur le canapé, après avoir retiré quelques dossiers qu'il déposa sur une chaise. Jeanne préféra rester debout, le dos appuyé contre le mur derrière Sara.

— Je vous écoute, dit Sara. Vous êtes madame ?

— Madame Nielli.

— Comment se fait-il que nous n'apprenions qu'aujourd'hui que vous étiez présente dans cette boulangerie le 20 mars après dix-sept heures ?

— Mais c'est parce que madame Nielli enterrait sa belle-sœur en Sicile ! Vous comprenez, le voyage, la famille, les obsèques… On ne peut pas être au four et au moulin, lança la boulangère d'un air entendu à l'adresse de Stan.

— Madame Blanchon, laissez répondre madame Nielli, s'il vous plaît.

— Oui, en effet, j'ai dû partir précipitamment. Mais quand madame Blanchon m'a parlé de cet enlèvement, je me suis tout de suite souvenue du type.

— Pouvez-vous nous le décrire ?

— Oh oui, elle a même les détails, intervint la boulangère, très excitée.

— Il portait un jean, des lunettes, une casquette, et un tee-shirt blanc.

— Dites-leur ce qu'il y avait d'écrit dessus… La boulangère buvait les paroles de sa cliente.

— Il y avait une inscription… *Harmonie*, je crois… avec une coupe, comme une coupe de sport.

Sara entra « tee-shirt blanc inscription harmonie » dans *Images Google*, pendant que Jeanne demandait des précisions à la femme. Aucun résultat. Soudain, Stan se leva, passa derrière Sara et se pencha par-dessus son épaule. Il posa sa main sur la sienne avec douceur, elle la retira aussitôt, libérant ainsi la souris. Il s'en empara, cliqua, et changea le mot *Harmonie* en *Armani*. Là, le tee-shirt blanc *Emporio Armani* apparut, le même modèle que portait Esteban lors de son interrogatoire.

— Ce serait pas plutôt ça, le tee-shirt ? dit-il à la femme en tournant l'écran vers elle.

— Oui, exactement, c'est ça ! Bravo, vous êtes perspicace, jeune homme !

— Mais j'ai une question, reprit Sara, pourquoi n'avoir pas réagi quand vous avez vu cet homme emmener cette petite fille, qui apparemment semblait furieuse ?

— Mais j'ai vu que personne ne réagissait… alors je me suis dit que cette enfant faisait un caprice, tout simplement.

— Oui, intervint Jeanne, et apparemment tout le monde a pensé comme vous. Chacun interprète ce que pense son voisin, comme toujours.

— Je suis navrée, vraiment !

Sara les invita à la suivre dans une autre pièce afin d'observer Rafaël Esteban, qu'on avait convoqué pour une nouvelle audition. Quatre policiers en civil, dont Cédric, avaient pris place à ses côtés derrière la ligne rouge tracée sur le sol, chacun sous un numéro. Esteban était le numéro trois. Sara fit d'abord signe à madame Blanchon d'entrer.

— Oh, une glace sans tain, comme dans *Esprits Criminels* ! La boulangère était aux anges.

— Concentrez-vous, madame, et regardez ces hommes attentivement. L'un d'entre eux se trouvait-il dans la boutique ?

La femme se pencha un peu en avant en plissant les yeux.

— Vous êtes sûrs qu'ils ne peuvent pas me voir, hein ? demanda-t-elle, soudain plus sombre.

— Aucun risque ! Alors ?

— Je dirais le 3... la physionomie, le bas du visage, ça pourrait bien être lui.

— Vous êtes sûre, madame Blanchon, vous affirmez avoir vu cet homme dans votre boutique ?

— Oui, oui, enfin... j'espère... Faut dire, avec cette barbe qu'ils portent maintenant, ils se ressemblent tous. Du coup, c'est vrai que le numéro 5, il a quelque chose aussi... On est obligés de n'en choisir qu'un ? demanda-t-elle timidement.

Sara soupira et remercia la boulangère, la congédia et fit entrer l'autre femme. Celle-ci refusa de s'asseoir, ajusta ses lunettes sur son nez et scruta minutieusement les hommes derrière la vitre.

Quand Sara l'interrogea, la femme resta muette. Elle n'était pas sûre du tout, son hésitation portait sur le numéro trois et elle avait un doute sur Cédric, le numéro cinq.

Après l'identification, Sara les remercia et Jeanne les raccompagna. Dans le couloir, madame Blanchon se retourna soudain, revint sur ses pas, et avec un sourire de connivence, tout en serrant la main de Stan, lança :

— Rappelez-vous que je me tiens à votre entière disposition, n'est-ce pas ? J'espère que mon aide fera avancer votre enquête. Je me suis sentie utile aujourd'hui vous savez, merci ! À vite !

Elle agita ses doigts à l'adresse de Sara et disparut.

— Alors, demanda Stan, t'en penses quoi ?

— Comme toi, je suppose, dit Sara. La mère Nielli s'est souvenue du tee-shirt d'Esteban et les deux ont semblé être assez convaincues qu'il est l'homme de la boulangerie, mais...

— Mais, continua Stan, les tee-shirts *Armani* comme celui-ci, il y en a à la pelle, et elles n'étaient pas sûres à cent pour cent. De plus, la Blanchon ne me paraît pas très objective… Pas encore assez solide pour l'inculper, tout ça…

— Non, notre seule option pour l'instant est de le mettre sous pression avant qu'il ne nous balance un avocat dans les pattes. Allez, au boulot !

— N'empêche qu'elles ont désigné Cédric, c'est drôle, non ?

— Y'a des flics qui ont la tête de l'emploi, et d'autres qui pourraient passer de l'autre côté sans problème !

Quand ils entrèrent dans la salle d'audition, Esteban était déjà assis. Ils le saluèrent en s'installant en face de lui.

— Comme on se retrouve, monsieur Esteban ! Alors comme ça, on enlève des petites filles dans les boulangeries ? Il vous les faut toutes, décidément, lança Stan.

— C'est n'importe quoi ! Je n'ai jamais mis les pieds dans cette boulangerie, je ne suis pas débile !

— Écoutez, deux témoins vous ont formellement identifié, bluffa Sara, ils se sont souvenus du tee-shirt *Armani*
que vous portiez ce jour-là. Le même que celui que vous aviez lors de notre audition, ici même quelques heures avant. Et l'heure concorde. Votre garde à vue s'est terminée une demi-heure avant. À pied, il y en a pour dix minutes à peine. Si vous avouez maintenant, les conséquences seront meilleures, vous le savez !

— Non, mais ça va, vous me prenez pour un ignare, je connais mes droits, figurez-vous. J'ai bac plus cinq, moi !

— Ah, oui, c'est vrai vous êtes psy, fit Stan, ironique, Monsieur a des lettres. À vous voir vivre, on ne dirait pas ! Nous, tout ce qu'on sait, c'est que vous aimez les jeunes collégiennes, vous nous l'avez avoué l'autre jour, alors un petit détour par la boulangerie et hop ! Seulement celle-ci est tout juste en primaire.

Sara lui mit son téléphone sous le nez, avec la photo de Solène Duprès qu'elle avait prise à l'hôpital.

— Très mignonne, répondit-il.

Sara pâlit. Elle se pencha vers lui, dans une attitude menaçante, les deux poings fermés appuyés sur la table. Il eut un mouvement de recul.

— On fait du touche-pipi il y a deux ans avec une collégienne, avec toute l'autorité de sa fonction de psychologue scolaire, on frappe sa petite amie pendant les relations sexuelles, on bave devant les jeunes filles sur les réseaux, et on finit par se satisfaire tout un week-end avec l'innocence même d'une enfant de dix ans. Vous pensez vraiment pouvoir passer toute votre vie à travers les mailles de la justice ? Vous êtes un pervers narcissique qui s'ignore, mais comme on dit : les cordonniers sont les plus mal chaussés...

— Mais vous délirez, mon petit Boticelli, de toute façon la normalité n'existe pas !

— Je ne suis pas votre *petit* quoi que ce soit, je peux vous inculper pour outrage, ça va faire beaucoup, enlèvement sur mineure, viol, sans compter les homicides aggravés, beau palmarès, le juge va apprécier.

— Mais vous vous acharnez, ma parole ! J'ai un alibi pour le réveillon, vous le savez bien ! Alors c'est impossible, hein ! Je n'ai rien d'un tueur en série, moi.

Esteban commençait à faiblir. Ses yeux bleus étaient devenus ternes, son teint se brouillait. Il se tut quelques secondes, puis regarda vers le plafond en marmonnant comme pour une prière.

— C'est bon, Esteban, on arrête là, vous vous croyez où ? fit Stan, excédé.

— C'est mon droit aussi de m'en remettre à Dieu, quand j'ai besoin d'aide.

— Vous stoppez ça tout de suite, où je vous passe les menottes ?

Esteban tendit ses poings et fixa Stan d'un air arrogant.

— Alors, on veut le détail de votre sortie du poste du vendredi 20 mars, minute par minute, reprit celui-ci sans accorder la moindre attention à l'attitude de l'homme.

— J'ai marché, c'est tout, j'étais crevé, je suis rentré directement chez moi et je me suis effondré jusqu'au lendemain. Si vous n'avez que ce tee-shirt pour m'inculper, c'est n'importe quoi, il faut sortir les gars, dehors il y a plein de tee-shirts blancs *Armani*, c'est de la qualité, tout le monde vous le dira, pas vrai, capitaine Varda, je suis sûr que vous en avez au moins un dans votre placard, c'est bien votre style !

— Bon, ça va, Esteban, on sait ce que vous trafiquez sur le net sur des sites pédophiles et tout le reste… dit Sara en s'approchant.

— Vous n'avez aucune preuve, ce sont des on-dit.

— Allez, un petit effort de mémoire… ces petites jambes toutes fraîches, toutes douces sous la jupe, ça fait envie… c'est même excitant, non ? reprit Sara.

— Je ne vois pas de quoi vous parlez.

— Ah, je sais, vous allez me dire que c'est elle qui vous a provoqué, mais oui, toutes ces filles vous veulent en fait, vous n'avez plus qu'à tendre la main, c'est ça ?

— Mais bon sang, je vous dis que je n'y étais pas dans cette boulangerie ! Vous n'avez rien d'autre à vous mettre sous la dent, je suis votre héros en fait.

Esteban se mit à rire.

167

— On est à deux doigts de vous coincer, ne faites pas trop le malin !

— Je veux un avocat, vous commencez à me pourrir la vie à tort, ça ne va pas se passer comme ça.

— On va encore refaire une perquisition chez vous, on verra… mais si on trouve la moindre trace d'ADN de la petite Solène, vous êtes cuit, lança Sara.

— Faites comme vous voudrez, vous ne trouverez rien, de toute façon. C'est de l'acharnement, je vais porter plainte !

23

Jean Bosco, les traits encore froissés par une mauvaise nuit, entra dans l'open space. Son estomac ne lui laissait plus aucun répit, et les douleurs s'accentuaient un peu plus au fur et à mesure que la liste des filles s'allongeait. Deux victimes de plus... en moins d'une semaine. Le week-end n'avait pas été fructueux. Il avait dû relâcher Esteban faute d'aveux et de preuves suffisantes pour le mettre en examen. Mais il n'abandonnait pas la piste pour autant et avait lancé un dispositif de filature à distance. « Vous lui collez aux basques, avait-il dit, d'assez loin pour qu'il ne vous remarque pas, le gars est malin, mais il n'est pas à l'abri d'une erreur. » Cependant, Bosco se posait des questions :

« Le cas Solène Duprès avait-il quelque chose à voir avec les homicides du périphérique ? L'alibi d'Esteban pour le meurtre de Charlotte Altègue, dans la nuit du réveillon tenait-il la route ? » Ils devaient chercher... Barowsky était hors de cause : ses alibis avaient été confirmés. Restait à établir un plan d'attaque. Le défilé des auditions n'était pas près de cesser. Un paquet de tordus vicieux, prédateurs sexuels en tout genre, allaient encore se succéder. Il s'assit sur le bureau de Mo :

— On est lundi. On a huit homicides sur les bras. On est la risée de toute la police de France. On est pour ainsi dire au point mort. Maintenant, je vous demande de vous concentrer comme jamais. Balancez-moi des idées. Je vous écoute.

— Ben, on pourrait le prendre à son propre piège, hasarda Sara.

— Continue…

— On s'infiltre… mais pas en réel, sur les réseaux en fait. Tu te souviens, Stan, sur l'affaire du cousin harceleur, on avait bidouillé un faux profil avec la photo d'une gamine, les parents étaient d'accord.

— Mais oui, on ouvre un compte sur Facebook et on ajoute les amis des victimes, il est sûrement dedans. Provoquer la rencontre avec le tueur. C'est le seul moyen de le coincer avant qu'il ne dégomme toute l'Île-de-France ! continua Stan.

Cette fois un brouhaha s'éleva dans la pièce.

— Hé ! Stop ! Pas tous en même temps, hurla Bosco.

Cédric, je t'écoute.

— Mais avec tout le respect que je vous dois, commandant, on n'est pas dans une série américaine, comment voulez-vous envoyer une des nôtres dans les pattes de ce désaxé, et qui plus est, qui aurait l'air d'avoir quinze piges ?

À ces mots, tout le monde se mit à parler en même temps.

— Silence ! Silence ! Vous vous croyez où, là ? Un certain préfet Verdière s'impatiente, voyez-vous ? Et le procureur est passé à la vitesse supérieure, niveau pression ! Depuis que notre homme a vu qu'on parlait de lui à la télé, et qu'il sait que la panique commence à s'emparer des réseaux sociaux, il veut démontrer qu'il reste le plus fort et qu'il a encore à faire. Aucun doute qu'il a accéléré le mouvement dans le but de nous en mettre plein la vue et de nous narguer, et ce n'est qu'un hors-d'œuvre. Il faut donc le prendre à son propre piège, comme l'a suggéré Sara. Vous savez qu'un tueur en série est une personne qui a besoin de reconnaissance, et que c'est justement ce qui le perd, la plupart du temps. Si nous lui offrons une proie qui correspond au profil de ses victimes, on a une bonne chance que ça marche.

— OK patron ! Mettons, dit Mo, mais qui pourrait être candidate ?

— J'ai ma petite idée.

— Ben, dites-le, patron, dit Cédric.

— L'idéal aurait été Sara Lopez… mais s'il s'avérait que ce soit un des suspects déjà interrogés par ses soins, ça pourrait tout fausser. En même temps c'est tentant, fit-il en plantant son regard dans le sien.

— Pourquoi pas, dit Sara, mais faudra quand même un sacré ravalement de façade, non, pour que j'aie l'air d'avoir dix-sept ans ? Elle rougit.

Des protestations s'élevèrent.

— Pas tant que ça, renchérit Jeanne en regardant Sara d'un air gourmand.

— Avec des couettes et une jupette, ça peut le faire ! lança Mo.

Soudain, une voix ferme retentit :

— Moi, je veux bien faire l'appât, ça me changera de l'accueil.

Au fond de la salle, Souany se tenait droite, les bras croisés, les yeux brillants. Tous les regards se tournèrent vers elle.

— Il y a des risques, tu le sais, dit Bosco.

— Pas de souci. Je veux le déglinguer, moi, ce type… Faut qu'ça s'arrête maintenant.

— Tu ne vas rien déglinguer du tout. Juste faire l'appât sur un profil, c'est déjà pas mal, répondit Bosco, amusé.

— Oui, mais il pourrait y avoir un rencard à la clé, non ?

— Si tout roule, oui. On verra à ce moment-là.

Souany fit un geste de victoire destiné à Sara, qui lui sourit en retour sans montrer son inquiétude.

4 AVRIL – JENNIFER LATOUR

On dit que l'adolescence est comme une longue maladie. Moi, je suis un guérisseur. Je connais ses maux. Le mal a dit… la maladie… il faut bien que jeunesse se passe. Les parents s'égarent, les parents se garent en double file, en attendant d'être mis à l'amende par l'enfant qui devient adulte. Toujours dans l'incompréhension la plus totale. C'est en fait toute leur vie qui défile sous leurs yeux ébahis. Leur petite fille n'a pas compris les interdits, elle veut les braver pour se sentir vivante. Quant à vous, chers géniteurs, votre éducation n'a pas fonctionné. Quel échec ! Au lieu de sévir quand il en était encore temps, vous avez privilégié le laxisme, au nom du sacro-saint amour. Être aimé de ses enfants ne veut pas dire lâcher les rênes. J'en ris encore. Avec Jennifer, ma jolie métisse marocaine, le fiasco total, l'échec énormissime, le désastre.

Toujours et encore, des parents à la dérive, nageant dans l'incompétence.

Elle, elle voulait sa liberté. Elle l'a eue… grâce à moi.

Je n'en tire pas de fierté, cela m'a été si facile. Elle aimait l'art, j'aime l'art.

Le jour où elle a faussé compagnie à sa mère au Louvre, on avait rendez-vous… Un premier avril, ça ne s'invente pas ! Elle m'avait apporté un dessin d'un tableau de Géricault.

Elle avait pris un soin infini à représenter le sexe de ce pauvre homme en premier plan sur le radeau. J'étais interloqué par tant de précision.

Elle, elle a ri, en me disant qu'elle s'était inspirée de ceux qu'elle avait vus sur Youporn. Cela m'a rendu fou.

Une heure plus tard, Jennifer Latour était redevenue un Ange pur et chaste. Ma mission accomplie, inexorable, violente et libératrice.

« Aïe, ça tire ! » s'écria Souany.

— Allez un peu de patience, un peu de courage, il faut souffrir pour être belle, dit Sara en souriant.

— Sauf que toi comme elle, vous êtes déjà des bombes au naturel, rétorqua Jeanne avec gourmandise.

Attirée par Sara, elle jouait à marivauder avec elle, sachant qu'il ne se passerait jamais rien. Avec Mathilde, sa compagne depuis deux ans, elle sentait que l'adage de l'amour toujours avait atteint sa limite. Elle aurait tant souhaité recoller les morceaux. Elle l'aimait sincèrement, mais la fidélité n'était pas à l'ordre du jour pour Jeanne. Le modèle de son père, sûrement, qui avait collectionné les maîtresses sans complexe pendant toute son adolescence. Elle avait essayé de protéger sa sœur de toute cette duplicité, mais garder tant de secrets l'avait abîmée avant même qu'elle n'entre dans l'âge adulte. Malheureusement pour Jeanne, sa différence lui donnait une place à part. Ses parents n'avaient jamais daigné aborder le sujet de son homosexualité. Après son départ de la maison, ils avaient pu maintenir cette loi du silence, puisqu'elle ne leur avait jamais présenté aucune amoureuse. Elle venait parfois à l'époque, le dimanche, quand c'était nécessaire, et si la famille était réunie elle subissait sans broncher les interrogations lourdes de sens de ses grands-parents, de ses tantes ou de ses cousins, sur le fait qu'elle était célibataire et sans enfant. Sa personnalité ou ses activités professionnelles ne les enthousiasmaient pas vraiment. Elle brillait pourtant dans ses études de droit, tout en travaillant dans un cabinet réputé de la rue Monge. Le week-end, elle chantait dans un groupe de grunge-néo-métal qui cautérisait ses plaies affectives restées béantes. Elle comprit très vite que le tailleur-jupe, encouragé par ses employeurs, ne cadrerait pas à sa philosophie de vie. Elle démissionna.

Intégrer la police l'avait libérée. Ici, personne ne la jugeait. La tenue réglementaire lui seyait à merveille, sa féminité ne l'intéressant pas plus que ça. Mathilde, au contraire, en possédait tous les codes. Et tout ce qu'elle ne trouvait pas en elle-même, Mathilde le lui donnait. Toute cette douceur qu'on attribue aux femmes en général, elle n'y croyait pas. Mathilde, c'était juste Mathilde. Une fille devenue femme et assumant parfaitement sa sexualité. Des parents compréhensifs et attentionnés. De quoi être épanouie !

Souany se scrutait dans le miroir. Franchement, le résultat n'était pas mal du tout, Sara avait fait d'elle une vraie ado. Entre les vêtements urbains branchés qu'elle lui avait choisis, et ces deux nattes africaines serrées, on lui donnait seize ans. Mais où avait-elle appris à faire ça, celle-ci ?

— OK, les filles, pour la photo ça va être parfait, la lolita des banlieues est prête. Remarque, j'en connais qui apprécieront, dit Souany en riant.

— Trop classe, la meuf ! dit Jeanne.

— Grave, lui renvoya Sara.

— En espérant que le mec soit pas un boloss… conclut Souany.

Elle s'amusait beaucoup avec le langage. Elle parlait le bambara dans sa famille, un français parfait le reste du temps. Sauf quand elle était énervée, parfois des expressions un peu wesh-wesh — comme elle disait — lui échappaient, au grand désespoir de Stan. D'après lui, cette façon de communiquer était un tue-intégration. Une opinion un peu étriquée qui chiffonnait Sara. Souany, au fond, était plutôt d'accord avec lui, mais elle adorait le taquiner.

— Bien ! Maintenant, prend la pose, dit Jeanne… souris… ne souris plus… regarde en l'air… ah, oui, c'est ça, super la photo… c'est celle-là, à mon avis, elle va faire craquer tous les mecs… et les filles aussi…

Souany n'en menait pas large depuis qu'elle s'était proposée crânement pour jouer l'appât. Elle se serait bien dérobée, mais il était évident que Sara ne pouvait pas faire l'ado, « il y a des limites quand même », pensa-t-elle. Et le boss lui avait promis de l'impliquer désormais dans d'autres enquêtes à venir. Elle allait vraiment être en immersion cette fois. Et, cerise sur le gâteau, il lui avait donné dans les grandes lignes la teneur de ses futures appréciations. Franchement, ça valait le coup. Cela lui permettrait de prendre enfin sa décision : persévérer au cœur de l'action ou terminer ses études de droit l'esprit tranquille.

Elles rejoignirent la salle de réunion où Stan, Cédric, Mo et un technicien étaient en train de s'activer sur l'ordinateur. Ils s'étaient inspirés des profils Facebook de toutes les victimes pour en créer un susceptible de plaire au tueur. Un concentré de tous les critères pour l'attirer. Ils avaient étudié les statuts, les attitudes de chaque fille pour essayer de deviner ses raisons de les choisir.

La discussion était âpre pour décider de ce qu'ils allaient mettre dans l'À-propos de Souany, alias Valentine S. Ils étaient assez fiers de leur pseudo. On chargea les photos et on installa le bandeau. Le profil de la victime idéale s'afficha sous leurs yeux.

— Ben voilà, ça en jette, elle est mimi la p'tite Valentine S, dit Souany.

— Je dirais même… elle est bonne, renchérit Cédric, l'air malicieux.

— Oh, ça va, dit Souany, contrariée par cette remarque sexiste.

— Je plaisante, se rattrapa Cédric, les regards des trois filles braqués sur lui.

Elles se détendirent, sauf Sara. Elle restait inquiète pour Souany et avait du mal à le cacher.

Quant aux meurtres, ils étaient loin d'avoir une piste sûre. Ils avaient tracé l'adresse IP de GarçonSwag 95, l'agresseur présumé de Jennifer Latour, mais les messages provenaient d'un serveur situé à Bangkok.

Si le tueur savait brouiller les pistes et se rendre invisible des informaticiens de la police, ces derniers n'étaient pas en reste. En effet, en quelques clics, par une manipulation experte, voilà que le profil de Valentine S existait depuis un an. Ils avaient tissé leur toile en se faisant amis avec les contacts des victimes. Ils avaient largement fourni la page de la nouvelle venue en photos, selfies et statuts. Vacances à la plage, à la montagne, sans oublier les clichés de fêtes pour montrer l'appartenance de Valentine S à la grande famille des exhibitionnistes de la toile.

26

Des effluves d'ambre et de vanille flottaient dans la chambre. On entendait au loin une mélodie chantée par une voix masculine sur des accords folks. Des vêtements traînaient, éparpillés sur la moquette, le lit, le fauteuil. Enfilés, retirés, ils attendaient d'être enfin choisis par l'indécise qui les avait ainsi jetés en boule au fur et à mesure d'infructueux essayages.

Sara, comme à son habitude, pestait contre elle-même quand il s'agissait de trouver la tenue idéale pour une soirée. D'un côté, elle voulait être sexy mais sans ostentation, classe mais pas classique. Qu'on la remarque mais l'air de rien. De l'autre, elle recherchait une liberté de mouvement dans une tenue, sans tomber dans le côté sportswear garçon manqué. Elle s'en voulait de céder à une telle futilité quand sa tête aurait préféré qu'elle s'en tienne à l'essentiel.

Avoir l'esprit vif et cultivé n'avait jamais empêché quiconque d'être à son avantage. « N'est-ce pas Tyra », dit-elle à son chat qui la fixait d'un air désapprobateur. Même Simone de Beauvoir était capable de frivolité avec ses beaux turbans qui l'avaient rendue célèbre. Certaines filles se perchaient sur des Louboutin et exhibaient des décolletés provocants juste pour affoler l'autre sexe, pas elle. Bref, elle arrêta son choix sur un jean noir taille basse un peu moiré, une chemise écrue en soie et des sandales noires.

Stan l'avait invitée à sa soirée *Copains d'Avant*. Sara avait bien senti ses réticences à la pensée de se replonger dans ses années lycée, il avait besoin de sa présence pour faire passer la pilule, lui avait-il dit. Il n'en revenait toujours pas de s'être laissé convaincre par son ami. Il avait cette qualité – qu'elle appréciait – de n'être absolument pas passéiste. D'ailleurs, quand il évoquait son Irina, une ex qui avait compté – d'après ce qu'elle avait compris –, il avait la délicatesse de ne pas s'attarder. Elle ne pouvait en dire autant. Ruminer restait son point faible. Stan était son opposé à bien des égards.

Son téléphone bipa. *Quand on parle du loup* se dit-elle en lisant son message : *Je suis en bas, tu viens ?*

Un dernier coup d'œil au miroir de l'entrée. Mince, elle n'était plus sûre, elle aurait dû mettre un haut moins habillé, une chemise ça faisait un peu fille endimanchée. Tant pis ! Hors de question de faire patienter Stan trop longtemps comme une vulgaire bimbo. Elle sortit et s'élança dans l'escalier. Il l'attendait au volant de sa voiture. Elle monta.

— Hello, quelle classe ! Très jolie, complimenta Stan, tandis que Sara attachait sa ceinture de sécurité.

— Merci ! J'y ai mis le temps, mais apparemment ça valait le coup, répondit-elle, à la fois reconnaissante et un peu gênée d'avouer son manque d'assurance.

Pendant le trajet, Stan se montra d'une humeur joyeuse, mais lui confia cependant n'être pas très à l'aise à l'idée de revoir ses ex-copains de lycée. Il lui parla de Yann et de son pouvoir de persuasion, et ne manqua pas de lui brosser un tableau détaillé de certains de ses anciens camarades :

Mélanie, la pointilleuse, qui voulait tout diriger, Maxence, l'enjôleur et le casse-cou de la bande, Cécile et Dom, petit couple plan-plan, inséparables depuis la sixième. Il lui proposa même un jeu des plus réjouissants : essayer d'après sa description de repérer pour lui ses amis. Il se mélangeait un peu dans ses souvenirs, Sara s'amusait beaucoup.

Ils arrivèrent très détendus à la salle des fêtes de Goussainville. Une fille pulpeuse et très maquillée se tenait derrière une table recouverte d'une nappe en papier flashy. Elle consultait un registre à l'arrivée de chacun des participants.

— Stanislas Varda... V, A, R, D, A, épela Stan.

Sara pouffa, comme à chaque fois qu'elle l'entendait épeler son nom. Pourtant si simple à écrire. Il lui pinça le bras tout en discutant avec la fille.

— Varda... ah, oui... vous êtes à la lettre V... oui... vous êtes accompagné ?

La fille proférait ses oui en aspirant. Stan l'imita immédiatement.

— Heu... oui... cette demoiselle est avec moi, répondit-il en désignant Sara... Oui !

Il faillit lui éclater de rire au nez mais parvint à se contenir. Une fois les formalités remplies, il retrouva Sara qui s'était un peu éloignée.

— Cette demoiselle ? répéta-t-elle, vexée. Tu aurais pu donner mon nom de famille, quand même ? Ou alors, je n'étais pas sur la liste, c'est ça, hein ?

Il prit l'air faussement innocent.

— Lopez... Ah oui, tiens, je n'y avais même pas pensé... Mais bien sûr que tu étais inscrite. Non, capitaine, vous n'êtes pas en infraction. Ils vous ont bien compté dans les boissons. Il éclata de rire.

Sara lui tira la langue.

— Tiens, petite fille, reprit-il en lui tendant un papier rouge vif, voici ton TBO, fais-en bon usage !

— TBO ? Encore une de tes abréviations ?

— Oui, « ticket pour une boisson offerte » ! N'empêche, t'as vu sa manière de dire oui, j'ai surkiffé !

Ils se tenaient à présent devant un grand rideau grenat entrouvert sur une porte épaisse, qui laissait passer le son étouffé des infrabasses. Stan regarda Sara et dit :

— Sara, et si on s'échappait ? Je t'invite au resto…

— Ah non, Stan, on n'a pas fait tout ce chemin pour rien. Allez, un peu de courage, prends une grande inspiration et go !

Il poussa la porte et ils entrèrent. La musique les enveloppa tandis qu'ils ouvraient des yeux ébahis devant la décoration ultra-kitch du lieu. On aurait dit une soirée de bal de promo à l'américaine. Tout y était, les ballons multicolores, les nappes, les robes de la plupart des filles et les costumes des garçons, le punch corail dans un saladier transparent accompagné de ses gobelets en plastique.

— Merde ! s'écria Stan, on n'a plus quinze ans quand même, ça craint un peu là, ils sont fous, les nostalgiques ! Tu entends ce qui passe ? *I'm a Barbie Girl* ! J'te jure, ça va être dur.

Soudain, du fond de la salle, retentit un cri strident. C'était une femme qui accourait dans leur direction. Elle se jeta au cou de Stan en hurlant son prénom.

— Stan ! C'est moi, Julie… *Avec Julie, on vibre même le lundi…* la chanson des cent jours du bac, tu n'as pas oublié ? Ah, quel plaisir de te revoir !

Stan la reçut dans ses bras, un peu décontenancé. Sara était au spectacle.

Un homme, portant haut et fier une jolie brioche naissante, agrippa Julie aux épaules et la tira en arrière.

— Eh, laisses-en un peu pour Dom, cocotte ! cria-t-il. Stan ! Toujours aussi beau gosse, ma poule !

Il le serra dans ses bras et Stan se retrouva bientôt au milieu d'un cercle d'excités, affichant leur bonheur d'être là. Mélanie, l'organisatrice de la fête, et Yann se joignirent au groupe.

— Salut mec, tu kiffes ? dit Yann avec une œillade entendue à Stan.

Il ajouta discrètement :

— Tu vois que tu t'éclates, j'ai eu raison d'insister. Dis-moi, elle est jolie ta cavalière, veinard, va !

— Oui, c'est Sara… Sara, je te présente Yann !

Elle le salua d'un signe de tête tandis que Stan tentait désespérément de la garder auprès de lui. Un peu bousculée, elle préféra cependant s'éloigner afin d'être plus à son aise pour observer la scène. Au bout d'un bon quart d'heure d'effusion, Stan se libéra enfin du groupe qui s'était formé autour de lui, et la rejoignit au bar.

— Oh, là, là, j'ai besoin d'un verre là… Il chuchotait, un peu blême.

— Ce flash-back, c'est bien, et en même temps, ça fait un peu peur. Aïe ! Le temps fait des ravages, ma bonne dame ! Parce que malgré tout, tu remets bien le visage des gens, mais tu as l'impression qu'une espèce de voile s'est incrusté sur leurs peaux, ils ont vieilli, grossi, maigri, changé quoi ! Et inévitablement, tu ne peux pas t'empêcher de te comparer… C'est nul…

Sara jubilait en sirotant son punch, elle s'amusait beaucoup. Voir Stan un peu déstabilisé n'était pas pour lui déplaire. Il laissait apparaître un côté sensible qu'il ne dévoilait pas souvent.

— Il y a des petits trucs à manger, là-bas, au bout du bar, dit-il, je vais nous en chercher, ne bouge pas.

— Vas-y, mais ne te perds pas…

Au moment où il atteignait le plateau rempli de mini-toasts, il se trouva nez à nez avec Maxence, un des piliers de leur groupe, avec lequel il avait fait pas mal de frasques.

— Stan ! C'est pas vrai… Ça fait plaisir de te voir !

Ils s'embrassèrent avec émotion et partirent dans une conversation animée. Sara, piquée par la curiosité, décida de les rejoindre. Alors qu'elle s'approchait, elle pâlit quand la voix de Maxence, qu'elle ne voyait que de dos, parvint à ses oreilles. Un timbre très grave, des intonations profondes qui la remuèrent. Incroyable similitude avec la voix d'Adrien ! Dès que Stan l'aperçut, il l'attira contre lui. En découvrant le visage de son ami, elle se dit qu'il était plutôt pas mal, séduisant, mais aucun rapport avec Adrien. C'est bête, mais ça la rassura. Maxence l'enveloppa d'un regard interrogateur.

— Je ne crois pas connaître cette jolie femme, Stan, présente-moi donc !

— Sara, Maxence… Maxence, Sara… dit-il, ma coéquipière et amie. On bosse ensemble depuis deux ans, pratiquement à plein temps.

— Tiens ! À vous voir, on jurerait un vrai couple à la ville plutôt que deux collègues… mais on doit vous le dire souvent.

Stan sourit en guise de réponse et dévia le sujet de conversation :

— Quelle histoire, quand même, cette soirée ! Ça réveille des souvenirs. On est complètement dans la chanson de Bruel : *On s'était donné rendez-vous dans dix ans*, même jour, même heure, même pomme, je ne pensais pas le vivre un jour ! J'ai déjà salué la moitié du lycée. Ils sont tous là, comment avez-vous réussi ça ? dit-il en s'adressant à Yann qui venait de les rejoindre au bar.

— Oh tu sais, c'est Maxence qui a eu l'idée et Mélanie qui a tout organisé – tu la connais –, fit Yann avec un clin d'œil, moi, j'ai juste aidé. Je parie que tu as été étonné tout à l'heure en la revoyant ! Quelle différence avec la rouquine au physique un peu ingrat qu'elle était... Aujourd'hui, elle est mariée, mère de famille, chargée de mission à la mairie de Levallois, et tu as vu... ses cheveux ! Adieu la rousse attitude et vive la blondeur, sa personnalité a changé du tout au tout. De Goussainville à Levallois, il y a une galaxie.

— Tu m'étonnes ! Et tu es resté en contact avec elle toutes ces années ? Tu ne m'en avais jamais reparlé, il me semble.

— Plus ou moins, je te raconterai. Tu bois un truc ?

Sara, comment est cette boisson colorée, d'après vous ?

— Colorée ! plaisanta-t-elle.

— Donc vous la conseillez ? Attention ! Si c'est infâme, il y aura des représailles, rétorqua-t-il.

Pendant qu'ils attendaient leur tour pour être servis, Maxence leur demanda comment la police s'en sortait avec ce tueur en série qui affolait les gens depuis quelque temps. Il rappela à Stan la disparition d'une camarade de lycée à leur époque, retrouvée morte sur les bords du Croult. Ils se souvinrent un instant du désarroi général de tout le lycée devant un tel drame. Son agresseur n'avait jamais été retrouvé et l'affaire avait été classée.

— Marie Bonnevie ! Elle s'appelait Marie Bonnevie, putain ! se rappela Maxence. J'ai retrouvé des photos de l'époque avec toute la bande et notamment Marie, je vous les montrerai, à l'occasion.

Sara en était à son troisième punch et commençait à avoir des fourmis dans les jambes, quand démarra *Seven seconds away* de Neneh Cherry et Youssou N'Dour, une chanson qui était liée pour elle à tant de souvenirs. Son pied battait la mesure. Maxence se planta devant elle les mains en prière et la moue suppliante, lui quémandant une danse. Un peu à contrecœur

– elle aurait préféré Stan, mais il était toujours devant le grand bol de punch en grande conversation avec une fille très brune, assez belle et un peu éméchée – elle mit sa main dans celle qu'il lui tendait. Il l'entraîna sur la piste d'un geste élégant.

Dès le début, elle ressentit comme une attirance. Trop entreprenant ce garçon, et physiquement assez irréprochable… Rien de bon. Il avait les mains douces, aucun sens du rythme, certes, mais cela lui donnait un charme supplémentaire. Il la serrait de très près. Elle se laissa aller pendant une partie de la chanson, jusqu'à ce que son regard s'arrête sur Stan, toujours absorbé par la brune. Piquée au vif, elle fit en sorte de diriger leurs pas vers eux pour qu'il se rappelle sa présence. Mais celui-ci ne jeta même pas un coup d'œil dans leur direction. « Quel con ! », pensa-t-elle en s'écartant inconsciemment de Maxence, qui resserra aussitôt son étreinte, un peu brutalement au goût de Sara. Troublée, elle le regarda bien en face, un voile de contrariété qu'il maîtrisa aussitôt passa sur son visage.

« La rivalité de leurs jeunes années refaisait surface », se dit-elle, amusée. Elle se força à faire bonne figure jusqu'à la fin de la danse, mais elle lui faussa compagnie dès la dernière note, en prétextant le besoin de se repoudrer le nez. Ce type l'avait remuée. Sa voix, sûrement… Quand pourrait-elle oublier Adrien ?

Dans les toilettes, elle se passa un peu d'eau sur le visage. Elle n'aurait pas dû boire ce troisième verre, elle en serait quitte pour un bon mal de tête demain matin. Elle remit un peu de gloss et retourna dans la salle. Dès qu'elle aperçut Stan – toujours en grande discussion avec son passé – elle se colla près de lui avec la ferme intention de ne plus le quitter d'une semelle jusqu'au départ. Mais quelques instants plus tard, elle ne put résister à l'invitation de Yann sur *Creep* de Radiohead,

186

et ensuite à celle de Stan sur *Just a child* de Georges Michael. Ravie, elle se blottit dans ses bras.

*

Il était deux heures trente quand Sara se connecta au Facebook espion de Valentine S. Elle était en charge de la gestion de la page pendant le week-end. Elle comptabilisa une centaine de demandes d'amis et un message privé d'un garçon très mignon, un certain Rémi. Elle s'empressa de lui faire un signe sur Messenger, mais son message resta sans réponse. Elle se rendit compte qu'à cette heure tardive, un vendredi soir, le gars devait être occupé. Sans doute.

Elle se sentait doucement ivre. En bas de son immeuble, Stan avait proposé de monter chez elle. Elle avait refusé, préférant mettre un peu de distance entre eux pour le moment. Réfléchir, il fallait réfléchir. La soirée avait certainement réveillé chez lui des souvenirs puissants, et elle ne souhaitait en aucun cas qu'ils puissent faire l'amour avec des réminiscences de son passé planant au-dessus du lit.

En général, elle tenait assez bien l'alcool, mais une fois rentrée chez elle, c'était toujours le même scénario, elle avait assez vite mal au cœur. Une jolie migraine latente lui signalait déjà qu'elle n'avait plus vingt ans, et qu'il fallait désormais payer chacun de ses excès, et au prix fort. Elle se déshabilla, prit une douche, s'enveloppa dans son peignoir, et s'allongea sur son lit. Elle repensa aux heures qu'elle venait de vivre aux côtés de Stan. Elle ne pouvait que constater qu'il était très apprécié par ses anciens camarades, et que les filles étaient en surnombre. Malgré elle, elle ressentit un petit pincement, qui, se l'avoua-t-elle, n'était rien d'autre que de la jalousie. Pourtant, il fallait bien se rendre à l'évidence, Stan avait eu une vie avant elle. Elle sentait le sommeil l'envahir peu à peu, mais son mal au cœur persistait, elle pensa à respirer profondément comme Stan le lui avait appris. « Encore lui, décidément, ce garçon est très envahissant », pensa-t-elle injustement. Puis elle sombra dans un sommeil sans rêve.

La lumière matinale, accompagnée de son concert d'oiseaux, la réveilla vers six heures. Elle avait oublié de fermer les rideaux et avait laissé la fenêtre entrouverte. Encore assoupie, sa première pensée fut pour l'affaire du tueur, sa deuxième pour son pauvre cou affublé d'un torticolis. La position inconfortable qu'elle avait adoptée pour la nuit avait des conséquences. Et ce matin, son corps racontait sa nuit. Elle hésitait à se lever. Deux solutions s'offraient à elle : aller fermer fenêtre et rideau et s'octroyer un petit supplément de repos, ou commencer sa journée carrément. Elle opta pour une dose de plus. Elle se rendormit avec délice, bien à plat, dans le noir le plus complet.

Deuxième réveil, cette fois il était dix heures, et Sara avait tout à fait récupéré. Elle prit un thé très fort et alluma son ordinateur. « Bingo ! » chuchota-t-elle, elle avait quelques messages privés adressés à Valentine S, notamment celui du beau Rémi. Elle attendrait midi pour appeler Stan et lui faire part de sa récolte. En ramassant ses affaires de la veille qui gisaient sur le sol – sa mère aurait apprécié –, elle constata, dépitée, que sa chemise en soie avait un accroc. Et merde ! Il lui revint alors qu'elle avait senti quelque chose s'accrocher à sa manche pendant qu'elle dansait, mais c'était assez flou. Les vapeurs d'alcool lui brouillaient encore les neurones à cette heure.

27

10 AVRIL

Vous êtes toujours là, pendus à mes mots, hein... J'alimente abondamment vos fantasmes, je le sais.

Ça pimente un peu, ça sustente vos petites vies étriquées... puisque tous autant que vous êtes, vous n'avez pas l'ombre d'un début de vraie conscience religieuse. Vous, vous irez pourrir en enfer, pas moi : j'œuvre pour une cause, celle de ramener les brebis égarées dans le droit chemin.

Et vous ?

Comme je me régale avec ces réseaux sociaux, comme il est facile de pénétrer la vie des gens ! Je pourrais y passer des heures, en devenant voyeur malgré moi. Quelle impudeur, toutes ces personnes qui s'affichent en toute impunité, sans contrainte, qui passent leurs journées à nous dire où ils se trouvent, avec qui, et si ça « lol » ! Quelle absurdité !

Allez une jolie photo de mon plat du jour, avec une légende intelligente, telle que « Mmhhh, je vais me régaler ! », ou encore « miam miam ! ».

Un statut du matin : « Vous aimez mon nouveau vernis ? ».

« Oh mes nouvelles chaussures, ça déchire ! ».

« Ma meilleure amie pour la vie... » : vision de deux pétasses qui tirent la langue en faisant le « V » de la victoire.

Selfies... selfies en tout genre.

Mais c'est quoi ce monde d'indécence, ce ramassis d'ignares qui ne savent pas écrire un seul mot correctement ! L'orthographe est devenue une vue de l'esprit, un truc old school. Laissez-les s'exprimer, se rouler

dans leurs minables gloires, on les « aime » sur Facebook, on les « like »
sur Instagram, on les « poke », on les regarde et ils adorent ça…

Seulement, je suis là, moi, et je fais mon petit marché tranquillement,
je jauge, j'étudie, je dissèque, je décortique, je mange et me délecte, et puis
pour finir : j'en choisis une, je la punis… ou plutôt non, je la délivre…

28

Elle portait une robe Vichy à la Bardot et des ballerines aux pieds pour avoir une démarche légère, comme disait sa grand-mère. Allongée sur la balancelle, le nez humant le parfum des chèvrefeuilles mêlé à celui des roses, elle s'assoupissait, mollement bercée par le doux pépiement des oisillons nouveau-nés qui ouvraient des becs énormes à l'approche de leur mère. Elle aimait le dimanche, quand, après un repas de famille animé, ses parents se retiraient pour la sieste, tandis que ses frères s'emparaient de leurs joysticks devant l'écran familial. Elle adorait sa tribu.

Comment pouvait-on être en conflit avec ceux qui vous ont donné la vie, nourri et aimé pendant seize ans et devenir ennemis sous prétexte de bouleversement hormonal ? Elle avait bon dos l'adolescence. Ses copines en profitaient pour dépasser certaines limites.

Elle passa son gilet. Un léger vent d'avril semblait vouloir prendre le dessus sur la douceur du jour et amener quelques nuages pour salir le ciel, et peut-être transformer cette douce après-midi de printemps en une fin de journée tourmentée. Elle entendait des sons diffus, des notes de piano peut-être, qui lui parvenaient, un peu étouffés, de la maison d'à côté.

Soudain, quelques tintements de harpe vinrent troubler la quiétude de l'instant, signal d'un message sur son portable. Elle faillit se décrocher le cou pour l'atteindre sur la table basse du jardin d'hiver. C'était lui… il lui donnait rendez-vous sur les bords de la Marne à Gournay vers seize heures. Il lui parla de son impatience de la revoir. Il compara l'élégance des cygnes à son corps si gracieux. Il encensa ses lèvres rouges et sensuelles au goût si spécial de fraise des bois…

Elle envoya un laconique « je viens », et sauta à pieds joints sur le plancher de la véranda. Elle quitta un peu à regret son petit havre de paix pour monter se préparer. Elle passa une autre robe, remit un peu de gloss *Fruits de la Passion*. Puis elle prévint ses frères de son départ. Les yeux rivés sur leur Play, ils prirent le temps d'acquiescer en promettant de faire passer le message aux parents, dès qu'ils reviendraient à la vie.

Elle descendit à la gare de Chelles. Il l'attendait dans sa voiture. La journée continuait sur sa lancée, parfaite en tout point. Elle aimait sa conversation. Il ne la traitait pas comme une enfant, lui. Il la respectait. Elle ne pouvait en dire autant des garçons qu'elle avait connus jusqu'à présent. Il gara la voiture à l'ombre d'un marronnier et ils commencèrent leur promenade. Son bras entourait son épaule. « On est des amoureux », se dit-elle, fière. Elle était sous le charme, subjuguée par ses mots et ses yeux qui la transperçaient. La Marne arborait une jolie couleur vert-bleu, les pelouses rivalisant de nuances émeraude avec les feuillages des arbres, et les saules pleurant gracieusement au souffle d'une brise fraîche et délicate.

Au bout d'une vingtaine de minutes, ils se retrouvèrent sur une berge étroite très à l'abri des regards. Au calme paisible de la première partie de leur marche succéda une atmosphère déplaisante. Le cours d'eau se transformait peu à peu en eau stagnante. Une multitude de moucherons et de moustiques infestait le coin. Ils tourbillonnaient autour de leur visage.

L'endroit devint assez difficile d'accès. Les promeneurs se firent de plus en plus rares.

Leur conversation badine du début fit place à un silence lourd et gênant. Il se taisait. Il marchait vite. Elle trottinait pour le suivre. Elle cherchait son regard. Lui fixait le chemin, la respiration rapide et saccadée. Elle protesta sans conviction. Elle vit son agacement mais il resta muet. La main qui tenait son épaule se resserrait petit à petit comme un étau lui imprimant sur la peau sa détermination.

Le chemin se rétrécissait de plus en plus et il devint impossible de marcher l'un à côté de l'autre. Alors, sans la lâcher, il la fit passer devant lui. Ils arrivèrent à une sorte de petite remise en bois dont l'entrée était sans porte. Elle se permit encore une remarque un peu ironique sur ses goûts en matière de lieu romantique. Son regard s'assombrit, il se raidit et la bouscula à l'intérieur. Elle dérapa sur le sol terreux, voulut s'agripper à de vieux outils de jardin rouillés posés contre le mur, mais perdit l'équilibre et tomba lourdement sur le ventre.

Dans sa chute, sa robe se retroussa, laissant apparaître ses fesses recouvertes d'une fine lingerie noire. Au lieu de l'aider à se relever, il resta figé sans rien dire. Elle tourna la tête et fut frappée par son expression. À la fois dur et froid, son visage devenait incohérent. Interloquée, elle n'eut pas le temps de voir sa main s'abattre sur son cou. Il serra et la douleur lui fit presque perdre connaissance. Il appuyait fort sur sa nuque, enfonçait son visage dans le sol. Elle ne comprenait plus rien. Elle avait de la terre dans la bouche, au goût âcre et dégoûtant. Son nez saignait. Les paumes écorchées de ses mains la brûlaient. Il maintenait sa pression. Elle devait tenter de l'amadouer par tous les moyens. Elle essaya de résister en l'appelant par son prénom d'une voix douce. Il lui dit de se taire en la maintenant encore plus fermement de tout le poids de son corps. Soudain, d'un geste brusque, il lui arracha sa culotte et la pénétra violemment. Elle se mit à hurler. Il lui enfonça un chiffon dans la bouche qui n'était autre que son propre sous-vêtement.

Paniquée, elle se ressaisit en une seconde. Elle savait qu'il ne fallait pas entraver un violeur. Faire mine d'être consentante. Ne plus bouger. Il y allait de sa propre survie. Mais cette attitude le rendit encore plus acharné. Il la retourna et la gifla. Fort. Il frappait. Avec des hoquets de rage.

Son visage était méconnaissable. Un mélange de haine sourde et d'agressivité. Qui était cet homme ? Sûrement pas celui qu'elle connaissait. Puis, il se mit debout et l'attrapa par les cheveux pour la relever. Dans sa colère, son pied glissa sur une vieille boîte de pizza ouverte, huileuse et poisseuse, qui traînait là.

Dans l'énergie du désespoir, tandis qu'il tentait de rétablir son équilibre, elle se redressa, agrippa le carton et tira si fort qu'elle le fit presque décoller du sol. Profitant de sa chute, elle se saisit de ce qui lui tombait sous la main et l'en bombarda ; un morceau d'hélice de bateau, un vieux pot rouillé, et d'autres choses non identifiées, tout ce qui était assez lourd pour lui être lancé dessus et l'empêcher de se relever. Il braillait, lui ordonnant de s'arrêter, la menaçant du pire, mais elle n'en resta pas là et s'empara d'un pot de peinture mal fermé qu'elle lui envoya à la tête. L'objet tourna sur lui-même en plein vol, le couvercle s'éjecta en heurtant le haut de son crâne, déversant un liquide rouge sang à l'odeur pestilentielle sur son visage. Il cria de plus belle, l'invectivant très grossièrement tout en s'essuyant les yeux avec sa manche. Profitant de sa chance, elle fit alors volte-face, et courut comme jamais elle n'avait couru de sa vie.

*

Ce lundi matin, Souany passait devant les membres de l'équipe, cafetière en main, avec la ferme intention de leur réchauffer le cœur, qu'elle-même avait lourd à cause de l'annonce du jour : une nouvelle victime venait s'ajouter à la liste. Le côté positif, cette fois, était que la fille était vivante et qu'on avait enfin des traces de sperme. La police pourrait tenter des rapprochements avec des affaires non élucidées, en espérant que l'homme soit déjà fiché par leurs services. Cette histoire commençait à faire beaucoup de bruit dans les médias et sur les réseaux. Des meurtres et encore des meurtres. Souany se trouvait aux premières loges de l'horreur et allait bientôt y tenir sa place.

Elle était toujours dans le flou quant à sa décision de rester dans la police, et elle réfléchissait de plus en plus aux conséquences pour sa vie personnelle. Pour l'instant, c'était sa première affectation, et elle avait eu l'impression de remplir plutôt bien son rôle d'observatrice. Elle se demandait toujours comment Sara, Stan, Jeanne, Cédric, Mo et les autres arrivaient à dormir. Elle, quand il lui était permis de voir des images de scènes de crimes, elle en avait pour des jours à s'en remettre. Peut-être fallait-il en passer par là pour entrer dans ce métier ? Elle se dit, ce matin-là, qu'elle pourrait aussi devenir juge pour enfant, si elle persévérait dans ses cours du soir.

Le commandant prit la parole :

— Bonjour à tous, comme vous le savez, on commence la semaine avec deux mauvaises nouvelles : on a perdu la trace d'Esteban dimanche matin et on a une nouvelle victime…

— Comme par hasard… dit Stan.

195

— Je sais, dit Bosco calmement, s'il s'est volatilisé, c'est qu'il n'a forcément pas la conscience tranquille… On a balancé sa photo à Interpol. On sait qu'il se balade sur des sites pédophiles, j'ai mis une équipe qui va le traquer jour et nuit. Allez, ne perdons pas de temps en conjectures. Il faut aller interroger cette nouvelle gamine. Elle vient de se réveiller à l'hôpital. Sara, j'aimerais que tu y ailles. Choisis qui tu veux. J'ai besoin de son ressenti et d'infos, bien sûr, mais il faut y aller piano, piano…

— OK, qui vient avec moi ?

— Moi, dit Cédric, tu permets Stan ? dit-il, un peu provoquant.

Stan acquiesça sans relever.

— OK, dit Sara, j'embarque Cédric.

Elle fit un sourire en coin à Stan, qui n'échappa pas à Souany.

— Je suis étonné, reprit Bosco avant de quitter la pièce, d'habitude il y a chez ce fumier plus de calme et de précision dans la préméditation. Si c'est bien lui, il a eu un raté que je ne m'explique pas. Allez, les gars, ramenez-nous de l'info bien fraîche, et croisons les doigts pour qu'on le coince enfin, cet enfoiré de mes deux…

29

13 AVRIL

Je m'ennuie, oui, je dois avouer que je m'ennuie. J'ai cette fâcheuse impression que mon excitation est retombée comme un soufflé. Là, vous vous dites, enfin il va arrêter, il va cesser cette course effroyable vers la mort. Mais vous n'y êtes pas mes chéris ; c'est une course pour la vie. Pour réhabiliter des jeunes filles perdues et souillées, contaminées par la vermine de la luxure.

Moi je regarde toujours le ciel le matin, les nuages en coton blanc, et je les fixe jusqu'à parfois y distinguer des visages. J'y arrive la plupart du temps et ça me transporte. Je vois les figures de mes petits Anges qui sont au Paradis, maintenant, grâce à mes soins. Après, je me lave les mains. Souvent, je frotte comme un dingue, c'est une sorte de TOC... Oh, pas la peine de faire de la psychologie de bistrot et de penser que ce serait une manière de me purifier, bla, bla, bla... Mes mains sont le prolongement de ma pensée et elles m'obéissent au doigt et à l'œil. Justicières et ferventes, elles exécutent les ordres dictés par mon cerveau. Je n'ai aucun doute sur la pertinence de mes actes quand il s'agit de sauver ces filles corrompues, sans morale, sans foi.

Mon nouvel Ange est un peu récalcitrant, il est rare que je parle avant l'acte mais celle-ci me fait un peu mariner, ce n'est pas pour me déplaire mais il ne faudrait pas que ça dure trop longtemps, car parfois je manque considérablement de patience et je me mets en colère, je crie, je vocifère, je rage, j'insulte, c'est plus fort que moi, je n'arrive plus à me contrôler. Pour l'heure, elle me voit comme un garçon parfait et cela m'enchante.

30

Sara alluma la radio, quelqu'un avait bougé la fréquence habituelle du véhicule banalisé, le jingle de Radio Nostalgie retentit dans l'habitacle. Elle faillit zapper, mais au moment où elle avançait son doigt vers le bouton, on entendit les premières mesures de *Seven seconds away*. Elle se ravisa. Cédric lui sourit et dit :

— Laisse, laisse, moi aussi j'aime bien cette chanson.

— Ah, tu connais ?

— Ben ouais quand même, je ne suis pas à l'ouest à ce point.

— Remarque, c'est un vieux titre.

— Traite-moi de vieux tant que tu y es…

— Mais non, Cédric, laisse tomber, il n'y avait aucun sous-entendu…

En réalité, la chanson l'avait projetée dans la soirée de vendredi avec Stan. Elle se rendit à l'évidence… elle avait détesté. Quelque chose lui échappait. Le passé de Stan se révélait riche en connaissances, la plupart féminines. Dieu, que cette chanson était triste, songea-t-elle. Elle lança un regard vers Cédric, il battait la mesure sur la portière de la voiture, songeur.

Sur les dernières notes, il dit :

— Je trouve ça bien qu'on change les binômes de temps en temps, pas toi ?

— Oui, la preuve…

Cédric se rendit compte qu'en tentant une approche amicale, il avait braqué Sara, qui regrettait peut-être que Stan ne soit pas assis à sa place.

Comme ils arrivaient sur le parking de l'hôpital, elle fit un créneau parfait qu'il salua avec une pointe d'admiration pour se rendre aimable. Sara trouva sa réflexion un brin sexiste, mais se fendit d'un « merci ».

Ils se présentèrent à l'accueil et déclinèrent leurs identités respectives. Une infirmière apathique leur indiqua l'étage et le numéro de la chambre de la victime. Sara, une fois encore, se sentit mal à l'aise à cause de cette odeur si caractéristique propre aux hôpitaux, et de cette lumière blanche qui lui perçait les yeux. Mais une fraction de seconde avant d'entrer dans la pièce, cette désagréable impression se dissipa. L'endroit était calme et propice au repos. La jeune personne allongée dans le lit se mit à la fixer dès qu'ils franchirent le seuil. Elle ignora totalement la présence de Cédric. Dès la première question elle saisit la main de Sara, et la serra à lui faire mal.

« Ah, eux… c'est la police ! » pensa-t-elle. « Papa, maman, docteur, flic un, flic deux ! Jolie la flic un ! Drôle de goût dans ma bouche… Nausée. Gentille la flic. Mal à l'estomac. Je m'appelle Élisa Beaulieu, vous m'entendez ? J'ai crié, là, pourquoi elle ne m'entend pas ? Lui raconter. Détail. Oh, sa main douce sur mon front ! Pourquoi elle me fixe ? Qu'est-ce que je fais ici ? Peux pas parler. Ma langue est énorme. Au secours, aidez-moi ! »

Elle s'appelait Élisa Beaulieu.

Ses parents s'étaient précipités à son chevet dès qu'on les avait prévenus. On l'avait retrouvée errant dans Gournay et murmurant des paroles inaudibles, tout en chantonnant son prénom et son nom de famille. On lui avait administré un sédatif et elle sentait que ses idées lui échappaient de minute en minute. Des scènes en kaléidoscope encombraient sa mémoire. « Fatiguée, tellement ! » pensa-t-elle. « Raconter vite ! J'ai peur… » Élisa regardait toujours intensément Sara et proférait des mots inaudibles. Le médecin intervint :

— Revenez en fin de journée, ma patiente aura peut-être repris le dessus. Elle a été frappée au visage et à la tête… elle souffre d'un traumatisme crânien important.

« Elle s'en va. Attends ! Non ! » Élisa roulait des yeux effrayés.

Il les entraîna près de la porte et chuchota :

— Elle subit une aphasie partielle, je pencherais pour celle de Broca, elle reste muette ou émet des sons inarticulés, toujours les mêmes, comme vous l'avez constaté.

— D'accord, docteur, nous repasserons en fin de journée, merci, répondit Sara. Mais je dois d'abord lui montrer une photo, vous permettez ?

Soudain la fille se mit à s'agiter tout en tendant les bras vers Sara. Celle-ci jeta un œil interrogatif vers le médecin, qui acquiesça. Elle retourna auprès d'Élisa, qui lui attrapa la main à nouveau.

— Je sais, c'est dur, dit Sara, mais tu vas aller mieux et on pourra discuter toutes les deux… bientôt… Tiens, regarde, tu peux le reconnaître ? Elle lui montra la photo de Rafaël Esteban sur son téléphone.

La fille se mit à faire des signes insistants avec sa main restée libre. Elle finit par lâcher celle de Sara, et fit comprendre qu'elle souhaitait écrire. On lui apporta un bloc et un crayon à papier. Mais elle n'écrivit aucun mot. Elle commença à tracer des sortes de lignes, et des pointillés pendant deux bonnes minutes. Puis elle fixa le plafond.

Ensuite, elle se mit à noircir certaines parties qu'elle estompa avec le plat de la main. Puis à nouveau, ses yeux restèrent immobiles, sans vie.

Cédric s'impatientait, il cherchait l'attention de Sara et lui signifiait par mimiques qu'ils perdaient leur temps. Mais Sara était têtue. La fille revint à son dessin et se mit à griffonner encore dans tous les sens. En quelques coups de crayon, le gribouillage commença à prendre forme. Sara et Cédric retinrent leur souffle. Soudain, un visage apparut, un visage précis. Une émotion saisit Sara quand la victime lui tendit la feuille. Une force de caractère étonnante pour cette fille qui avait réussi à dépasser son traumatisme pour leur livrer son agresseur sur un plateau avec beaucoup de talent et de minutie.

Cédric n'en revenait pas. Y a-t-il meilleure description qu'un portrait-robot fait par la victime elle-même ? Ils apprirent par ses parents qu'Élisa projetait de faire les Beaux-Arts après le bac.

Sur le chemin du retour, Sara restait silencieuse.

— Rudement douée la gamine, incroyable ! fit Cédric. Bon, en même temps, elle a peut-être dessiné son chanteur préféré ou son prof de géo. Allô ? Sara ?

Sara fixait la route devant elle, très concentrée sur sa conduite.

— Sara, réponds ! Qu'est-ce qui t'arrive ? Pourquoi tu ne dis rien ? Tu attends de retrouver Stan pour lui faire part du fruit de ta réflexion, c'est ça ? ironisa-t-il.

— Écoute ! s'emporta-t-elle. Pas de sous-entendus intempestifs. Je ne vois pas le rapport avec Stan. Sache qu'au taf, je ne pense qu'au taf, quoi que vous en disiez tous autant que vous êtes. Désolée, mais je ne peux pas parler là, je réfléchis. Et si tu me connaissais un peu mieux, tu saurais que je fonctionne toujours comme ça… et avec tout le monde, finit-elle sur un ton plus doux.

Le regard de Cédric s'assombrit. « La connaître mieux, elle en a de bonnes, elle », pensa-t-il. Stan, Sara, Sara, Stan, il n'y en avait que pour eux à la brigade et ils travaillaient toujours dans leur coin. Pas pratique pour mieux connaître quelqu'un. Déjà qu'avec Armelle tout allait à vau-l'eau, si en plus au boulot il n'arrivait plus à se sentir intégré, qu'allait-il se passer ? Il fallait qu'il se reprenne, il était un bon flic, il le savait, ça n'était pas de sa faute s'il lui fallait plus de temps pour s'imprégner d'une affaire. Sur le terrain, c'était une autre histoire, pas besoin de se torturer l'esprit, il suffisait juste de travailler proprement et c'est tout. Dans cette brigade, on intellectualisait la moindre piste, on décortiquait les détails, on enculait les mouches, oui, se dit-il. On pensait à la place de l'assassin. Comme si c'était possible…

En entrant dans l'open space, le croquis sous son blouson, Sara marcha droit vers son bureau. Elle fit signe discrètement à Stan de la suivre, laissant Cédric se vanter auprès des autres de leur butin. Il la rejoignit et elle referma vite la porte.

— Que passa, chica ?

— Stan, la fille a dessiné le portrait de son violeur…

— Ah, cool, montre…

Elle tira le dessin de son blouson et lui mit sous le nez.

Il le fixa, incrédule.

— Merde ! C'est du délire… non ! C'est un gag ?

— Je crois pas, non…

— Elle l'a déjà vu quelque part, c'est tout ce que ça prouve.

— C'est bien sa gueule, non ?

— Oui… Il se frottait machinalement les cheveux, troublé.

— Faut qu'on retourne interroger cette gamine…

— Pour l'instant, ça va être difficile, vu son état. C'est déjà beau qu'on ait quelque chose.

— Ouais, mais c'est n'importe quoi, ce dessin. Je ne vois pas où ça peut nous mener.

— À son violeur... murmura Sara.

Stan restait immobile, la tête basse. Il se disait que tout cela était impossible, sûrement une méprise.

— Qu'est-ce qu'on fait ? reprit Sara.

— Rien, on ne dit rien, on attend de voir... ils vont entrer le portrait dans l'ordi, on attend, on verra.

Jeanne, qui était en charge des portraits-robots, scanna le dessin dans l'ordinateur central, et utilisa le logiciel de reconnaissance capable de sortir l'identité de n'importe quel délinquant déjà fiché. Fascinés, tous regardaient le défilement rapide des visages. Chaque fois qu'une caractéristique appartenant à la personne correspondait, l'image se figeait un instant et repartait en quête d'une solution. Ils retenaient leur souffle. Soudain, l'ordinateur émit un sifflement, tout se troubla, et un visage humain se superposa au dessin d'Élisa.

— On l'a ! cria-t-elle. C'est pas du cent pour cent, mais on en a un à soixante-dix, c'est pas dégueu quand même. Il s'appelle Yann Lenglet, né le dix août quatre-vingt-deux à Goussainville. Profession, enseignant en lettres. A été mis à pied il y a trois ans, pour attouchement sur mineur, sans passage à l'acte.

— Eh bien... ça ressemble étrangement au profil d'Esteban. Un psychologue scolaire mis à pied, et là, un prof. Big up à l'éduc'nat' ! dit Cédric, amer.

— Ouais, dit Jeanne, blâme et mise à pied pour gestes déplacés sur mineures. Le problème numéro un des gros cons... Et puis on a un Guillaume Servez, lui, il matche à soixante-dix pour cent aussi… Ah, désolée, non, il est en taule depuis cinq ans.

Malgré les remarques acides de Cédric et Jeanne, le reste de l'équipe avait du mal à cacher sa joie. Stan et Sara restaient interdits. Cédric les observait à la dérobée. Leur attitude trahissait une gêne qu'il ne s'expliquait pas.

— Certes, dit Bosco, le portrait évoque bien le visage de ce Yann Lenglet, mais nous savons tous à quel point le choc post-agression peut être troublant pour une victime. La fille a pu dessiner quelqu'un déjà aperçu quelque part, au hasard d'une rue ou peut-être à l'école. Il a pu aussi être un de ses professeurs. Le cerveau peut avoir des réactions complexes, surtout quand il a subi des émotions extrêmes. On en fait régulièrement l'expérience, les portraits-robots peuvent mentir…

« Mais pour ce qui est du passé judiciaire de Yann, là, il n'y a aucun doute, pensa Stan, il est fiché. Le gars a bien caché son jeu. » Seulement entre attouchements et agression sexuelle… il y a souvent un monde… et entre viol et meurtre…

— Chef, on peut vous parler dans votre bureau ? demanda discrètement Sara à Bosco en tirant le pull de Stan. Cédric les regarda entrer dans le bureau du commandant, intrigué.

*

— Alors ça, c'est la meilleure de l'année ! Bosco retomba sur sa chaise, abasourdi par la nouvelle.

— On n'imagine jamais qu'on puisse connaître un serial killer, dit Sara en secouant la tête.

— Doucement, capitaine Lopez, pas d'accusation hâtive… OK, ce Yann Lenglet n'est pas net, et il est possible qu'il soit l'agresseur de la petite Beaulieu... Vu son état, on ne peut rien dire tant qu'on ne sait pas si ce n'est pas sa mémoire qui lui joue des tours, après un tel choc ce serait humain. Pas d'amalgame, s'il te plaît ! Et n'oublie pas que, d'après le fichier, ce type n'a jamais violé personne ! Cette fois-ci on a toute la panoplie, sperme et peau sous les ongles, de quoi occuper la scientifique. Donc, on le convoque et on verra très vite s'il a un lien avec cette affaire.

— Pour vous, chef, il y aurait trois affaires distinctes ? demanda Sara dubitative. Le tueur du périph d'une part, d'autre part Esteban qui aurait enlevé la petite Solène, et maintenant ce Yann Lenglet ?

— Oui, Sara, à cause de cette histoire de rituel, évidemment, dit Stan, les huit victimes ont été retrouvées sur le périph, étranglées, nettoyées, avec du coton au fond de la gorge, emballées dans des sacs-poubelle. Il y a une vraie signature d'un fêlé en liberté.

— En tout cas, on est obligés d'envisager toutes les pistes qui s'offrent à nous, fit Bosco. Ne procédons pas à des conclusions prématurées, prudence ! Regarde comme le mode opératoire diffère entre nos huit victimes, l'enlèvement de la gamine, et le viol de la Marne...

— Oui, insista Sara, mais qui nous dit qu'il n'a pas été dérangé dans ses plans par la réactivité de sa dernière victime... sans contretemps, il l'aurait tuée et balancée sur le périph.

— Peut-être, mais les analyses d'Élisa Beaulieu sont négatives pour la présence de GHB, alors qu'il y en avait sur toutes les autres.

Sara haussa les épaules. C'était plus fort qu'elle, elle en voulait à Stan de chercher plusieurs coupables pour défendre un ami compromis dans une affaire aussi grave.

— Écoute-moi bien, Sara, tu es un bon flic, mais je trouve que là, tu réagis un peu trop personnellement… la sermonna Bosco.

Puis il se radoucit :

— Alors, reprends-toi, redeviens le capitaine Lopez, OK ? Stan tu as son numéro, non ?

— Je l'avais, mais je l'ai vu vendredi soir et il m'a dit qu'il changeait d'opérateur, et que sa nouvelle ligne ne serait pas activée avant quelques jours. Je vais essayer à tout hasard, mais je n'y crois pas beaucoup…

— Merde, proféra Bosco. Mais tu sais où il crèche quand même…

— Je me rends compte que je n'ai même pas son adresse, dit Stan piteusement. On se voyait toujours dans des bars pour un verre, rien de plus. Il est à Paris, c'est tout ce que je sais. Il m'a dit que sa mère était décédée. Il n'avait plus qu'elle. Il a bazardé la maison. Il me semble qu'il avait une sœur… je ne l'ai pas connue à l'époque de Goussainville.

— Belle amitié, ironisa Sara.

— Y'a plus qu'à aller pêcher les infos, anciens employeurs, famille etc. Et on a son ADN. Dieu merci, depuis Guy Georges, toute infraction sexuelle sur mineur justifie d'un prélèvement. À vous de jouer !

— Chef, quand pourra-t-on retourner voir Élisa Beaulieu ? demanda Sara.

— Dès que l'hôpital nous donne le feu vert. En attendant, j'envoie Cédric et Jeanne faire un tour chez les parents. Ils pourront peut-être nous raconter comment elle est tombée entre ses pattes.

Stan se sentait coupable et trahi par Yann. Comme il avait marché à propos de son prétendu boulot dans l'immobilier ! Couru, même. Enseignant, ça collait mieux avec le personnage. Toujours la bouche pleine de citations. Souvent didactique et même parfois pontifiant. Quand il l'avait soi-disant retrouvé dans ce bar en face du poste il y a trois ans, ce n'était donc pas un hasard ? Yann voulait-il renouer des liens, le sachant flic, pour le narguer ? Je viole, tu es flic, tu ne vois rien, je m'amuse. Atroce. Il s'en voulait de l'avoir fréquenté toutes ces années… Ah ça ! il s'était bien payé sa tête ! se dit-il. Et son insistance pour qu'il vienne à cette fête débile, de la pure provocation ?

— Patron, on fait quoi pour le rencard de Souany avec le jeune Rémi ? s'enquit Sara. Il est prévu pour mercredi à vingt et une heures.

— On y va à ce rendez-vous. On verra bien où ça nous mène. Si c'est notre homme, il a atteint le point classique du besoin de reconnaissance. Tous ses feux sont dans le rouge, son déséquilibre est au point culminant alors son moteur pour se sentir un peu rassuré, c'est de tout organiser, tout planifier jusqu'au moindre détail, pour se donner l'illusion qu'il maîtrise un peu sa vie de taré. C'est pour cette raison que Yann Lenglet, s'il a violé la fille de la Marne, n'est probablement pas celui qu'on recherche, parce qu'il est brouillon et trop émotif manifestement. Notre tueur est méthodique, stylé, il nettoie, il n'est pas impressionnable.

— Ce Rémi n'est peut-être qu'un jeune séducteur après tout, dit Sara.

— On verra… Mais quelque chose me dit qu'on est peut-être déjà sur la bonne autoroute, encore quelques péages… et moi, je sens que la sortie n'est pas loin. Au jeu des dupes, on va voir qui manipule qui, conclut Bosco.

Stan tiqua un peu. Souany aurait-elle les nerfs assez solides ?

31

La rue était déserte. Le cœur de Mégane faisait des bonds dans sa poitrine. Elle avait chaud. Ses sandales lui meurtrissaient les pieds. Elle avançait vite, impatiente de le revoir. Elle avait fait le mur encore une fois. « La dernière », se jura-t-elle. Ses parents étaient à Rome, cette fois, avec la société de son père. Trop moche de berner Mam. Une telle grand-mère aimante et attentive, pleine d'humour, de bienveillance, d'histoires passionnantes, ça ne se trouvait pas dans toutes les familles. Heureusement que madame Alary était malade, elle ne commencerait ses cours qu'à dix heures le lendemain, pas de maths, c'était déjà ça de gagné. On entendait au loin le tumulte de la circulation parisienne, et des relents d'hydrocarbures lui piquaient un peu les yeux. Les réverbères, à intervalles réguliers, plongeaient l'atmosphère dans une lumière jaunâtre dorée.

Elle aperçut enfin le numéro de la maison qu'elle cherchait, sa maison. Il l'avait invitée à dîner comme on invite une vraie femme, pour la séduire, lui offrir des fleurs, une bague, peut-être ; pas de fiançailles, non, mais une bague d'amour comme un gage de fidélité. Et pourquoi pas, leur différence d'âge était somme toute très banale. À peu près quinze ans, ou un peu plus, c'était rien du tout, rien du tout. Il lui avait fait croire qu'il n'avait que cinq ans de plus qu'elle sur le parking du Mac Do, mais depuis elle l'avait tant charrié là-dessus qu'il avait fini par avouer son âge. « Mais moi, je m'en fiche ! » dit-elle tout haut. Au dix-neuvième siècle, c'était très courant, d'ailleurs. Déjà trois semaines qu'ils se connaissaient… Elle était fière d'avoir décroché enfin ce tête-à-tête chez lui. Vivement qu'elle puisse vivre son histoire au grand jour, à part Clara, personne n'était dans la confidence. Sa mère la fixait parfois, cherchant à lire sur son visage quelques secrets qu'elle devinait. Elle sentait bien quelque chose, Hélène, mais Mégane ne dirait rien…

Elle sonna à la grille de la maison. Il ouvrit la porte, un grand sourire barrait son visage.

*

Sara se balançait sur sa chaise, en pleine étude du dossier *Yann Lenglet*. Un crayon planté dans ses cheveux laissait échapper par-devant une mèche qui lui tombait devant les yeux, et sur laquelle elle soufflait quand ça la gênait trop.

D'après le psychologue qui l'avait examiné à l'époque, les conclusions étaient explicites : « Le patient n'a exprimé aucun remords quant à l'éventualité d'attouchements sur la dénommée Daphné Franquin, il est resté dans le déni le plus total. Il est clair qu'il présente une quantité de signes d'instabilités psychiques notoires, qui pourraient ouvrir la porte de la récidive, si les faits sont avérés. Les éléments dont nous disposons sur son vécu et son environnement social ne nous donnent aucune piste sur l'interprétation qu'il en fait réellement. Mais il apparaît que sa personnalité est égocentrique, avec un besoin de domination, et une grande intolérance à la frustration. »

Stan entrouvrit la porte, passa la tête et mima une scène d'étranglement avec ses mains sur son cou, tirant la langue exagérément.

— Putain, Stan, pas maintenant, je n'ai aucune envie de déconner, protesta Sara. Je suis morte de trouille pour Souany, pour le rendez-vous de demain soir. Et L'Égorgeur, je te rappelle que c'est comme ça qu'il zigouille les filles.

— Allez, quoi… fit Stan, je fais ça juste pour te faire marrer… pour te détendre.

— Des nouvelles de Lenglet ?

— Non, toujours pas, j'attends qu'il m'appelle. Mais il va le faire, j'en suis sûr.

— Il faudrait qu'ils se magnent un peu à la scientifique pour les résultats de l'ADN, voir si ça matche avec celui retrouvé sur la fille de la Marne.

— On aura les résultats ce soir je pense. Il marqua un temps, puis dit :

— Tu sais, je n'arrête pas de penser à lui… et je n'arrive pas à le détester… on a trop de bons souvenirs.

— C'est vrai que je ne l'ai pas trouvé antipathique, à la soirée…

Sara enroulait machinalement ses cheveux en chignon autour de son crayon.

— Et au fait, tu l'as lu combien de fois le rapport du psy sur lui ? demanda Stan, une lueur de malice dans les yeux.

— Trois fois… pour bien m'en imprégner. Je ne peux pas me sortir de l'idée qu'il a été suspendu exactement pour la même raison qu'Esteban, psychologue scolaire, prof, même tentation… C'est dégueu… j'avale pas non plus son attitude abjecte de t'avoir fréquenté, l'air de rien, avec un casier de ce genre, connaissant ta spécialité. Tu lui parlais parfois d'affaires sur mineures ?

— Ça m'est arrivé…

— Tu crois qu'il t'a invité à sa gentille sauterie pour te narguer, ou juste parce qu'il est crétin ?

— Sara, arrête…

— Quand je pense que j'ai dansé avec lui ! Cédric surgit soudain dans le bureau de Sara.

— Les gars, regardez ce qu'on a trouvé dans la chambre d'Élisa Beaulieu ce matin.

Il leur tendit un livre signé Yann Lenglet, au titre évocateur : *Adolespleen*. Au dos de l'ouvrage, figurait le visage de l'auteur au fusain, la réplique exacte du dessin fait par la fille à l'hôpital. Et à l'intérieur, il y avait des feuilles volantes, des ébauches du portrait, vraisemblablement exécutées par Élisa.

— Qu'est-ce que vous dites de ça ?

— C'est évident, dit Stan, l'air réjoui, je dis que la fille connaissait ce dessin, elle l'a reproduit inconsciemment, c'est tout… Je ne savais pas qu'il avait publié, ajouta-t-il, déçu.

Il se rendait compte qu'il était loin de tout savoir sur son ami.

— Ce n'est pas le sujet, Stan, fit Sara, ça ne veut pas dire que cet homme n'est pas son agresseur…

— Peut-être, mais ça met un gros doute quand même. On entendit la voix de Mo dans le couloir :

— On a signalé une nouvelle disparition, elle a quinze ans. Ramenez-vous !

*

Une odeur de vieilles pierres humides mêlée à des effluves de vin madérisé emplissait la pièce. Des bruits assourdis provenant d'une télévision au loin se mélangeaient aux cris

212

des hirondelles qui étaient enfin arrivées. La douleur l'avait prise au réveil. Ses pieds et ses mains étaient attachés avec un fil de pêche très fin, son cou, maintenu en arrière à une patère qu'elle avait cru apercevoir avant qu'il ne lui bande les yeux. Mais quoi, que lui était-il arrivé ? Elle n'était pas dans un film, elle était prisonnière dans la réalité.

« Mon Dieu, se dit-elle, et Mam qui doit se faire un sang d'encre ! » Elle fouilla dans ses souvenirs pour retracer mentalement la scène d'hier soir. Elle avait eu si peur quand son chéri l'avait frappée, giflée d'abord, puis battue. Il lui avait pourtant paru si doux au premier rendez-vous sur le parking du MacDo, et ses messages la rendaient si heureuse. Elle avait dit quelque chose de travers, c'est sûr, en essayant de jouer à la femme fatale, perchée sur les sandales à lanières noires de sa mère hautes de douze centimètres. Elle portait sous sa veste un petit corsage rouge ouvert dans le dos, très provocant, qu'elle lui avait aussi emprunté pour l'occasion. Seulement, il avait trouvé le tout trop exagéré – comme il avait dit –, pas de son âge. Après, il avait employé des mots très grossiers, et d'autres qu'elle ne connaissait même pas. Elle s'était dit que si elle avait mieux fait ses exercices de vocabulaire au lieu de les zapper, cela lui aurait peut-être permis de comprendre le sens de son discours. Et puis il lui avait donné un verre de limonade et après ça, plus rien.

Le néant complet.

Son entrejambe la brûlait, mais elle ne pouvait rien voir. Ses membres ankylosés la paralysaient. Incapable de penser. Tout s'embrouillait. Soudain, une nausée la prit. Elle se mit à vomir à longs traits presque sur ses genoux, trop entravée pour pouvoir viser plus loin. Elle détestait vomir, et l'odeur lui redonna encore le besoin de recommencer. Souillée comme ça, elle se trouvait dégoûtante. Son corps se mit à grelotter, sans contrôle. Les relents de son vomi attaquèrent à nouveau ses entrailles. Elle remit ça. Crasseuse, une vraie crasseuse. Elle priait pour que personne ne la voie dans cet état, et surtout pas lui. Elle sentait bien que c'était mal, mais elle avait perdu toute volonté. Maintenant, elle l'attendait pour qu'il la délivre. Elle n'avait pas peur, étrangement. Elle s'entendit pourtant crier : « Au secours, à l'aide ! ». Mais peut-être qu'elle avait seulement chuchoté après tout. Comme dans ce cauchemar qu'elle faisait souvent, où elle appelait, et qu'aucun son ne sortait. L'horreur. Attendre, c'est tout ce qu'elle pouvait faire. Elle finit par sombrer dans un sommeil lourd et confus.

*

Hélène et Philippe Marceau déposèrent leurs bagages dans l'entrée. Mam les accueillit, un mouchoir chiffonné entre les mains, les yeux bouffis d'avoir tant pleuré. Mégane avait disparu.

Ce matin, Mam avait attendu jusqu'à neuf heures trente que sa petite fille descende prendre son petit-déjeuner. Elle n'avait cours qu'à dix heures ce matin-là. Ne la voyant pas arriver, elle s'était décidée à monter. Elle avait poussé un cri quand elle avait découvert le traversin enfoui sous les draps. Cela n'avait pas été sans lui rappeler Hélène, sa propre fille, qui lui avait fait la même chose des années auparavant. Mais elle avait déjà dix-huit ans, pas quinze. Elle avait interrogé Arthur qui n'avait rien vu. Elle avait téléphoné, la mort dans l'âme, à sa fille et à son gendre, qui étaient en voyage à Rome pour la société de ce dernier. Ils avaient pris sur-le-champ le premier avion pour rentrer.

— La police a rappelé ? dit Hélène en s'adressant un peu rudement à Mam.

— Oui, ils ont déjà lancé un avis de recherche, à cause de ce qui se passe en ce moment. J'ai tellement pleuré qu'on a obtenu une convocation pour quinze heures. Ils veulent une photo récente et son ordinateur si elle en a un, je n'ai pas trop compris pourquoi. Ils m'ont dit préférer que les parents soient là, plutôt que la grand-mère. Ça m'a un peu vexée, je dois l'avouer.

— Oh, maman, je t'en prie, ne commence pas ! Écoute ! Tu exagères peut-être un peu, non ? Si ça se trouve elle nous fait une petite fugue, elle doit sans doute être avec Clara… Philippe, appelle madame Blondel, le numéro est à côté du téléphone.

— Mam, comment avez-vous pu vous faire berner de la sorte ? Mégane a carrément découché. Merde, elle a quinze ans ! Elle était sous votre responsabilité ! s'exclama Philippe en se dirigeant vers le téléphone.

— Philippe, qu'est-ce qui te prend, ça s'est toujours bien passé avec Mam. Ta fille grandit, elle nous cache des choses, elle a sûrement un petit ami. C'est ça, elle doit être chez lui. Allez, appelle Clara, elle saura, elle.

— Je réessaye le sien d'abord, dit Philippe. Non… Toujours le répondeur, ajouta-t-il après quelques secondes.

— Ah, tu vois, s'écria Hélène, elle a dû juste l'oublier dans sa chambre. Tu sais à quel point elle ne l'aime pas, ce portable ! Il faut absolument qu'elle ait un smartphone, comme ça, elle ne le lâchera plus et sera joignable tout le temps.

— Mais elle l'a son vieux Samsung, lança Arthur qui venait de surgir en haut de l'escalier, elle l'a, je vous dis, il n'est pas sur sa table de nuit. Il dévala les marches et se jeta dans les bras de sa mère, qui le serra en retour avec affection.

— Pas de réponse non plus chez les Blondel, dit Philippe.

— Rappelle ta fille ! Mais rappelle, bon Dieu ! dit Hélène en étreignant son fils plus fort.

Ils firent le numéro encore et encore, mais ils n'obtinrent que la voix de Mégane : « Allô, allô, ici Meg ! Mais y'a personne, laissez-moi un message swag et je rappelle, promis ! » Entendre la voix enjouée de sa petite chérie, pour qui elle imaginait déjà le pire, fit fondre en larmes Hélène, à bout de nerfs.

Ils arrivèrent au commissariat du quartier, très inquiets. Souany les accueillit avec bienveillance et les accompagna au bureau de Mo dans l'open space. « Quel malheur de rentrer chez soi et de ne pas y trouver son enfant », se dit-elle.

Mohamed Bacry les invita à s'asseoir pour prendre leur déposition. Le mari et la femme avaient l'air de deux lapins affolés, pris dans les phares d'une voiture. Il mit tout son savoir-faire en œuvre pour les rassurer. Les Marceau étaient des gens sans histoire, ça crevait les yeux. La brigade avait pris le relais pour appeler les hôpitaux, et il n'y avait rien à signaler de ce côté-là. « Quelle chierie », pensa Mo. Il avait à l'esprit ses propres enfants, il en avait cinq, et la plus grande de ses filles avait le même âge que Mégane.

Mohamed Bacry avait été membre de la BAC pendant dix ans avant d'intégrer l'unité de Jean Bosco, débauché par le cabinet du préfet Verdière. Il était d'ailleurs assez fier de cette distinction. Autant dire qu'il en avait vu passer, des affaires ; et des affaires qui finissent bien, il y en avait, hélas, très peu. Mais il se devait de garder une attitude neutre face à la détresse des parents.

Il les interrogea avec tact et délicatesse et comprit assez vite le degré d'intimité qui existait entre Mégane et son amie Clara.

— Excusez-moi, dit-il en se levant, puis il se rendit au bureau de Jeanne.

— Faudrait convoquer la petite Blondel, mais je suis avec les Marceau. Tu t'en charges ?

— Dacodac !

Une demi-heure plus tard, il recevait un appel de Souany. Clara Blondel attendait à l'accueil avec sa mère. Il s'excusa auprès des Marceau et les confia à Jeanne. En chemin, il bipa Sara. Pour interroger une mineure, il préférait la présence d'une femme, c'était toujours mieux perçu. Sara lui proposa de les recevoir dans son propre bureau, « plus rassurant », lui dit-elle en les rejoignant. Ils croisèrent Stan et Cédric qui sortaient du bureau de Bosco. Stan fit un clin d'œil à Sara qui fit mine de ne pas relever.

À peine assise, Clara se mit à sangloter.

— Allons ! Allons ! Clara, ne te mets pas dans cet état. Sache que tout ce que tu pourras nous donner comme détails va nous aider à retrouver ton amie le plus vite possible, dit Sara d'une voix douce, puis se tournant vers Mo :

— Mo, je t'en prie. À toi…

Mo commença par lui poser des questions sur leur relation d'amitié, leurs fréquentations, la vie au collège. Mais dès qu'il aborda le sujet des garçons, Clara se ferma comme une huître. La mère roulait des yeux apeurés et tremblait à chaque question. Elle déchiquetait un Kleenex consciencieusement. Au bout de quelques minutes, voyant que cette attitude anxiogène troublait le bon déroulement de l'audition, Mo fit un signe discret à sa coéquipière. Sara demanda alors à Mo de sortir dans le couloir avec madame Blondel pour aller boire un café. La mère protesta mollement mais Sara avait les arguments pour convaincre, un côté autoritaire qu'elle tenait de sa mère. Dès que la porte fut refermée, elle attaqua.

— Écoute, je crois comprendre que Mégane et toi avez des secrets ! C'est tout à fait normal pour des copines, rassure-toi ! Seulement, il faut que tu coopères, parce qu'il y va peut-être de la vie de ta camarade. C'est très sérieux, tu sais ! Tu dois me dire si elle a un amoureux. Tu peux parler sans peur. Les oreilles de ta mère sont loin.

— Heu… oui, elle a rencontré un garçon très mignon avec qui elle a eu un super rendez-vous romantique.

— Et… c'est un garçon de votre collège ?

— Heu, non…

— Du lycée ?

— Heu, non…

— Facebook ? insista Sara, redoutant la réponse.

— Oui, quand elle a eu son ordi pour son anniv, elle a pu tchatter avec lui plus facilement. Mais elle utilisait déjà son profil Facebook de chez moi, ses parents n'étaient pas au courant. Vous n'allez pas leur dire, hein, madame ? Ni à ma mère, hein ? Surtout pas, elle va en faire une fixette !

— Son nom ? Sara s'efforçait de garder son calme.

— Ben… elle n'avait pas le droit de me le dire… lui, il voulait pas, à cause de Facebook ! dit Clara en sanglotant. Il lui a dit qu'il était plus vieux qu'elle, et que ça la foutait mal si elle s'affichait avec lui… je lui avais dit de faire gaffe, quand vous êtes venue au collège avec le flic super beau… elle m'a répondu que je délirais et qu'elle savait ce qu'elle faisait.

Sara se laissa aller contre le dossier de son fauteuil avec un soupir.

32

14 AVRIL

La vie me sourit chaque jour un peu plus. Qui aurait cru, qu'après mon enfance chaotique, je puisse enfin trouver la voie du bonheur, une jouissance aiguë des sens, un accomplissement, une réalisation physique et intellectuelle ? Qui ? Ça m'arrive en ce moment précis. Et tous les psys du monde n'auraient rien pu faire pour moi, avant ça. Je donne de ma personne, je partage mes émotions avec tous mes petits Anges, et c'est si bon, si vous saviez !

Je me confie à vous, parce que j'ai foi en l'avenir. Grâce à vous, je suis sûr qu'on ne m'oubliera jamais. On publiera d'ailleurs mon journal, avec une histoire autour pour faire passer la pilule. Je sais, j'entends déjà les critiques énoncer leurs théories vaseuses, comme quoi un type tel que moi ne peut exister réellement. Ah, je suis impatient de connaître le dénouement de tout ça. Et surtout impatient de voir vos têtes, l'expression haineuse de vos yeux, et vos bras ballants, pendant de part et d'autre de votre corps, inutiles, et vos mains rentrées vers l'intérieur, paumes vers le sol, vaines. Plus je vous plains, et plus je me félicite d'être ce justicier, ce purificateur, le bras droit du ciel bleu et blanc.

Je rechercherai jusqu'à ma fin l'insaisissable légèreté de ces fillettes sans expression, lisses comme des galets polis par le vent et l'eau mousseuse et salée du flux et du reflux de la mer. Des vierges pour certaines, d'un point de vue strictement médical, mais à l'esprit bien éloigné des archétypes ancestraux de l'angélique jeune fille.

Je ne suis pas un monstre, je le répète ! Je communie avec elles, je pénètre leurs terres virginales et pures, je leur montre le chemin, je dénude et lave leurs pieds, afin qu'elles puissent marcher à nouveau vers la lumière. Je les cueille comme des roses au matin, et je bois leur dernier souffle goulûment et religieusement.

Je suis utile à votre société, qui s'englue dans la consommation de masse. Moi, messieurs-dames, je ne m'y complais pas. J'agis en conséquence. J'aide les mauvais parents à prendre les bonnes mesures, drastiques, pour éradiquer le dieu Google qui fait tant de mal à leurs enfants. J'ose, je ne reste pas le cul sur ma chaise à vomir des « gueuleries » sur le monde qui tourne si mal. Je déclenche, je m'engage, je fonce, j'exécute, j'accomplis, en un mot je crée. Je réinvente votre monde, et pour ça, il faut bien sévir et ériger des règles. Dompter les écarts, ne plus fermer les yeux, punir pour mieux assainir. Je lave les péchés que vous avez engendrés, et dans les petits corps blancs de votre propre chair, je me divertis, je touche le ciel, et je vous donne une leçon. Vous aurez mal de ce mal même, il faudra bien prendre conscience des choses un jour ou l'autre. Alors moi, je choisis pour vous. Ne me remerciez pas, c'est cadeau ! Je suis prodigue et généreux à votre égard, ça me fait plaisir de vous ouvrir les yeux. Et croyez-moi, tous les moyens sont bons...

33

Hélène Marceau, les yeux rougis, faillit s'évanouir au beau milieu de l'open space tant sa tête cognait. Elle n'écoutait plus les questions de Jeanne. Un bourdonnement qui ressemblait à la voix de Philippe, censée être apaisante, ne faisait qu'amplifier son mal-être. C'était ce diable de marteau-piqueur dans la rue, ce matin, qui avait tout déclenché au moment où elle descendait du taxi qui les avait ramenés de l'aéroport. Cette ennemie, cette nuisible migraine pouvait prendre le pouvoir sur tout son corps dès qu'elle subissait une contrariété.

Qu'avait-elle fait de sa petite fille ? Trop de liberté ? Pas assez de punitions ? Sa propre sœur trouvait qu'elle n'avait pas la bonne attitude avec Mégane, et ne s'en cachait pas, elle le lui rabâchait dès qu'elle le pouvait. Elle lui reprochait son comportement trop *copine*. La fille et la mère étaient fusionnelles. Lors des repas de famille, elles affichaient une entente presque contre-nature en se comportant comme des sœurs. Hélène avait fait le vide autour d'elle depuis que Mégane était en âge de partager les après-midi shopping et les restos. Elles s'entendaient si bien. Mais il fallait reconnaître que, depuis quelque temps, sa fille avait changé. Hélène n'y avait pas prêté attention, elle s'était dit que ça passerait. Comment Meg avait-elle pu lui taire ces rendez-vous secrets et se mettre en danger de la sorte, impensable, se disait-elle.

Elle se sentait bafouée dans son amour de mère, niée. Comme elle souffrait !

Elle se leva, écarquillant les yeux, pour signifier à Philippe qu'elle avait un besoin pressant. Son mari tenta un geste tendre qu'elle esquiva. Elle sortit de l'open space, et se dirigea vers un escalier qu'elle emprunta. Elle se retrouva dans un long couloir. Elle y croisa un homme de ménage traînant son chariot à roulettes avec un petit grincement régulier, qui lui mit les nerfs en alerte maximum. Elle demanda son chemin. Quelques instants plus tard, elle errait dans les couloirs du rez-de-chaussée, l'air hagard, et se retrouva à nouveau dans le hall, cette fois devant un panneau où étaient épinglées des photos de mineurs disparus. À la vue des clichés de ces visages d'enfants, elle poussa un cri et s'affala sur le sol, mollement. Cédric, qui passait par là, se précipita et l'aida à se relever. Hélène le rassura, ce n'était qu'un léger étourdissement, lui dit-elle. Elle demanda poliment où se trouvaient les toilettes. Il lui indiqua la porte au fond du couloir, elle y courut presque.

— Qui est-ce ? demanda-t-il à Souany qui approchait.

— La mère de la petite Mégane Marceau, tu sais bien !

Ils sont dans nos murs en ce moment même.

— Ah, OK ! Dis donc, elle a l'air bien secouée ! Tu ne veux pas aller jeter un œil ?

Souany ne se fit pas prier. En tant qu'aînée de ses six frères et sœurs, elle avait largement contribué à leur éducation et les avait chéris de tout son cœur, aussi elle imaginait très bien ce que cette pauvre femme devait endurer.

Elle s'approcha de la seule porte close des toilettes.

— Madame Marceau, vous allez bien ?

On entendit le cliquetis d'une boucle de ceinture, et la chasse d'eau se déclencha. Hélène sortit.

— Oui merci, heu… non, ça ne va pas trop bien, j'ai une migraine atroce.

Elle porta la main à son front, fixa Souany un instant, et soudain se jeta dans ses bras en sanglotant très fort. Sa voix était suraiguë. Elle faisait une crise de nerfs. Souany tenta de la réconforter du mieux qu'elle put, lui fit respirer un flacon d'huile essentielle de lavande officinale qu'elle avait toujours dans sa poche.

— Respirez madame Marceau, ça va passer, vous voulez que j'appelle un médecin ? demanda-t-elle.

Hélène refusa. Souany la raccompagna au bureau de Mo.

34

Stan raccrocha. Sa mère l'appelait toujours le mardi soir. Olga s'inquiétait. « Il faut lever un peu le pied, mon chéri, et profiter de la vie », se plaignait-elle. Déjà un mois qu'il n'était pas passé voir ses parents.

Il sortit une poêle, la mit sur le feu et se servit un verre de vin. Il devait avoir des cacahuètes quelque part, mais où ? Il jeta une entrecôte d'un geste sûr dans la poêle. Instantanément, une flamme vint lui frôler la paume.

« Pizdec ! » s'exclama-t-il. Il laissa sa main sous l'eau froide pendant quelques secondes. Contrarié, il rajouta un peu de matière grasse, la poêle se mit à crépiter. Il alluma la hotte et ouvrit la fenêtre pour évacuer la fumée qui commençait à lui piquer les yeux. Voilà pourquoi il utilisait son micro-ondes la plupart du temps, sinon, ça dégueulasse tout, se disait-il.

Il pensa à Sara. Il sourit à l'idée de leurs repas futurs. Imaginer leur vie de couple en cuisine le réjouissait déjà. Il y aurait des surprises culinaires, à n'en pas douter. Elle avait l'air aussi douée que lui. À part les pirojki, et le bortsch que sa grand-mère lui avait appris à faire, il ne faisait que du simple.

« À table », se dit-il. Il attaqua sa viande avec appétit. Il repensait au portrait dessiné par Élisa Beaulieu, il n'en revenait toujours pas. Il aurait son explication, il restait confiant.

Il était en train de couper méticuleusement sa pomme en quartiers de taille égale quand son téléphone sonna. Un numéro inconnu. Il décrocha.

— Salut, c'est Yann, comment ça va depuis vendredi ?

— Ça va, répondit Stan sur le ton le plus naturel.

— J'ai vu que tu avais apprécié la soirée, faudra recommencer, hein ?

— Mais oui…

— Dis donc, je te dérange, t'as l'air ailleurs, là, non ?

— Non, juste un peu fatigué… au fait, Yann, tu n'as toujours pas récupéré ta ligne ?

— Non, et je trouve que c'est un peu long. Je commence à me demander si j'ai bien fait de changer d'opérateur.

— OK, dit Stan, on peut s'apercevoir demain ?

— Carrément… à l'heure du déjeuner, tu pourras te libérer ?

— Ça marche… aux Buttes-Chaumont, à l'endroit habituel ?

— Plutôt vers la grotte, j'arriverai par Simon Bolivar, si ça te va ?

— D'accord, à demain alors !

Perplexe, il reprit la mastication lente de ses quartiers de pomme. Son portable bipa. C'était Sara, elle s'excusait maladroitement pour son comportement désagréable depuis que Yann Lenglet était soupçonné. Elle comprenait que cette situation soit difficile à appréhender pour Stan. En un mot, elle était désolée pour lui mais la pilule avait du mal à passer. De plus, elle l'informa que la scientifique était navrée mais leur stagiaire avait fait une erreur de manipulation sur les prélèvements effectués sur la victime et il fallait tout recommencer, les scellés étaient contaminés.

Stan en fut presque soulagé et s'en voulut aussitôt.

Le lendemain, Stan se gara rapidement devant l'entrée Simon Bolivar du parc des Buttes-Chaumont. Il s'engagea dans l'allée. Le crachin l'aveuglait, dispensant une humidité pénétrante et désagréable qui chassait les derniers passants venus se détendre à l'heure du déjeuner. Il se retrouva dans un endroit assez peu fréquenté. Quelques palissades étaient dressées, signe de travaux de terrassement de cette zone proche de la grotte du parc. Un coup de vent souleva l'ouverture bâchée.

Yann était là, devant un trou béant, assis sur une excavatrice, vraisemblablement abandonnée pour cause d'intempérie. Stan frémit en entendant le joyeux « Bonjour » de Yann.

— C'est sympa de prendre du temps pour venir me voir, je suis ravi !

Yann souriait.

— Tiens ! Je t'ai pris une crêpe, mais elle doit être un peu froide, maintenant, t'es en retard, Coco !

— Oui, désolé, on a beaucoup de boulot en ce moment, je ne te raconte pas ! C'est quoi ce rendez-vous sur un chantier ? Tu vois trop de polars à l'ancienne, j'ai l'impression.

— Pas du tout. C'était juste pour avoir un peu d'intimité. J'aime bien les endroits insolites, tu me connais !

Il l'entraîna sous l'auvent d'un Algéco, la pluie s'était mise à tomber franchement. Stan se lança :

— Écoute, Yann ! Je dois te dire quelque chose. C'est important… une adolescente a été violée dimanche sur les bords de la Marne. Quand elle a repris connaissance, elle était aphasique. Mais elle a pu dessiner le portrait-robot de son agresseur… et elle t'a dessiné.

Yann le fixa avec des yeux ronds, incrédule. Puis il se mit à rire.

— C'est tout l'effet que ça te fait ? dit Stan calmement. Mais c'est grave, tu sais, tu vas être convoqué pour t'expliquer.

— Stan... Honnêtement, peux-tu penser une seconde que je puisse faire une chose pareille ?

— À toi de me le dire...

— Enfin, on se connaît depuis le lycée. On a dragué ensemble. Connu les mêmes filles. Tu ne peux pas me voir comme un violeur, c'est pas pensable.

— Non, c'est pour ça que j'aimerais que tu m'expliques... J'ai vu ton pedigree sur nos fichiers quand on a entré le portrait fait par la fille. Je veux bien croire à ton innocence, mais il va falloir que tu m'éclaires sur certains points. Qu'est-ce que c'est que cette histoire de mise à pied ?

— Ah, tu parles de ça ! Daphné Franquin !

Yann marqua un temps de silence. Il avait l'air sincèrement désolé.

— J'avais honte, voilà tout ! Et puis, je me suis dit qu'en tant que flic, tu pouvais à tout moment faire des recherches sur moi. Et là, je t'aurais donné ma version des faits... mais tu ne l'as jamais fait. T'es un vrai pote, toi ! Une mise à pied, ce n'est pas très reluisant, et surtout c'était totalement injustifié. La fille avait affabulé, ça, je te le jure ! Enfin, tu me vois, moi, faire ce genre de dérapage ? Sérieux ?

— Et pourquoi m'avoir raconté que tu bossais dans l'immobilier, alors que tu étais dans l'enseignement ?

— Pour la même raison : ma mise à pied... je n'étais pas très fier.

— Je ne sais pas quoi penser...

— Mais enfin, Stan, on se connaît assez pour que tu te rendes à l'évidence, je te promets, tu sais comment sont les gamines à cet âge-là, elle devait être attirée par moi à tous les coups, alors elle a inventé. C'est classique. Et elle est revenue sur ses déclarations après coup. Seulement pour moi c'était cuit, la mise à pied était partie. Qu'est-ce que j'aurais pu faire ?

— Et la fille de la Marne ?

— Stan ! Je ne peux pas croire que tu marches, là… Enfin, il n'y a pas une once de violence chez moi… et tiens, est-ce que j'ai le physique d'un violeur, sérieux ?

— Y'a pas de physique type, mon vieux, tu serais étonné…

— OK, peut-être, mais je suis plutôt beau gosse, dit-il en souriant, tu crois franchement que je n'ai pas tout ce qu'il me faut… crois-moi la violence, c'est pas mon truc.

— Et le portrait-robot ?

— J'en sais rien, moi ! J'ai été prof… alors réfléchis… un prof, c'est comme un acteur, nos planches, c'est l'estrade… Et puis j'ai publié ce recueil de poèmes, tu sais, *Adolespleen*, je t'en avais parlé je crois, non ? J'ai eu pas mal de fans, toutes des gamines. Je suis peut-être victime de mon succès, tout simplement !

— Non, justement, tu ne m'en avais pas parlé. J'aimerais quand même que tu passes au poste, on a besoin de connaître ton emploi du temps de ces derniers jours. Tu peux faire ça pour moi, hein ?

— Mais pas de souci, si ça peut t'aider… je suis à ta disposition. Mais je ne dois pas recevoir une convocation, normalement ?

— Oui, mais je l'aurais envoyée où ? Je me suis rendu compte que je n'ai jamais eu ton adresse, et tu n'es pas dans les pages blanches…

— Ah ouais ? Les flics utilisent les pages blanches ? Pas mal, j'aurais pensé que vous étiez plus pointus, ironisa-t-il. Mais tu sais, aujourd'hui on s'échange les 06, plus les adresses.

228

Il se mit à rire, content de sa plaisanterie.

— Non, plus sérieusement… je n'ai pas vraiment d'adresse fixe, je vis chez une copine, reprit-il. Dommage, j'aurais bien aimé recevoir ce genre de papelard… tu penses bien que je serais venu ventre à terre pour te voir en action, surtout Sara. Super fille, hein ?

Stan se crispa. Il était à moitié convaincu par Yann. Venir seul à ce rendez-vous était vraiment stupide. Un brin malsain. Il n'allait pas en parler, même pas à Sara. Mais cela avait été plus fort que lui, il fallait qu'il le voie encore une fois. Pour enterrer le passé. Et surtout tenter de faire taire cette culpabilité – qui ne le lâchait plus – d'avoir fréquenté quelqu'un de peut-être pas fréquentable.

Malgré lui, il tournait en boucle sur la fille de la Marne. La petite Beaulieu connaissait le visage de Yann, c'était un fait. Mais même le médecin avait affirmé que certaines réminiscences pouvaient ressurgir lors d'un choc émotionnel intense et ignorer superbement la chronologie réelle. Un prof est souvent une personne clé dans la vie – qu'on en ait un bon ou un mauvais souvenir –, il reste un marqueur indélébile. Alors son image est naturellement susceptible de réapparaître lors d'une panique.

Les deux hommes reprirent le chemin vers la sortie Bolivar. Stan accepta quand Yann, tout sourire, lui promit de le suivre dans son propre véhicule, même si au fond de lui, il sentait qu'il risquait de lui fausser compagnie.

Ce que fit Yann au premier feu rouge.

*

On appelait dans le couloir, il était temps de se préparer. Le rendez-vous avec Rémi était fixé à vingt et une heures.

Dans le bureau de Sara, on s'affairait sur le look de Souany. La transformation prenait forme petit à petit. Sara coiffait sa collègue à l'identique des photos publiées sur le Facebook de Valentine S.

Stan, posté devant la fenêtre, n'avait pas l'air dans son assiette. Il culpabilisait d'avoir menti à tout le monde sur le motif de son absence pendant la pause déjeuner. Sara l'observait à la dérobée, inquiète.

Souany demanda à Jeanne de lui prêter sa paire de Ray-Ban, elle pourrait tenir un peu plus longtemps son rôle en y rajoutant une touche de frime, lui dit-elle. Jeanne encaissa la pique sans se vexer. Mais quand même, pensa-t-elle, elle en prenait à son aise, la jeune recrue ! En plus, elle tutoyait tout le monde, Bosco n'en savait rien ou fermait les yeux. Jeanne n'était pas d'accord avec ce genre de familiarité prématurée. Dans ce monde hostile, la hiérarchie d'une brigade devait représenter un point d'ancrage rassurant. Brûler les étapes n'apportait rien de bon.

Souany enfila une jupe sur des leggins transparents, un tee-shirt et des Doc Martens, au cas où elle serait obligée de lui donner un coup là où il faut. Jeanne regardait d'un air rêveur les jambes de Souany voilées par le tissu fin et noir. Elle sortit de sa contemplation quand Sara agita les mains devant ses yeux. Elle rougit. Les préparatifs achevés, Souany quitta le bureau la première, suivie des deux filles et de Stan, toujours silencieux. Par réflexe, elle enfonça sa casquette jusqu'aux oreilles.

Dans le couloir, elle croisa Vincent qui travaillait à la circulation et n'était pas du tout au courant de l'affaire.

Il la bouscula sans faire attention et s'excusa en l'appelant mademoiselle. Il ne l'avait même pas reconnue. Sara et Jeanne échangèrent un sourire de satisfaction. Stan et les trois filles s'installèrent dans l'open space pour faire un dernier point sur l'opération à venir, tout en mangeant quelques pizzas commandées au camion du coin. Le rendez-vous devait se faire dans un café de la rue Ferbert. Mo et Cédric étaient déjà sur place depuis quelques heures. Ils avaient surveillé les allées et venues dans le quartier. D'après eux, le bar était plutôt calme, sans affluence, mais c'était soir de match, et il y avait un risque pour qu'il y ait du monde.

Il était vingt heures cinquante, quand la camionnette maquillée en véhicule de livraison de fleurs stoppa non loin du lieu de rendez-vous. Souany, un peu nerveuse, tirait sur sa minijupe machinalement pour exorciser le trac qui la paralysait. À son bord, Stan ne disait rien. Mo, qui venait de les rejoindre, n'en finissait pas de lui donner des conseils sur la conduite à tenir pendant le déroulement des événements.

— Souany, vérifie bien ton micro, ça va ? Il est bien accroché ? Tu restes naturelle, détachée. Et surtout, tu n'oublies pas que tu es censée avoir seize ans, hein ?

— OK, Mo ! Merci, t'inquiète ! Je veux faire honneur à la brigade, alors je serai à la hauteur et promis je vais faire attention !

Le téléphone de Souany émit un son cristallin, un SMS laconique de Rémi : *slt, changement de programme, RV foire du trône, devant le train fantôme, C OK ?*

— Merde ! cria Stan.

— On laisse tomber, lança Mo, c'est trop risqué !

— Ah non, pas question ! s'exclama Souany avec l'air buté. Trop tard, on ne va pas reculer !

— Elle a raison, dit Sara de sa voix rauque, on est peut-être à deux doigts de retrouver Mégane Marccau. Souany, t'es bien sûre de vouloir continuer ?

Souany opina, déterminée.

Stan démarra aussitôt. À l'arrière c'était la panique, vite contenue par le sang-froid de Sara qui rassurait Souany avec des mots d'encouragements dignes d'un coach sportif de haut niveau. Cédric tentait de borner le portable de Rémi, sans résultat.

Ils arrivèrent devant l'entrée principale de la Foire du Trône. Ils avaient décidé que Stan, Sara et Mo resteraient à l'intérieur de la camionnette – Rémi pouvant être un suspect déjà interrogé par leurs soins. Cédric et Jeanne fileraient Souany à bonne distance.

Souany respira un grand coup, sauta du véhicule, et s'élança sur le trottoir avec une démarche plus que nonchalante. « Quelle comédienne, se dit Sara. On la prendrait vraiment pour une ado, incroyable ! »

Équipés d'une oreillette, Cédric et Jeanne sortirent à leur tour. Ils se fondirent dans la foule compacte et colorée. Des tambours brésiliens leur crevaient les tympans. La plupart des gens arboraient des déguisements de carnaval. « Putain de carnaval, dit Jeanne, j'ai horreur de ça ! ». Cela faisait déjà quinze jours que la saison avait commencé à la Foire du Trône, la place aurait dû être moins festive. « Pas de chance… » lui dit Cédric. Ils avançaient dans l'allée principale, derrière Souany qui se dirigeait vers le train fantôme. Elle demanda son chemin à quelques jeunes gens qui mangeaient des pommes d'amour.

Soudain, couvrant le brouhaha déjà fort en décibel, une horde de personnes portant le costume des *Anonymous*, masque blanc et cape noire avec une capuche, les dépassèrent et envahirent l'allée entière. Jeanne se fit bousculer et se retrouva à terre. Une femme masquée lui tendit la main pour l'aider à se relever en s'excusant. Jeanne en profita pour lui demander ce qui se passait. C'était un séminaire d'informaticiens d'Agen qui sortaient d'une journée de formation et le mot d'ordre du soir était : *On se lâche.*

Quelques secondes plus tard, ils avançaient péniblement tant la foule était dense. La musique était assourdissante. Les baffles saturaient. Les sons différents se mélangeaient jusqu'à l'écœurement. Ils virent Souany se faire aborder par un homme portant le même déguisement que les commerciaux. Il lui tendit un masque similaire et une cape qu'elle revêtit aussitôt. Avant que Cédric et Jeanne n'aient pu réagir, Souany et l'homme s'engouffrèrent dans le train fantôme. « On la perd, putain ! » Cédric fut soudain comme aspiré au beau milieu de ces Anonymous déchaînés.

« Cours ! Jeanne ! Cours ! » hurla-t-il tandis qu'il jouait des coudes pour la rejoindre. À l'entrée du château hanté, ils sortirent leurs cartes de police mais le vigile leur fit perdre un temps précieux invoquant la sacro-sainte sécurité.

De la camionnette, les trois autres recevaient les informations micro de Souany, Cédric et Jeanne. Mais ça saturait tellement qu'ils comprenaient un mot sur deux. Quand Sara comprit qu'ils allaient perdre Souany définitivement, elle ouvrit la porte de la camionnette, et sortit. Elle se mit à courir, Stan sur ses talons, en criant : « Le train fantôme il est où ? Police, allez, dégagez ! » Les gens les regardaient comme une attraction. Certains avaient même sorti leur téléphone pour les filmer.

Quand ils retrouvèrent enfin Cédric et Jeanne, ils eurent beau fouiller, faire évacuer tout le monde, ils ne trouvèrent personne.

35

Des relents nauséabonds montèrent à son cerveau, lui provoquant une panique subite et malfaisante. Totalement désorientée, elle luttait pour revenir à la réalité. Avant même d'ouvrir les yeux, elle sentit une présence à ses côtés. Ses tempes battaient fort, et ça cognait au fond de son crâne. Elle ouvrit les yeux. Il faisait sombre.

Elle se trouvait vraisemblablement dans une cave pas très bien entretenue, le sol recouvert de terre battue, les murs infestés d'araignées. L'air était vicié et glacial. Une vague nauséeuse renvoya son esprit à des souvenirs de lendemains de soirée où l'on se dit : « Plus jamais ! ». Elle prit conscience que son corps était ligoté. Les membres engourdis, elle bougea machinalement ses orteils et ses doigts pour vérifier qu'elle n'était pas paralysée et que son corps fonctionnait normalement. Le cou douloureux, elle se força à pivoter la tête vers la droite. Un spectacle désolant s'offrit à ses yeux médusés. Une autre fille, jeune, les yeux clos, se tenait misérablement recroquevillée sur elle-même. À ses pieds, une mare de vomi séché. Entravée comme elle par des liens en fil de pêche qui lui sciaient les chevilles et les poignets. Retenue par le cou avec une sangle de valise accrochée à un portemanteau cloué au mur. La fille avait un chiffon noir enfoui dans la bouche. Souany plissa les yeux pour essayer de reconnaître ce visage. C'était bien Mégane Marceau.

« Bravo Souany ! Pour une première, c'est une grande réussite ! Mon Dieu, comment j'ai pu me faire coincer comme ça ? » se lamenta-t-elle. La brigade allait lui passer un de ces savons ! Tout s'était déroulé si vite. Souany était censée leur donner un signal assez rapidement. Mais rien ne s'était passé comme prévu.

Elle se revoyait franchissant l'entrée du parc. Un brouhaha assourdissant, des tambours, des écrans géants, des cris, des rires, des bris de verres, un masque, quelque chose dans son dos, la peur. Mal au ventre, son cou bloqué. L'homme, comment était-il ? Grand, une voix grave, pourquoi se souvenait-elle d'une sensation et pas d'une réelle physionomie. Elle ne serait jamais flic, c'est tout ce que cela prouvait.

Il avait arraché son micro et son portable qu'il avait jetés dans le décor. Elle s'était demandé s'il valait mieux obéir ou résister. Puis plus rien. Le trou noir. Une dernière pensée avant de sombrer : retrouver Mégane Marceau. Vivante.

C'était fait. La petite était bien à côté d'elle. Mal en point, mais en vie.

Sa lèvre tremblait sous le chatterton. L'humidité de l'endroit pénétrait tous les pores de sa peau. Une fatigue inhabituelle, le contrecoup, sûrement.

Mais où était-elle ? Ça, c'était quand même la principale question. Sa mémoire demeurait bloquée sur une odeur de gaufre, hier soir – était-ce bien hier soir ? En cet instant, elle avait seulement la désagréable sensation de subir une gueule de bois géante. Ses méninges étaient comme broyées. Un fort désir de laver son esprit de toute cette peur la motivait. Black-out total. Déconnectée, la pauvre Souany ! Respirer. Respirer. Il fallait réoxygéner son cerveau. Respirer, respirer encore !

C'est tout ce qu'elle pouvait s'accorder avant que l'adolescente ne reprenne conscience.

*

Jean Bosco arborait un teint cireux, il faisait face à son équipe. Ces coups de poing dans l'estomac ! Il pensa fugacement à ce que devait endurer une femme enceinte, cela y ressemblait sûrement, seulement lui, il n'aurait pas le bonheur de voir un petit être tout neuf après douze heures de souffrance, non, lui il souffrait juste pour souffrir. Il prit la parole :

— L'heure est grave ! Ce n'est ni la première, ni la dernière que nous vivrons, croyez-moi ! Je sais, c'est toujours plus difficile quand l'un des nôtres est impliqué... Mais bon sang, comment avez-vous pu perdre la petite ?

— Ce salopard a changé le lieu du rendez-vous une demi-heure avant. On avait sécurisé le bar de la rue Ferbert. On s'est retrouvés à la Foire du Trône en plein milieu d'un spectacle brésilien, on se serait cru au carnaval de Rio. L'enfer ! Et avec ça une bande d'informaticiens d'Agen masqués en Anonymous qui débarquent comme des fous, répondit Cédric, contrit.

— Commandant, on ne pouvait pas prévoir ça... ajouta Jeanne d'un air piteux.

— Quelqu'un a prévenu ses parents ? demanda Sara.

— Je les reçois tout à l'heure... ces pauvres gens sont effrayés, ils étaient si fiers que leur fille ait intégré la police.

— Ne parlez pas au passé, patron, dit Stan fermement, on ne l'a pas encore perdue.

— Oui, enfin vous deviez la protéger, putain elle n'a que vingt ans ! Et sur les réseaux, vous avez retrouvé la trace de ce Rémi ?

— Plus rien, tous les comptes fermés, Facebook, Instagram, plus rien...

— Et j'ai une autre mauvaise nouvelle, reprit le commandant. La petite Beaulieu est dans le coma...

— Quoi ? dit Sara, affolée. Mais le médecin avait dit...

— Une hémorragie consécutive au trauma crânien... désolé, Sara, c'est comme ça... donc, on oublie son témoignage pour l'instant... bien obligé.

Un voile de déception passa sur le visage de Sara.

— Merde ! Pauvre gosse ! C'est mort pour être fixé une bonne fois pour toutes sur la culpabilité de Lenglet, fit Jeanne. Ça, plus les analyses ADN qui ont été foirées...

— En revanche, on a retrouvé la trace d'Esteban, il a été repéré cette nuit sur un réseau pédophile belge avec un des pseudos qu'on lui connaissait. Ils sont en train de remonter jusqu'à lui...

— J'en étais sûre, dit Sara.

— Quoi qu'il en soit, on continue tous les interrogatoires de front. On ne laisse rien au hasard. Le dernier homicide remonte à la semaine dernière : Jennifer Latour. Depuis, on a un viol et deux enlèvements. Et toujours pas de piste digne de ce nom. Alors on fait avec ce qu'on a, on avance. Où en est-on sur les recherches à propos de la famille de Lenglet ?

— On a retrouvé la sœur, une certaine Séverine, répondit Cédric, elle est là, elle attend à côté.

— OK ! Stan ! Sara ! Dans la salle d'audition... je compte sur vous pour lui tirer les vers du nez à la frangine, faut qu'on sache où il crèche, le prof, n'est-ce pas Stan ? lança-t-il avec un regard appuyé.

Stan détourna les yeux. Il pensait à Souany, cette fille si gentille, si volontaire. La journée commençait mal. De plus, il avait sur le cœur son entrevue secrète avec Yann, il n'avait rien dit à Sara. Il avait été en dessous de tout sur ce coup-là. Quel con ! Il avait laissé entrer de l'affect dans une affaire de viol sur mineure, il ne se reconnaissait pas.

Mo leur refit le coup du signe de croix et les visages se détendirent malgré leur inquiétude pour Souany ; allaient-ils la revoir ? Quand ? Vivante ? Morte ?

*

Sara entra la première.

Séverine Lenglet ne ressemblait pas du tout à son frère. Si elle calculait bien, elle devait avoir un peu moins de trente ans, mais d'emblée, on avait l'impression que cette fille n'avait jamais été jeune. Elle se tenait mal, le dos voûté, les épaules tombant en avant, les cheveux peu soignés, les ongles rongés jusqu'au sang. La couleur de ses yeux avait l'aspect délavé des gens à qui la vie n'a pas fait de cadeaux. Aucune lueur n'animait ce regard perdu dans le vague, sans passion.

Sara sentit qu'elle devait manier cette fille avec beaucoup de délicatesse. Elle commença :

— Bonjour, Mademoiselle Lenglet, je suis le capitaine Sara Lopez et voici mon équipier : Stanislas Varda. Séverine... puis-je vous appeler Séverine ?

— Oui.

— Vous savez pourquoi vous êtes là, je présume.

— Vaguement.

— Nous pensons que votre frère est impliqué dans une affaire un peu complexe, et nous aurions besoin de le joindre assez vite, pour essayer de faire la lumière sur tout cela. Son portable ne répond plus.

— Ah.

— Sauriez-vous où nous pourrions le trouver ? Sans vouloir vous mettre la pression, c'est assez urgent, je ne vous le cache pas.

— Non.

— Quand l'avez-vous vu pour la dernière fois ?

— Il y a deux ans, je crois.

— Où ça ?

— Chez notre mère, pour Noël.

— Votre mère ? intervint Stan, étonné.

— Ben oui, ma mère ! répondit-elle avec une pointe d'insolence.

Stan regarda Sara, mais ne dit rien. Cette fille n'avait pas à savoir que son frère avait enterré sa mère dans sa tête depuis dix ans, d'après ce qu'il lui en avait dit. De la même manière qu'il avait fait une croix sur toute sa famille. Encore un mensonge de Yann.

— Vous pouvez m'en dire un peu plus ? reprit Sara.

— Je sais juste qu'il était sans travail parce qu'une élève avait raconté de la merde sur lui, pardon, mais ça nous avait énervées ma mère et moi.

— Vous n'avez pas cru cela possible, que votre grand frère puisse s'adonner à des attouchements sur une fillette de quatorze ans ? Qu'il profite de son autorité de prof et surtout d'adulte, pour vous c'est impensable ?

— C'est impossible ! Et la fille avait menti, on l'a su après…

— Oui, en effet, mais le rapport du psy a quand même décelé chez lui un comportement à risque. Une personnalité égocentrique, avec un besoin de domination, et une grande intolérance à la frustration. La description type d'un violeur.

La fille se taisait. Elle devenait de plus en plus rouge et des gouttelettes de sueur naissaient sur ses tempes. Des auréoles disgracieuses commençaient à apparaître sous ses aisselles, et tachaient le tissu de sa blouse de mauvaise facture. Sara comprit qu'ils devaient se contrôler, c'était le genre de témoin susceptible de se bloquer à la moindre émotion. Elle fit un pas en arrière et Stan continua.

— Séverine, vous le saviez n'est-ce pas ?

— Quoi ?

— Que Yann avait un problème…

Stan y allait au petit bonheur, après tout, Yann n'avait peut-être pas agressé la fille de la Marne, mais il fallait qu'il sache quel genre d'adolescent il avait été dans l'intimité.

— J'en sais rien, moi ! Je passe pas ma vie à le surveiller.

— Pourquoi, d'après vous, il aurait des raisons d'être surveillé ?

— Non, il est normal… il est beau, c'est tout. Alors il joue les séducteurs, c'est pas un crime.

— Ça dépend de la cible. C'est toujours pareil. On peut séduire qui on veut, mais dans les limites de la loi.

— Mais si l'envie est partagée… provoqua-t-elle.

Elle le fixait, mordillant consciencieusement une petite peau autour de son ongle.

— Putain de merde ! explosa Stan. Vous parlez de vous, là ?

— Je ne vois pas ce que ça peut vous faire…

— On voudrait juste mesurer la taille de son amour pour vous. Il aimait vous câliner, vous embrasser, vous consoler…

— C'était un frère protecteur…

240

— Protecteur comment ? Plutôt sous la couette ou devant la télé ? Vous étiez d'accord, ça vous plaisait, alors ? Moi je dis juste que l'amour d'un frère comme lui, ça peut être dégueulasse... qu'en pensez-vous là-dedans ?

Stan s'était approché du visage de la fille. Avec son index il lui donna trois petits coups sur le front. Elle se recula vivement dans un strident grincement de chaise. Sa voix resta neutre, quand elle dit :

— Il m'aimait fort, OK ! Mais c'était réciproque, qu'est-ce que vous croyez ? Il n'y a rien de mal... Qu'est-ce que vous allez imaginer ?

Sara, qui se tenait derrière la fille, articula en silence « à mon tour » à l'attention de Stan et s'avança pour reprendre la main.

— Séverine, vous savez, le protéger ne le sauvera pas, ce n'est pas un hasard s'il en est là aujourd'hui, ce genre de comportement a des conséquences. Le plus souvent, ça vient de très loin, il était profondément perturbé depuis l'enfance, et il n'a pas su ou pu canaliser cette violence.

Sara marqua un temps et reprit :

— Mais vous êtes aussi une de ses victimes, ne l'oubliez pas, alors aidez-nous ! Là, une jeune fille reste introuvable, ses parents sont morts d'inquiétude, vous imaginez ? Allez, donnez-nous une adresse ou une piste, pour qu'on tire cette affaire au clair... Si ça se trouve, il n'a rien à voir dans tout ce merdier... Séverine, si vous éprouvez encore quelque chose pour votre frère, faites un effort, s'il vous plaît...

Le silence se fit dans la pièce. Pesant, tendu.

Stan et Sara n'osaient pas se regarder de peur de gâcher la minute qui précède l'aveu tant convoité. Mais rien ne vint. Alors Stan s'énerva :

— Bon, tu accouches maintenant, on n'a pas toute la journée.

La fille redressa pour la première fois son corps chétif et mal entretenu, elle fixa les yeux de Stan, crânement, et lâcha d'une voix forcée et peu habituée au volume :

— Vous ne pensez tout de même pas que je vais jouer les balances, c'est mon frère quand même…

— Donc j'en conclus que vous savez où il se trouve…

— Ça se pourrait… fit-elle, butée.

— Vous pouvez bien faire votre maligne, mais sachez qu'à la minute même, notre équipe est chez vous et fouille méticuleusement vos affaires… on finira bien par trouver quelque chose, non ?

— Je vois pas quoi…

— Peut-être l'adresse de votre mère par exemple.

— Aucune idée. J'ai coupé les ponts, pareil que mon frère, ça lui fait les pieds !

— On ne va donc pas se quitter bons amis. Et l'adresse de Yann ?

— Je vous redis que je ne sais rien… je peux m'en aller maintenant ?

— Oui, vous êtes libre. C'est dommage… vraiment… mais sachez que par votre manque de civisme, une autre fille va souffrir. Pensez-y…

Stan tourna les talons, ouvrit la porte à Sara et ils quittèrent la pièce.

*

Le bruit de la photocopieuse ronronnait dans la salle des archives. Sara se tenait devant l'appareil et se massait la nuque. Un peu abattue, elle avait eu soudain envie d'un chocolat bien chaud. Quelque chose de régressif. La machine se trouvait à côté. Le gobelet tomba et l'arôme chocolaté la plongea instantanément dans l'enfance. À ce moment, elle avait juste besoin d'être rassurée.

La disparition de Souany. Toute cette affaire. Des strates de glace dans son cerveau bloquaient toute réflexion. Rien. Plus rien. Out. Hors circuit. Déconnectée. Incapable de porter une analyse, claire et sans affect, à une conclusion ou à une action.

Son téléphone vibra. Un texto. Stan. Toujours Stan, présent à chaque seconde. Coéquipier parfait, ami chaleureux, amant prévenant. Elle éprouva une envie irrépressible de se réfugier entre ses bras, légère, légère, retrouver son corps ne serait-ce qu'un instant, ne plus penser, ne plus souffrir.

Elle lui demanda de la rejoindre. Elle savait qu'ils s'étaient compris. Quelques minutes d'attente. Des cerfs-volants dans le ventre. Le souffle court. Le corps qui attend. Le bruit de la porte qui s'ouvre et se referme. Son pas. Et puis l'étreinte qui la ramène à la vie.

*

La mémoire lui revenait en pointillé, douloureusement. Elle réprima un haut-le-cœur. Maintenant, Souany soulevait ses épaules ankylosées par des petits mouvements réguliers pour se réchauffer. Où en était-elle ? Elle se concentra et se repassa la scène de son enlèvement, moins confuse mais encore très flouc. Une fête foraine, de la musique, des danseurs. Il avait un masque, genre Scream ou quelque chose comme ça, et lui en avait donné un. Il avait déjà les tickets pour le train fantôme. Un rideau. La bouffée de chloroforme, l'aveuglement provoqué par une bombe de défense. Une ruelle sombre. Un coffre de voiture. Le son étouffé d'une radio. Une maison. Une vraie certitude : elle avait raté sa première mission. Sara aurait sûrement assuré, elle.

Elle se remémorait un hall d'entrée... « Concentre-toi, Souany ! » Un miroir sur une crédence, pas très moderne, tout ça... une décoration ancienne, la maison d'une personne âgée ?

Comment l'avait-il descendue dans ce sous-sol ? Elle savait qu'elle n'avait rien d'un poids plume avec son mètre soixante-quinze et ses fesses rebondies dont elle était fière.

Était-elle à demi-consciente ou totalement out, est-ce qu'il avait un complice ? Peut-être allait-elle se souvenir de quelque chose quand le brouillard se serait dissipé ? C'était donc ça les effets du GHB ? Trous noirs à gogo. Elle ne pouvait que patienter. Elle supposa donc qu'elle se trouvait dans la cave d'une maison particulière. Il y avait un soupirail bouché. Elle avait peur. Froid. Faim. Elle se sentait sale et ses vêtements collaient. Alors c'est ça qu'on appelait de la sueur froide ? Sa tête tambourinait toujours. Elle se promit de ne plus jamais boire plus d'un verre ou deux si elle s'en sortait, une gueule de bois lui rappellerait trop ce qu'elle ressentait maintenant. Mais y aurait-il une autre occasion de boire un verre, de revoir sa famille, ses amis, la brigade, Sara... ? Les visages se superposaient. Seul, celui de sa mère, si serein, avec ses boubous colorés du dimanche au milieu des vapeurs de cuisine, restait clair. Puis, elle revit son père, si fier de sa grande fille policière... Elle sentit des larmes brûlantes couler sur ses joues.

La petite se mit à s'agiter, puis ouvrit les yeux brusquement. Une lueur inquiète passa dans son regard. Elle essaya de parler mais ne put émettre que des gémissements.

Souany se força à réfléchir, tout en se contorsionnant jusqu'à atteindre sa bouche avec ses deux genoux. Elle s'en servit comme d'une pince pour tenter de retirer le chiffon, retenu par un chatterton orange, qui l'empêchait de parler d'une façon audible. Son cou se mit à saigner un peu à cause du fil de pêche qui la retenait à la patère derrière elle, en plus des sangles de valises. Elle se demanda quel genre de poisson on pourrait attraper avec un fil aussi solide.

« Mais on s'en fout, ma pauvre Souany », se dit-elle. Le moment se révélait mal choisi pour penser à ça. Avec sa langue elle poussa le tissu vers l'extérieur. Ce qui lui donna encore un haut-le-cœur. Le chatterton céda. Son premier mot fut pour rassurer la jeune fille.

— Je m'appelle Souany ! Je suis de la police, ne t'inquiète pas, on va nous sortir de là ! Écoute-moi bien, n'essaie pas de bouger, ni de parler. Tu pourrais te blesser. Surtout ne t'agite pas et réponds-moi juste en clignant des yeux, OK ? Une fois pour oui et deux fois pour non, OK, ma jolie ?

La petite cligna une fois.

— Attention, doucement la tête… tu t'appelles bien Mégane Marceau ?

Elle avait appris l'importance d'appeler une victime par son nom. Elle reprend sa place, son identité… et l'espoir… Elle cligna une fois. La joie que Souany vit dans ses prunelles lui serra le cœur tant elle y décela de la confiance.

« Mon Dieu, faites qu'on s'en sorte, s'il vous plaît ! » se récita-t-elle avec foi.

— Écoute, le type qui nous a enlevées, tu le connaissais ? Elle cligna une fois.

— Il est repassé depuis que tu as vomi et il t'a remis ce chiffon ?

Elle cligna une fois.

— Il est déjà passé aujourd'hui tu crois pendant que j'étais dans les vapes ?

Elle cligna une fois.

— Oui, OK ! Hier il est passé deux fois ? Si c'est plus, cligne le nombre de fois.

Elle cligna trois fois.

Elle pensa qu'il était plus sage de ne pas inciter Mégane à se débarrasser de son bâillon, au risque de mettre l'homme en rogne lors de son prochain passage.

Bon sang, elle ne savait même pas quelle heure il pouvait être : dix-sept, dix-huit heures ? L'arrivée de lumière du soupirail était bouchée, impossible d'évaluer s'il faisait jour ou nuit. Elle avait tellement faim. Elle s'en voulut de penser à des choses aussi inappropriées. De toute façon, il fallait qu'elle perde un peu de poids, allez, un régime forcé, c'est toujours bon à prendre ! On positive comme on peut ! Oui, on devait être en fin d'après-midi, elle entendait le cri des hirondelles et il lui semblait bien qu'en fin d'après-midi, elles aimaient se chamailler. Souany aurait inventé n'importe quoi pour se reconnecter à l'extérieur, ça la rassurait. Le fait de se sentir responsable de Mégane donnait un sens à sa peur, décuplait son énergie. Il fallait qu'elle trouve un moyen de les libérer, avant que le type ne redescende. Sinon, elle était bonne pour la morgue, quant à Mégane, il allait sûrement lui faire encore du mal avant son rituel ignoble. Elle n'osait pas lui demander s'il l'avait déjà violée, pas la peine de lui faire revivre ça, surtout sans mot. La peur était là, tapie dans cette cave.

*

La tendresse les avait submergés. Moment unique. Parenthèse enchantée au milieu de toute cette violence. Sara remonta seule de la salle des archives, suivie quelques minutes après par Stan. Personne ne fit attention à eux.

Sara avait rejoint son bureau. Elle tenait à présent sa joue appuyée sur sa main, comme une collégienne concentrée sur son cours. Avec ce crayon à papier planté dans les cheveux, elle évoquait sans en avoir conscience le temps de l'enfance : la craie blanche, les cahiers neufs et les livres d'images. Elle était calme à présent. Sara, impulsive, animale, une heure avant, et si posée, presque enfantine une heure après. Le parfum de sa peau flottait dans la tête de Stan, affalé sur le canapé en face d'elle. Il l'observait pendant qu'elle épluchait les mails de délation qu'ils recevaient en masse, depuis que l'affaire de *L'Égorgeur des réseaux* avait été dévoilée au grand public.

Elle pestait à chaque nouveau message. On y trouvait un peu de tout. Des individus sans scrupule qui auraient brillé pendant l'Occupation. Certains qui voulaient nuire à leurs voisins, et aussi des amis, des épouses, des maris, des gens trompés et en mal de vengeance.

Stan passait maintenant des appels pour tenter de retrouver l'adresse de la mère de Yann. Il épluchait les contacts de *Copains d'Avant*.

— Et la fille de la soirée... tu sais l'ancienne rousse devenue blonde ? demanda Sara.

— Ah oui, Mélanie, je l'ai déjà contactée, ainsi que Dom, Maxence, Cécile et les autres... rien de ce côté-là non plus. Personne ne connaît son adresse et sa ligne, apparemment, n'est toujours pas active, donc impossible de procéder au bornage de son téléphone.

Il sursauta lorsque la porte s'ouvrit soudain. Cédric lança :

— On vient de recevoir un appel de la boulangère, madame Blanchon...

— Encore elle ! Miss Marple a encore frappé ! Elle va nous demander des notes d'honoraires, si ça continue ! Non mais je rêve, railla Stan.

— Ça a l'air sérieux, Stan, je t'assure ! Elle dit qu'un jeune était dans sa boutique le jour de l'enlèvement, et qu'il n'avait pas réapparu depuis. Elle l'a revu hier et l'a cuisiné. Il dit que le type portait un anneau un peu bizarroïde, avec un genre de patte de chat dessus.

Une bague en patte de chat... Sara pâlit. Ça lui revint d'un coup : sa danse avec Yann Lenglet à la soirée *Copains d'Avant*. Cette bague, elle l'avait vue à son doigt, cette bague qui avait accroché sa chemise en soie. Tout devenait clair... Comment avait-elle pu occulter ce détail ? *Une bague en patte de chat*, les mots de la chansonnette de Solène à l'hôpital... Ce jour-là, elle l'avait rayé de sa mémoire, trop dur. Parfois, les souvenirs dérangeants s'effacent au risque d'entamer le psychisme, ça, elle l'avait appris. Mais un officier de police se doit d'être en éveil à chaque seconde, « un mauvais point pour moi », se dit-elle.

— Stan, souviens-toi, on l'a vue, cette bague... au doigt de Yann... à la soirée. Et Solène, à l'hôpital, y avait fait allusion dans une comptine... Ça me revient seulement maintenant... la coïncidence est troublante, non ?

— Peut-être... répondit Stan. Je n'ai pas regardé ses mains. Il a toujours porté des bagues extravagantes depuis le lycée.

— Stan, rends-toi à l'évidence ! Là, on a un nouvel élément de taille, et un nouveau témoin. Yann est dans la merde jusqu'au cou. Ça nous fait au moins une certitude, non ? C'est bien lui qui a enlevé et violé la petite Solène Duprès.

— Putain...

— Faut trouver où crèche la mère...

— Le portable de la sœur ! s'écria Stan. Avec l'histoire de la bague, pas besoin d'attendre l'ordonnance du juge pour éplucher ses appels, j'appelle son opérateur. Cédric tu vas briefer Bosco ?

Quelques minutes plus tard, ils avaient le numéro et l'adresse de la mère de Yann Lenglet.

— Elle ne s'appelle plus Lenglet, mais Moreira, elle s'est remariée, dit Stan. On ne risquait pas de la trouver.

36

L'homme referme son cahier d'un geste sec. Il se tient assis dans la cuisine, sous un monte-et-baisse en opaline. Il lève le bras, et de l'index, retire un peu de poussière de l'abat-jour. Puis il pince les lèvres et brusquement donne un grand coup du plat de la main. Il le regarde se balancer.

« Un, deux, un deux ! » chantonne-t-il. Le va-et-vient de la lumière imprime des ombres sournoises et dansantes sur les vieux murs tachés de gras, qu'il ne quitte pas des yeux, fasciné. Il reste comme ça pendant une heure, rêveur. Attentif à la fièvre qui précède les grandes heures de la vie. Un chatouillis à fleur de peau pas si désagréable. Comme celui de l'attente, celle des jeux de l'enfance ; la partie de cache-cache qui dévoile la capacité de l'enfant à la spéculation, à l'appréciation de ses congénères à anticiper les réactions cérébrales face au mystère. Deviner l'insondable. La fièvre devient la vague qui se transforme en écume mousseuse, ça tourne, ça envahit son être. Tout le monde devrait pouvoir ressentir ça. La première fois pour lui, c'était à confesse. Agenouillé dans cette drôle de boîte en bois, derrière la grille, avec le son de la voix profonde et basse du curé qui proférait des mots d'encouragement au petit garçon venu chercher une oreille complaisante à ses pulsions étranges. La sensation anticipe toujours l'acte. Il sait que c'est de l'amour. Les petits Anges doivent retrouver le chemin. Il est le passeur.

L'homme se met debout, ouvre un tiroir grinçant, et s'empare d'un couteau.

37

Stan roulait vite sur l'autoroute en direction de Goussainville. Les souvenirs affluaient. Il souriait malgré lui à l'adolescent lycéen, à l'insouciance, à la légèreté de sa vie pendant ces années passées dans cette ville, avant de déménager dans le vingtième arrondissement et de perdre de vue toute la bande. Il sentait le corps de Sara, tout près de lui. Il la revit, abandonnée dans ses bras dans la salle des archives.

— Tu veux qu'on en parle ?

Stan avait chuchoté la question. Sara lui effleura la cuisse et répondit :

— Stan… il n'y a rien à dire… c'est pas le moment tu crois pas ?

— Tu as raison, reprit-il, concentrons-nous sur Yann… ça a du bon le plan Alerte enlèvement, c'est grâce à ça que Miss Marple s'est encore démenée.

— Comment ai-je pu oublier ? Sara n'écoutait pas et secouait la tête.

— Oublier quoi ? dit Stan en levant un sourcil.

— D'abord, Solène Duprès, à l'hôpital : elle chantonnait une sorte de comptine dont les paroles étaient : *Une bague en patte de chat.* Ensuite, tu te souviens que j'ai dansé avec Yann… Eh bien figure-toi que cette bague s'est accrochée à mon chemisier… mais sur le moment, je n'y ai pas prêté attention.

Je me fais peur ! Si mon cerveau commence à trier les infos capitales comme ça, je n'ai plus qu'à rendre mon tablier…

— Écoute… Tu ne peux pas t'en vouloir pour ça, reconnais que c'était un détail plus qu'anodin. Tu n'y as pas prêté attention, parce qu'il n'y avait aucune raison pour ça. Et moi, tu ne crois pas que je devrais m'en souvenir. Je l'ai toujours vu porter des bagues, ce mec… mais de là à imprimer le motif ! Putain ! Mais en revanche pour la fille de la Marne, Esteban reste un client potentiel.

— Je ne vois pas ce qui te fait penser ça. Qu'est-ce qu'il te faut de plus ? Le portrait est parlant quand même. Et l'ADN va matcher, j'en suis sûre !

Stan ne répondit pas. Il repensait à son rendez-vous aux Buttes-Chaumont avec Yann, à ses arguments à propos de son livre, il voulait que ce soit plausible. Tellement.

— J'en ai des frissons… j'étais dans ses bras, ma main dans la sienne, ces mêmes mains qui ont touché cette petite fille, qui l'ont sans aucun doute bousillée à vie.

— Arrête d'y penser…

Ils se turent un instant. Le soleil rasant blessait les yeux de Sara. Elle descendit son pare-soleil.

— Mais comment ça se fait que tu n'aies pas son adresse. Tu le voyais souvent, non ?

— Pas tellement, en fait. De temps en temps un verre le soir. Et puis finalement, je me demande si on était si intimes que ça… même au lycée… t'as bien vu à la soirée, j'avais plus de souvenirs avec certains qu'avec lui… Ce mec, finalement c'est que de la poudre aux yeux. Il n'a aucune notion de l'amitié vraie, genre à la vie, à la mort.

— Oui, mais les autres, tu ne les fréquentais plus… alors que lui…

— Je ne me l'explique pas, Sara. Il est entré dans ma vie avec ses gros sabots… et moi, je n'ai rien vu de son côté tordu. En plus, le week-end où il retenait Solène, apparemment, je me souviens qu'on a bu une bière dans un bar…

— Carrément ! C'est monstrueux…

— Ça me rend fou, tu ne peux pas savoir ! Et d'avoir été son ami… je me sens dégueu.

Ils firent silence à nouveau. Stan fut tenté à cet instant de lui avouer son entrevue secrète avec Yann, mais il fut retenu par sa culpabilité d'avoir menti et par son manque de discernement en tant que policier. Sara mit la radio en sourdine. Elle se dit qu'elle aurait sûrement dû le réconforter, mais son aversion pour Lenglet était trop forte.

— Je n'arrête pas de penser à Souany. Elle ne tiendra pas, elle n'a pas assez d'expérience, elle est encore si jeune.

Sara avait les larmes aux yeux.

— Mais si… arrête de flipper et fais-lui un peu confiance.

Ils se turent à nouveau.

— Tu crois que Mégane Marceau est avec Esteban à l'heure qu'il est, fit Sara, ou avec ton pote ?

— Écoute, Mégane a disparu depuis trois jours… elle est forcément vivante quelque part, sinon on l'aurait déjà retrouvée comme les autres dès le lendemain sur le périph, non ?

— Et Souany, elle est avec qui ? Et si c'était elle qu'on retrouvait demain sur le périph ? oh, Stan, c'est affreux… C'est notre faute…

Ils se regardèrent, chacun tentant de reprendre des forces auprès de l'autre. Ils fixaient la route, accrochés à un semblant d'espoir qui s'érodait peu à peu.

Stromae était formidable et fort minable à la radio. Ils se sentaient concernés.

Ils se garèrent devant une maison de ville à la façade vétuste. Lorsqu'ils sonnèrent, un carillon tremblotant résonna, suivi d'un pas traînant. Une voix éraillée cria à travers la porte :

— C'est pour quoi ?

— Police, madame, veuillez nous ouvrir, nous aurions quelques questions à vous poser.

La porte s'entrouvrit sur une femme au visage fatigué.

— C'est à propos de Manuel ? Il a encore fait des conneries ? De toute façon, ça fait deux ans qu'il s'est tiré !

— Non madame, nous venons pour votre fils…

Elle afficha un air étonné et leur fit signe d'entrer. Dans le salon, elle leur désigna deux fauteuils défoncés. Puis, elle se laissa tomber sur un vieux sofa délavé. Elle avait du mal à respirer. D'un geste sûr, qui contrastait avec son apparente fragilité, elle fouilla dans la poche de sa blouse de travail, et en sortit un paquet de tabac. Elle se mit à rouler une cigarette avec application, en silence.

Sara regardait autour d'elle. On était bien chez *La mère à Titi*, la chanson de Renaud, avec le napperon sur le téléviseur ancien modèle, et le petit bouledogue qui secoue la tête dessus. Un grand classique ! Bon Dieu que cette femme avait l'air éreinté ! Elle était à elle seule une vraie propagande sur les dangers du tabac, sur les dangers du malheur. La décoration du salon se composait d'un tapis élimé qui rebiquait sur un seul côté, tapis sur lequel son fils avait dû faire ses premiers pas, un lustre années cinquante, des voilettes aux fenêtres, des canevas de chevaux au mur, deux fauteuils en sky d'un improbable marron sur lesquels ils avaient pris place. Un bahut de famille et une table basse avec un pied rafistolé complétaient le tableau. En se reculant un peu, Sara pouvait apercevoir un monte-et-baisse ancien au plafond de la cuisine.

— Madame Lenglet, nous aurions besoin de votre aide... nous aimerions savoir où habite votre fils, s'il vous plaît ?

— Ne m'appelez pas par ce nom, par pitié ! Lenglet, c'est trop de mauvais souvenirs. Quoi l'adresse de mon fils, que se passe-t-il ? Ça fait un bail que je l'ai pas vu celui-là ! Allez, ne me ménagez pas, je peux tout entendre...

— Nous pensons qu'il pourrait être l'auteur d'une agression sexuelle sur mineure.

Stan scrutait les réactions de la femme.

— Putain ! Rien que ça ! Vous n'y allez pas de main morte, vous ! Même si j'ai toujours pensé qu'il était un peu azimuté, mon fils, et qu'y'a encore que ma conne de fille pour le défendre, je suis sûre qu'il n'a pas de violence en lui. Une mère, ça sent ce genre de trucs, pas vrai ?

Tandis qu'elle marquait une pause, Sara et Stan ne purent s'empêcher d'échanger un bref regard en l'entendant évoquer son rôle de mère.

— Je n'ai pas toujours été tendre, reprit-elle, mais j'l'ai aimé mon gamin, au début. Après il avait des problèmes, je le nie pas, il me prenait de haut et ça, j'ai jamais avalé, manipulateur qu'il était ! Mais c'est pas un violeur, je le connais, moi.

— Et sa sœur ?

— Ben cette pleurnicharde, elle était toujours de son côté. Qu'est-ce que vous croyez, elle en a toujours été dingue celle-ci !

— Et vous étiez souvent absente ? hasarda Sara.

— Ça, ça vous regarde pas ma jolie, vous êtes flic ou curé en jupon, faut savoir ?

— Mais vous n'avez pas une adresse, insista Sara, ignorant la pique. Un numéro… quelqu'un, peut-être de la famille, qui pourrait nous aider à le retrouver ? Ça vous pose un problème de coopérer avec la police ?

— Et, tout doux, la belle ! Je ne suis pas obligée de vous répondre. Si je le fais, c'est parce que je le décide, compris ? La seule chose que je peux vous dire, c'est que j'ai su que ma vieille tante était passée en maison, peut-être qu'il squatte chez elle après tout… c'est bien son genre de se servir des autres.

— Vous avez les coordonnées de votre tante ? demanda Stan.

— Oh là, ça fait un bail qu'on ne s'est pas envoyé de cartes de vœux, c'est pas le genre de la famille ! Attendez, passez-moi la boîte en fer sur le guéridon, derrière vous.

Stan se saisit de la boîte et la lui passa. Elle farfouilla quelques instants et en sortit un carnet d'adresses défraîchi. Elle se lécha les doigts pour tourner les pages et le leur tendit à la page *P*.

— Marie-Andrée Pastoret, c'est son nom.

Ils notèrent l'adresse et se levèrent en même temps, pressés tous deux de s'éloigner de cet endroit peu accueillant.

Sur le pas de la porte, la femme prit le bras de Sara et dit :

— Ne soyez pas trop durs avec lui, hein, c'est mon fils tout de même…

Sara lui renvoya une mine désolée, sans laisser transparaître l'antipathie qu'elle ressentait pour cette femme et tout ce qu'elle représentait.

— Au fait, lui dit Stan, je vois que mes collègues sont là, madame Lenglet, je vous informe qu'ils vont faire une petite visite dans votre maison…

— Mais non… sûrement pas… vous n'avez pas le droit de faire ça… il vous faut un papier. Je regarde Alice Nevers, moi ! Et c'est Moreira… pas Lenglet… dit-elle, agressive.

— Eh bien, ça tombe bien, ils l'ont, le papier du juge, regardez vous-même.

Il prit le document officiel que le policier lui tendait et le lui mit sous le nez. Elle les précéda dans la maison en râlant, tandis que Stan et Sara reprenaient la route vers Paris.

38

Il prend un plateau, y dépose une carafe d'eau, un verre, du pain de mie et du Nutella. Avec son couteau il tartine grossièrement deux sandwichs. Il se dirige vers la porte de la cave, et descend l'escalier sans allumer.

Dans la pénombre, il aperçoit deux corps. Une odeur de vomi agresse ses narines. On ne distingue pas son visage, il porte le masque des Anonymous et autour de son front une torche LED. Il émet un rire glaçant. Il s'accroupit devant elles et pose le plateau à même le sol. Il voit que Souany a craché son bâillon. Il la sermonne sans conviction, comme si cela n'avait plus d'importance. Avant de lui libérer la bouche, il met en garde Mégane, encore groggy, sur le fait qu'elle n'a pas intérêt à crier, que c'est inutile... car ici, personne ne pourra l'entendre.

Il coupe à présent des petits morceaux de sandwich qu'il enfourne tantôt dans la bouche de Mégane, tantôt dans celle de Souany. Il leur reproche de manger comme des petits cochons, et répète que cela n'est pas beau à voir. Mégane avale de travers, tousse et l'éclabousse de salive marronnasse. L'homme la gifle. Il voit l'expression de l'autre fille qui étouffe de colère, les paupières mi-closes à cause de sa torche qui l'éblouit. Il la gifle aussi. Puis, il se penche, ouvre une bouteille et verse une sorte de limonade dans un verre. Il les fait boire sans ménagement, le verre claque sur leurs dents, sur leur menton, le liquide mélangé à quelques miettes de pain mâché dégouline salement. Il se moque de leur manque de manières et les gronde.

Soudain, il se redresse, prend son élan et donne un grand coup de pied dans l'estomac de Souany en sifflant entre ses dents qu'elle, au moins, pourrait donner l'exemple. Elle ne peut retenir un cri. Il recommence. Elle hurle. Quelqu'un tape au plafond. L'homme se fige. Avec une paire de vieux bas sales sortis de sa poche, il fait deux boules qu'il leur fourre dans la bouche et colle du chatterton par-dessus. Il vole presque vers l'escalier qu'il gravit à grandes enjambées.

Le verrou résonne lugubrement.

39

« Appel à toutes les voitures, je répète, appel à toutes les voitures, rendez-vous en bas de la rue Paul Strauss, sécurisez le quartier, n'intervenez pas, je répète, n'intervenez pas, attendez la brigade. » Sara raccroche le micro. La route défile à toute allure et la sirène hurle.

Armes au poing, la brigade est en action. Cédric et Mo sont en tête, ils ont l'habitude des raids ; Sara, Stan et Jeanne suivent. La maison ne possède qu'un rez-de-jardin devant, chaque mur est mitoyen, il est impossible de contourner les habitations de ce quartier.

La porte d'entrée ancienne, en verre dépoli, recouverte par une grille en fer forgé, se laisse facilement crocheter par Cédric. Ils pénètrent dans le hall dans un silence de mort. Sara est nerveuse, un léger tremblement agite ses mains, elle les frotte l'une contre l'autre. Stan ne la quitte pas des yeux. Il lui désigne son arme, qu'elle avait rangée dans son étui, et lui fait signe impérieusement de la reprendre. Elle obéit. Ce sont les ordres. Chacun doit se protéger et couvrir les autres dans une situation de crise. Cédric et Mo ouvrent la marche. Ils se retournent et les invitent d'un signe à se déployer dans les pièces insalubres de la demeure.

Ils passent en revue chaque recoin du premier étage. On entend seulement le froissement des gilets pare-balles, pas un souffle. Ils ont beau avoir souvent vécu cette scène, soit en exercice, soit en condition réelle, ils sentent leur pouls battre à travers tout leur corps. Au bout de quelques minutes, l'équipe revient à son point de départ, « RAS », chuchote Mo. Dans le hall, sous un lourd rideau noir une porte, qui mène vers le sous-sol. Au signal de Mo, ils descendent dans un fracas assourdissant, leurs Rangers martelant le bois des marches de l'escalier au cri de : « Police, les mains en l'air ! ». Ils découvrent un lieu assez cosy, comprenant un lit, une commode, des rayonnages vides, sur les murs quelques reproductions de peintures animalières. Mais personne. La déception est énorme.

— Putain, les mecs, fausse piste ! Qu'est-ce qu'on fait maintenant ? dit Stan, dépité.

— La mère nous a foutus dedans ! Il fallait s'y attendre.

L'esprit de Sara est en ébullition.

Ils doivent réfléchir, se mettre dans la peau du tueur, anticiper ses actions. Elle reprend :

— On a visité son appart, celui de la sœur, la maison de la tante, si on ne trouve rien chez la mère, il nous reste quoi, bon Dieu ! Faut trouver une autre piste pour Souany et Mégane, hein les gars, dites-moi qu'elles sont encore vivantes... je ne veux pas entendre autre chose.

Mo s'approche d'elle, la prend par les épaules et la dirige vers l'escalier. Elle se laisse faire. Laissant la place à l'équipe scientifique qui descend à son tour dans un silence concentré, ils remontent et retrouvent Jeanne qui a déjà fait son rapport au commandant :

— Bosco m'a hurlé dessus, dit-elle. La perquisition chez la mère n'a rien donné non plus. Mais l'ADN retrouvé sur la fille de la Marne est bien celui de Lenglet !

Stan baisse les yeux. Ils se frayent un passage à travers la foule des badauds, venus partager quelques sensations fortes et peut-être vibrer comme dans leurs séries policières favorites.

40

La nuit est là. Des chiens hurlent au loin. Dehors, le vent se déchaîne sur les frêles feuilles à peine écloses et les arbres retrouvent leurs silhouettes squelettiques hivernales. Quel ennui ! L'homme n'a même plus envie d'écrire. « Elle a tout gâché *la Grosse-Fesse*, avec son déguisement d'adolescente sur le retour », murmure-t-il. Sa protégée, son élue, celle qui l'a fait le plus languir, sa petite fraise, rose et douce, allait rater son grand final. Il donnerait n'importe quoi pour revenir en arrière. Seulement trois petits jours. Avec celle-ci, il avait voulu faire durer le plaisir avant de la remettre sur le droit chemin. Il se demandait pourquoi elle, et pas les autres. Faiblirait-il dans sa mission ?

Déjà jusqu'à mon cœur le venin parvenu
Dans ce cœur expirant jette un froid inconnu ;
Déjà je ne vois plus qu'à travers un nuage
Et le ciel et l'époux que ma présence outrage ;
Et la mort, à mes yeux dérobant la clarté,
Rend au jour qu'ils souillaient toute sa pureté.

Il se récite ces vers de *Phèdre* en chantonnant. Phèdre est coupable, pas lui. Lui, il reste maître de ses pulsions, pas elle. Lui, il préserve l'innocence, il est le gardien de la pureté, pas elle. Elle, n'est qu'une vulgaire cougar pleine de remords, baignant dans sa faute. L'homme n'éprouve aucune culpabilité en repensant à ses actes passés, bien sûr, puisque par ses propres mains Dieu s'exprime.

Ils sont peu sur la terre à pouvoir Le servir comme ça. Le bien, le mal, qui sait encore faire la différence ? Et le mal n'a pas la même définition pour tout le monde, ça c'est de l'acquis. On fait beaucoup de tapages dans les médias, la littérature, les chansons avec l'existence des anges. Blasphème, qu'en savent-ils, tous ces publicitaires, du réel rôle de ces êtres extraordinaires ? Le mal est ancré dans le cœur des enfants et ne demande qu'à exulter. Lui en a conscience. Et ceux qui disent le contraire mentent. Qui n'a jamais tué son père ou sa mère en rêve ? Il sourit. Il faut qu'il écrive tout ça, mais ses mains tremblent. Il n'a pas le corps assez calme pour le moment.

Une voix l'appelle, provenant de la cuisine. C'est l'heure de la soupe. L'odeur de choux empoisonne jusqu'à ses cheveux. De mauvaise grâce, il se lève et suit le son criard de la télévision jusqu'à la table de la salle à manger.

41

Souany avait mal aux abdominaux à force de se contorsionner. Elle avait réussi à attraper une lime à ongles en métal dans sa poche, qui avait glissé dans la doublure crevée de son blouson, à l'arrière. Abonnée aux petites peaux sous les cuticules des ongles, elle en prenait grand soin sous peine de mal blanc récurrent. Très peu pratique pour déchirer du chatterton, elle s'évertuait à utiliser la pointe comme celle d'un cutter. Par chance, lors de sa dernière visite, l'homme avait été négligent et n'avait pas vérifié ses liens qui s'étaient relâchés. Elle luttait, courageuse, les traits crispés, le corps engourdi par la boisson qu'il leur avait donné – sûrement du GHB encore, qu'elle avait recraché, Dieu merci –, en priant pour qu'il ne redescende pas. Tout à sa tâche, elle évitait le regard de Mégane, dont les yeux exprimaient tout l'espoir du monde. Et si elle échouait ? « Non, songea-t-elle, impossible. »

Au bout d'un temps qui lui sembla interminable, le ruban céda. Elle se tortilla pour extraire son cou du fil de pêche et décrocha les sangles du portemanteau derrière elle. Puis, elle libéra sa bouche. Quel bonheur indescriptible ! Qui n'a jamais été entravé ne peut mesurer la joie immense de la liberté de mouvement. Vite, à la gamine, maintenant.

Mégane se mit à parler dès qu'elle fut libre, mais Souany lui fit signe de se taire. Elle obéit. C'était elle, la chef. Elle se sentait à la fois battante, fière et dévastée par la peur. Elle n'en montra rien. Sara aurait sûrement fait comme ça. Elle s'approcha de la seule issue possible, le soupirail. Des couvertures étaient clouées anarchiquement autour. Souany se cassa deux ongles, en tirant comme une forcenée pour les arracher. Anesthésiée, elle ne ressentit aucune douleur. Il fallait maintenant forcer l'accès. La targette céda. Mais l'ouverture du soupirail se révéla trop étroite pour laisser passer un corps, et qui plus est le sien. Elle pensa à Sara qui n'aurait eu aucune difficulté à se faufiler par un trou de souris. Pour qu'elle espère passer, il fallait casser le châssis, les gonds, tout, pour tenter quelque chose. Mais comment ?

Elle n'avait plus de force.

Vite ! D'abord, aider la petite à sortir avant de réfléchir à sa propre survie. Elle fit la courte échelle à Mégane et la poussa par l'espace réduit pour qu'elle se faufile à l'extérieur. Soudain, le bruit sec du verrou claqua dans l'air. La porte en haut de l'escalier grinça. L'homme commença sa descente. Son visage devint livide à la vue de ses prisonnières en passe de lui échapper. « Non, non ! » hurla-t-elle. Et dans un ultime effort, elle l'expulsa à l'air libre sans ménagement. « Cours, cours, Mégane ! ».

Les yeux révulsés, il remonta aussitôt pour intercepter Mégane par l'extérieur, Souany sur ses talons. Il se retourna et la bouscula férocement du haut de l'escalier. Elle dégringola comme une masse et alla se fracasser le crâne en bas contre le mur. Dans sa chute elle entendit un horrible craquement d'os. Puis le noir.

*

C'est Jeanne qui tenait la cafetière. Elle remplissait les mugs, sans allant. Sara croisa le regard de Stan, et ne put retenir une allusion au sourire de Souany. Jeanne ne se formalisa pas.

Sara harcelait maintenant Stan de questions relatives à son adolescence dans le même lycée que Yann Lenglet. Ses goûts, ses lubies, ses fantasmes, ses sorties, ses films culte. Elle voulait entrer dans sa tête. Devenir lui. L'espace d'un instant, digérer ses automatismes, ses élans, ses peurs et ses envies. Mais Stan s'aperçut qu'il n'en savait pas autant que ça. Ils auraient eu besoin de plus d'informations de son entourage, des collègues, de sa sœur, de sa mère. Y retourner, pourquoi pas, pensait Stan, de toute façon ils n'avançaient plus. Et le surplace dans ce genre d'affaire atteignait le moral bien plus profondément qu'on ne pouvait l'imaginer. La rage de ne pas trouver de meilleure piste, la rage de se dire que l'homme était libre et capable de violer encore, la rage de savoir qu'il allait déraper plus férocement se sachant traqué, la rage de l'impuissance.

*

Assise bien droite au bord du lit de sa fille, Sofia Latour voyait ses larmes couler dans le miroir en face d'elle. Seize jours depuis le drame. Jamais rien ne lui rendrait sa joie de vivre, elle le savait. Et pourtant, elle s'accrochait. Comment, elle n'aurait su le dire, mais l'instinct de survie est plus fort que la mort. Elle en prenait conscience amèrement. Sofia s'était mise en arrêt maladie. Elle ne voyait plus Clarisse, qui désespérait de leur amitié. Elle avait été contactée par la mère d'une autre victime, la petite Eva Fabriguez, morte en février. Avec une grande délicatesse, cette femme lui avait prodigué de précieux conseils pour tenter de surmonter sa peine. Elle avait rejoint depuis plusieurs semaines un groupe de prières, qui lui redonnait foi en l'avenir, et apaisait un peu son chagrin. Un homme était venu la voir à l'enterrement de sa petite fille et lui avait suggéré de se joindre à leurs prières pour la paix des âmes des défunts. Très croyante, le cœur meurtri, Inès avait hésité puis avait fini par accepter. Elle allait aux séances depuis février maintenant. Elle avait proposé à Sofia de l'accompagner. Depuis, celle-ci y retournait régulièrement. Un des prêcheurs la fascinait. Hervé, son mari, voyait ce genre de béquille d'un mauvais œil. Mais Sofia sentait bien qu'elle n'avait pas le choix.

Elle regarda son portable, c'était l'heure d'y aller. Elle tenta d'arranger ses cheveux, ses mains tremblaient. Elle dut se concentrer pour appliquer son rouge à lèvres, peine perdue, il fila. Un Kleenex imbibé de lotion démaquillante lui rafraîchit les lèvres. « De toute manière, se dit-elle, pour prier, pas besoin de ce genre d'artifice. » Mais l'habitude a ses manies qu'on ne détrône pas aisément. L'inconsistance n'avait plus sa place dans son existence. Elle était devenue si dense du malheur qui la remplissait.

On dit que le chagrin vide le cœur, mais Sofia, au contraire, le sentait lourd, si lourd. Elle aurait pu le toucher à travers la fine peau de son sein.

Elle descendit à la station Philippe Auguste. La réunion avait lieu dans une salle, rue du Repos, près du Père Lachaise. Même l'adresse avait un impact sur elle. Devant l'entrée, quelques personnes grillaient une cigarette. Elle aperçut Inès Fabriguez et se dirigea droit sur elle. Elles s'embrassèrent. Cette femme la rassurait, la calmait.

Quelques minutes plus tard, le groupe de participants était en place. Un homme vêtu de blanc, les yeux fiévreux, ouvrit la réunion, avec quelques passages du *Cantique des Cantiques*. Les morceaux étaient choisis avec le plus grand soin : « Dis-moi, ô toi que mon cœur aime, où tu mènes paître tes brebis, où tu les fais reposer à midi, pour que je ne sois pas comme une égarée, autour des troupeaux de tes compagnons. (Chapitre I, verset 7 – L'épouse) » Sofia, très attentive, buvait ses paroles… elle voulait croire. Sauver son âme devenait son but ultime. *Une égarée*, voilà ce qu'elle était devenue. Athée depuis toujours, elle ressentait aujourd'hui le besoin d'appartenir à une communauté spirituelle.

Puis l'homme invita un autre prêcheur à le rejoindre sur l'estrade. Sofia se redressa sur sa chaise, elle l'avait déjà entendu deux fois lors d'une autre séance. Le discours de ce nouvel intervenant était précis, dogmatique, convaincant. Sofia se noyait avec appétence dans ce flot de mots lénifiants. Les minutes défilaient, et il parlait de plus en plus vite. Une éloquence rare, une aura singulière. Maintenant, il abordait un sujet général, un constat navrant du monde moderne, des nouvelles technologies qui donnaient du fil à retordre aux parents désarçonnés. Sofia et Inès se serraient l'une contre l'autre, réconfortées par cet être si clairvoyant qui lisait en elles. Elles retrouvaient avec lui les méfiances et les mises en garde du commandant Bosco. Si elles avaient pu savoir tout cela avant…

Cet orateur affirmait que selon les textes sacrés de la Bible, les anges seraient les ministres de Dieu. Leur mission étant de protéger et de transmettre des informations comme l'ordre, le respect des lois de Dieu, ou la cohésion et le mouvement des astres. Selon la Kabbale (appelé aussi le Livre des Anciens), l'homme les invoquerait depuis le cinquième siècle. Toujours selon ces écrits, chaque être posséderait trois anges dédiés. Les anges étant, avant tout, des intermédiaires au service de Dieu et des hommes. Les anges utiliseraient des personnes très évoluées pour être à l'écoute de leur intuition, ces personnes seraient des messagers.

Il continuait en évoquant le ciel, le lieu principal des créatures spirituelles : les anges qui entourent Dieu.

Le Christ est le centre du monde angélique.

Il demanda à tous de répéter cette phrase sept fois. Sofia le fit avec ferveur et application.

Puis il cita Saint-Augustin : « Ange désigne la fonction, non pas la nature. Tu demandes comment s'appelle cette nature ? – Esprit. Tu demandes la fonction ? – Ange. D'après ce qu'il est, c'est un esprit, d'après ce qu'il fait, c'est un Ange. »

Il était intarissable et captivant. Sofia avait l'impression qu'il ne s'adressait qu'à elle. Elle plongeait son regard dans le sien. Elle ressentait un bien-être indéfinissable. Une communion. Une béatitude, un contentement qu'elle n'avait pas ressenti depuis longtemps, même bien avant la mort de Jennifer.

La séance se terminait. Tous affichaient un air radieux. Inès se mit à discuter avec une vieille dame. Sofia, un peu à l'écart, l'attendait sagement, comme en apesanteur, encore émerveillée par les belles paroles dont elle venait de profiter. Celui qui l'avait subjuguée pendant l'heure précédente s'avança vers elle. Il la remercia d'être venue l'écouter. Il lui dit qu'il l'avait déjà remarquée. De près, il paraissait plus jeune. Puis, il se pencha discrètement vers elle et lui glissa dans un souffle qu'il aimerait la revoir, si elle le voulait aussi. Elle rougit violemment. Elle se sentait attirée par lui. Inexorable attraction des êtres, il venait juste d'en parler dans sa diatribe. Coïncidence folle. Comment pouvait-elle envisager un coup de canif dans son contrat de mariage, en pleine période de deuil, pensa-t-elle. Mais le mal était en marche. Il lui plaisait. Elle accepta un rendez-vous, sans réfléchir.

Dans le bus, elle se garda bien d'en parler à Inès. Elle l'aurait jugée et elle n'avait aucune envie d'écouter la raison.

*

Le corps de Sofia Latour fut découvert au Père Lachaise, entre la tombe de Balzac et celle de Gérard de Nerval, le samedi 18 avril, à six heures du matin. La dernière victime en date, Jennifer Latour, sa propre fille avait été découverte le 2. Mégane avait disparu depuis quatre jours, on entamait le cinquième jour. Souany depuis deux jours. On entamait le troisième jour.

Lucas Lopez, le légiste, avait observé un cadavre en très mauvais état, mutilé, torturé, et violenté, post-mortem. Seule une rage indescriptible avait pu donner un tel résultat. Que voulait donc le tueur ? Des jeunes adolescentes et maintenant une mère. Plus rien n'avait de sens pour l'unité de Jean Bosco. L'homme se vengeait de quelque chose. Lucas avait trouvé des boules de coton hydrophile enfoncées bien au fond de la gorge de la victime. Chacune des autres filles avait présenté le même détail insolite. Un mode opératoire immuable... sauf pour l'âge de la dernière femme. Et le lieu.

Anna Santos, quinze ans, Milane Dalvaux, Ingrid Vaalseberg, seize ans, Marine Leroy, quinze ans, Charlotte Altègue, quinze ans, Eva Fabriguez, quatorze ans, Laurène Le Quéré, dix-sept ans, Jennifer Latour, quinze ans, Sofia Latour, quarante-cinq ans.

Neuf victimes.

Dans la salle de réunion, Sara, Stan, Cédric, Mo, Jeanne et quelques collègues discutaient âprement de la suite à venir. Après des mois d'enquête, les membres de la brigade criminelle de Jean Bosco voulaient croire à un dénouement rapide. Une chaleur annonciatrice d'orage s'était invitée depuis le matin. Mais le thermostat du chauffage refusait d'obéir, il affichait vingt-six degrés et ne cessait de monter. Jeanne s'éventait avec un prospectus. Son teint pâle naturel dévoilait des tons carmin qui apparaissaient par taches et gâtaient l'uniformité de sa peau.

L'accumulation de tant de déconvenues sur l'affaire du tueur en série les avait tous atteints. La lente pénétration des images délétères de ces corps sans vie laisserait des traces dans leurs cerveaux jusqu'à la fin de leurs jours. La valse des souvenirs était en marche. La fascination qu'un tel personnage avait le pouvoir d'exercer les stupéfiait. Ils savaient que jamais ils n'oublieraient. Les mots horreur, peur et désespoir prenaient tant de sens, aujourd'hui.

L'eau dans les tuyaux des radiateurs faisait maintenant un boucan d'enfer qui couvrait presque leur voix. La température ne cessait d'augmenter. Un truc clochait, avait dit Mo. L'orage était imminent. Le vent s'était levé. Le chauffagiste, appelé en urgence, travaillait au sous-sol depuis plus d'une heure. Quand soudain un collègue du deuxième vint leur annoncer qu'ils avaient enfin réussi à couper le chauffage. Des soupirs de soulagement lui répondirent. Tout était bon à prendre, et ça, c'était une bonne nouvelle. Un peu de sérénité en découlerait peut-être.

42

18 AVRIL

Je m'en donne à cœur joie. Je n'aurais jamais imaginé posséder tant de patience. Finalement, si les circonstances m'y obligent, je peux aisément faire durer la punition ; je remplis ma mission à mon rythme, c'est tout. La précipitation n'amène rien de bon. Surtout pour mon petit Ange préféré.

Alors celle-ci, elle m'en fait voir de toutes les couleurs. Le premier soir, je me suis dit que la garder un jour de plus pourrait être enrichissant. Car vraiment, même si l'espoir de la purifier complètement est vain, l'espoir de la renvoyer vers le ciel un peu plus propre m'est permis.

Bon, je vous dis ça, hein, mais les circonstances m'ont un peu aidé en réalité. Une menteuse que j'appelle « Grosse-Fesse » s'est pointée à un rencard. Genre plus de vingt ans, beurk… En une fraction de seconde j'ai bien vu que cette Valentine S était plombée… J'aurais pu m'en débarrasser comme d'habitude, si elle avait été dans mes âges de prédilection. J'étais horrifié, et, du coup, déstabilisé. Là, je me suis surpris. J'ai merdé, et « grave », comme disent les ados.

J'en avais deux sur les bras. Une sans intérêt, et l'autre pleine de promesses.

La Grosse-Fesse a fait son numéro, elle a tenté de libérer ma petite chérie en la balançant par le soupirail de la maison. Elle n'aurait pas dû, c'était une insulte à mon intelligence ; la gamine, je l'ai cueillie à temps. Elle ne sentait pas la rose, je peux vous le dire, il lui fallait un bain et vite… Je l'ai déplacée dans la cabane à outil au fond du jardin. Je l'ai installée là, provisoirement s'entend !

Ah oui, l'autre, la Grosse-fesse, je l'ai laissée en bas de l'escalier de la cave, dans une drôle de position, toute cassée. J'ai pris soin de la bâillonner, des fois qu'elle ait envie de gueuler. J'ai quand même mis une couverture sur elle, un peu moisie, mais ça reste un geste, qu'en pensez-vous ?

Je n'aime pas qu'on se moque de moi, c'est quoi ce merdier, m'envoyer une fliquette, me faire le coup de l'appât, avec micro, comme dans les séries… on marche sur la tête ! Ils s'imaginaient quoi ? Que j'allais succomber aux charmes d'une fille avariée, rance, ayant déjà servi, ayant perdu son âme depuis belle lurette ?

Qu'est-ce que je vais en faire maintenant, sa fête sûrement pas, et l'achever : quel intérêt ? Elle est cuite de toute façon, elle, le Paradis ne lui ouvrira même pas la porte de service. Elle a dû se réveiller, à l'heure qu'il est. Je déteste quand mes plans sont chamboulés, ça me rend fou, je me sens mal, très mal.

Mon Ange est sage, confondant d'obéissance. Je crois qu'elle est amoureuse.

43

Vers quatorze heures, le capitaine Jeanne Laval frappa à la porte du bureau de Stan et entra. Il était en plein classement de dossiers. La pièce respirait l'ordre, le calme et la propreté. Chaque chose avait sa place, et l'ensemble dégageait une grande sérénité. « C'est un homme comme ça qu'il me faudrait, se dit-elle, enfin si cet homme était une femme ! »

C'était un bon collègue. Les bières partagées avec lui apportaient régulièrement un cortège de questions pertinentes sur l'idée du couple. Elle prenait ses conseils, et se nourrissait de ses gentilles attentions. Ils étaient comme deux copains… amoureux de la même fille ; Sara Lopez l'attirait, s'avouait-elle. En parler avec Stan lui faisait du bien. Sara, la jolie Sara, l'amoureuse parfaite, fuyait toute relation impliquante. Mais Stan savait. Il planifiait même. Il se voyait avec elle dans un futur pas si lointain. Et elle, qu'en pensait-elle ? demandait Jeanne, malicieuse. Alors il se lâchait. Il pouvait passer des heures à décrire cette fille si complexe et si franche à la fois. Et ces moments étaient précieux.

— Alors, tu as fini, c'est super clean, là ? On se le fait ce Mister Cook ? dit Jeanne.

Par habitude, elle avait l'art de mettre entre parenthèses les noirceurs quotidiennes de leur job et de leur ménager des instants plus légers. Chez Mister Cook, par exemple. À deux rues du commissariat. Elle y allait presque tous les jours avec ses collègues. Ceux que les sandwichs un peu gras ne décourageaient pas.

— J'adore quand on me regarde mettre de l'ordre dans mon antre. J'espère toujours que la personne en prendra de la graine !

— Mon pauvre Stan ! Si tu savais à quel point tu es unique dans ce commissariat… nous, on range à notre manière, mais toi tu es « Rangeurman ». C'est impressionnant ! Mais impayable…

Stan fit retentir son rire fracassant. La sonnerie du téléphone fixe le stoppa net.

Hervé Latour souhaitait s'entretenir avec lui, il l'attendait en bas.

— Tu restes avec moi pour écouter ce que Latour a à nous dire de si urgent… ou tu files te sustenter seule ?

— Je viens… et tant pis pour mes gargouillis ! Si c'est toi qui parles, personne n'y fera attention, pas vrai, Stan ?

Stan avait en effet une voix qui portait, dont il tentait souvent de dominer le volume, en général sans succès.

Ils retrouvèrent Hervé Latour dans l'entrée. Ils lui proposèrent de parler à l'abri des regards dans une salle prévue à cet effet. L'homme accepta sans se faire prier. La porte à peine refermée, il entra dans le vif du sujet. Il revenait de la morgue où il avait identifié sa femme. Il était dans un état d'extrême nervosité, certainement consécutif au traitement médicamenteux que le psychologue des aides aux familles des victimes de mort violente lui avait prescrit depuis le décès de sa fille, Jennifer. « Si cet homme s'en remet, ce sera un miracle », pensa Stan.

— Asseyez-vous, monsieur Latour, prenez votre temps, dit Jeanne, prévenante.

— J'aurais dû vous parler plus tôt. Je sais ! je sais !

Il haletait. Stan et Jeanne se regardèrent, leur curiosité en éveil.

— Mais au début, reprit-il, ça m'a semblé anodin. Oui, anodin, complètement anodin. Ma femme, qui n'a jamais été adepte de quelque religion que ce soit, se rendait à des réunions de prières ou quelque chose comme ça depuis la disparition de notre fille. J'ai tout fait pour l'en dissuader, je n'ai pas réussi… non j'ai échoué… j'ai échoué.

L'homme parlait vite et répétait ses mots tout en se frottant les joues frénétiquement, comme pour effacer des traces invisibles.

— Monsieur Latour, calmez-vous ! Oui, cela peut aider les gens parfois de se rassembler en groupe de prières, une mère qui perd son enfant c'est terrible et…

— Et moi ? dit-il en pointant un doigt menaçant vers Stan. Vous ne croyez pas que je souffre !

Le ton d'Hervé Latour était devenu agressif.

Stan s'excusa tandis que Jeanne cherchait les mots pour le réconforter, gênée par les borborygmes de son estomac qui criait famine ostensiblement.

C'était un classique des brigades criminelles ; l'après-crime… Le service après-vente en quelque sorte, une des nombreuses plaisanteries des agents qui, pour décompresser, collectionnaient les saillies de mauvais goût. Mais c'était une réalité : ils se devaient de recevoir les proches des victimes aussi souvent qu'ils le désiraient. Répondre à toutes sortes de questions, et arranger souvent la vérité pour ne pas heurter leur sensibilité à fleur de peau consécutive au traumatisme.

— Voilà, reprit Latour plus calmement, ma femme s'est mise à suivre ces séances tous les soirs. C'est Inès Fabriguez, dont la fille a été tuée aussi, qui l'entraînait. Elle rentrait complètement déglinguée avec des idées sans queue ni tête. Je me suis opposé à ses sorties, mais elle m'a menacé de divorcer. Un soir, elle a ramené une brochure sur les anges. Là, j'ai craqué ! On s'est disputés comme jamais. Je suis venu pour vous dire… que je suis responsable de sa mort.

— Allons ! Qu'allez-vous imaginer, monsieur Latour ?

Jeanne jeta un œil inquiet dans la direction de Stan.

— C'est moi… j'ai tué ma femme.

Il fondit en larmes. Les deux policiers se regardèrent, intrigués. Stan se pencha en avant et dit :

— Po-po-po-pop ! Que dites-vous là ? Je n'en crois pas un mot. Vous souffrez trop, je le comprends, alors vous cherchez à endosser la responsabilité de ce crime… reprenez-vous, monsieur Latour, je vous en prie.

— J'ai tué Sofia, je le jure… Stan se rassit en soupirant.

— Est-ce que vous tenez à faire une déposition, monsieur Latour ?

— Oui, je vais tout vous dire…

— Bien… pour commencer, si vous nous disiez de quelle façon vous vous y êtes pris ? demanda Stan, incrédule.

Hervé Latour se mit alors à déverser des détails assez précis sur le mode opératoire connu seulement de la police. Ce qu'il dévoila faisait froid dans le dos, venant de la bouche d'un mari. Stan et Jeanne restaient abasourdis. Il signa ses aveux avec un soulagement manifeste. Malgré de gros doutes sur leur véracité, ils n'eurent d'autre choix que de le mettre en examen.

*

La cafetière électrique crachotait, signe que sa mission était achevée. Une nouvelle recrue, un jeune homme, remplissait les mugs avec application et les distribuait à chacun. Sara était accourue dès qu'elle avait reçu l'appel du commandant. Ses RTT n'en avaient plus que le nom depuis quelque temps. Elle s'en moquait, le burn-out ne lui faisait pas peur, si c'était le prix à payer pour arrêter ce cauchemar. Ombrageuse, elle envoyait des regards courroucés à Stan : l'interrogatoire d'Hervé Latour s'était déroulé sans elle. Son visage racontait sa frustration. Elle se concentra sur ce que disait Bosco.

— Latour croit en ses aveux. Ce serait plausible pour l'assassinat de sa femme, puisque la cible n'est pas une ado. De plus, on n'a pas retrouvé de traces d'agression sexuelle comme sur les autres filles. Un rapport consenti avant sa mort mais sans violence, d'après le légiste. Il s'est déchaîné post-mortem. Le lieu est différend aussi.

— Putain ! Le Père-Lachaise, faut être tordu quand même, fit Stan.

— Il semble connaître pas mal de choses sur le mode opératoire du tueur, jusqu'aux boules de coton hydrophile retrouvées au fond des gorges des malheureuses. Personne n'a jamais ébruité ce détail à ma connaissance ? demanda Bosco.

— Il revenait tout juste de la morgue. Le légiste a pu lui en parler incidemment, connaissant son lien avec la victime, non ? dit Stan.

— Ça m'étonnerait ! Lucas Lopez est un pro, jamais il ne divulguerait un détail si précis, opposa Sara.

— On ne met pas en doute les compétences de ton cousin, Sara, mais n'importe lequel d'entre nous peut toujours commettre une erreur de jugement et lâcher une info. Comment ne pas faire confiance à un père, privé brutalement de sa fille, qui se retrouve veuf quinze jours plus tard. C'est humain !

— Le souci, intervint Jeanne, c'est qu'il s'accuse maintenant des autres meurtres. Qu'est-ce qu'on fait dans ces cas-là ? On a du mal à croire ça, non ?

— Ben, on va vérifier ses alibis et son ADN, fit Cédric, des fois qu'il soit fiché comme pédophile... après tout on ne sait rien de ce type. Et il dit quoi sur sa fille ? Il l'a zigouillée aussi ? Et violée ? Merde !

— Non, non, non, c'est impossible ! Moi, je suis père, et je vous dis qu'il faut être détraqué à donf pour faire ça à son propre enfant !

Le teint de Mo était livide sous la lumière blanchâtre.

— Oui, il a avoué aussi pour sa fille, répondit Jeanne.

Sara tournait machinalement les pages d'un dossier sans y prêter la moindre attention. Jeanne stoppa son geste doucement.

— Il pourrait être *L'Égorgeur des réseaux*, carrément... ? dit Sara, sceptique.

— OK, reprit Bosco qui ne releva pas le surnom qu'il connaissait déjà. Mo, Cédric, Jeanne, ré-interrogatoire de Latour, et vérification de ses allées et venues au moment des neuf homicides. Varda, Lopez, sur Yann Lenglet. Il faut retourner faire une visite de courtoisie à sa chère mère, elle en sait sûrement plus que ça. Allez exécution. Ça urge, là !

Un éclair zébra le ciel au moment où ils sortaient du commissariat. Ils s'engouffrèrent dans la voiture.

Stan, le sourire moqueur, prit le volant. Sara faisait toujours la tête. Elle voulait marquer le coup pour qu'il comprenne qu'elle n'approuverait jamais d'être mise de côté pour quoi que ce soit. Il faudrait qu'il s'y fasse. Tel était son caractère et ce n'était pas négociable. Ni en amour, ni au travail. Elle était déçue qu'il ne l'ait pas bipée dans une telle circonstance. Cela lui donnait la désagréable sensation de n'être que quantité négligeable à ses yeux, un objet de séduction, un passe-temps. Pas un flic. Elle chassa cette idée en agitant la main dans l'air comme pour l'effacer. Quoi qu'il en soit, même en tant que coéquipière, il lui devait respect et loyauté, voilà ! Elle ponctuait ces pensées de hochements de tête, sans un mot.

— C'est marrant, tu bouges la main, tu bouges la tête et tu restes muette, c'est hilarant, tu sais ! Il y a du monde avec toi derrière ces jolis yeux ? taquina Stan.

— Bon, ça va ! C'est l'habitude de réfléchir seule, ça fait partie de mon travail.

— Ah oui ? Bien sûr, désolé de te déranger.

Il fit mine de se coudre la bouche. Sara garda son sérieux au prix d'un effort surhumain. Pendant le trajet, elle préféra rester concentrée sur leur affaire, plutôt que d'aborder un sujet personnel avec lui. Elle enchaîna sur un ton professionnel :

— Stan ! Si on passait voir la mère Fabriguez avant de retourner à Goussainville chez madame Lenglet ?

— Excellente idée ! Allez, je t'offre la tournée des mamouchkas. Il avait pris un accent russe exagéré qui finit par abattre ses dernières défenses et elle éclata de rire.

*

Le salon d'Inès Fabriguez ressemblait à un musée à la gloire de sa fille Eva. Des cadres-photos s'accumulaient sur le buffet, aux murs, sur la table basse, partout où le visiteur posait son regard. Eva bébé, Eva à une fête d'école, Eva avec le Père-Noël, Eva en tutu, Eva à la piscine.

Très atteinte par la mort de Sofia Latour, elle se confia sur leur amitié naissante et le partage des valeurs qu'elles avaient eu en commun. Elle n'avait pas une très haute opinion de son propre mari, ni de celui de son amie d'ailleurs. Deux hommes sans cœur, sans délicatesse, muets dans la douleur. Cette déchirure, comme un placenta qu'on crève à coups de couteau. Ce cordon ombilical qu'on arrache violemment. Les mots d'Inès revêtaient une dureté vigoureuse et acide. Une vague de haine l'avait submergée, elle ne s'en cachait pas. Et seules ses séances de prières lui donnaient la force de continuer. Elle se prêta docilement au jeu des questions de Stan et Sara. Au bout d'une demi-heure, ils sortirent avec l'adresse du lieu de réunion et le nom du prédicateur, un certain Rodolphe Collet.

*

Ils étaient installés dans le bureau de l'association des Frères des Anges. Stan demanda au directeur de regarder sur sa liste si Yann Lenglet y figurait.

— Mais je suis désolé de vous dire qu'ici, on se déleste de son identité terrestre pour voguer plus aisément vers les sphères célestes. Nous avons tous un petit nom choisi avec soin, que nous portons et que nous honorons de nos prières sincères, leur répondit le frère Rodolphe Collet sur un ton mielleux.

— Rodolphe Collet, ce n'est pas votre nom, alors ?

— Ah si, moi c'est bien le mien, je suis obligé, vous savez, pour les choses administratives.

Stan lui montra la photo de Yann provenant du fichier de la police qui datait de trois ans. Il se désolait intérieurement de n'avoir que ça. Ils avaient fait quelques selfies à la soirée, mais Yann n'y figurait pas. L'homme fit quelques difficultés, la délation n'était pas dans ses habitudes, mais devant les menaces de Stan de faire une petite descente dans son établissement pour voir si tout fonctionnait légalement, il obtempéra. Il fixa longuement la photo. Enfin, il finit par admettre qu'il y avait, certes, une ressemblance avec un certain membre de leur communauté, mais que ce visage ne reflétait en aucun cas l'amour pour son prochain qui émanait de ses frères en général.

Puis, il sortit d'un tiroir quelques brochures qu'il leur tendit d'un air entendu. Il se mit alors à leur faire l'article sur leurs séances de prières, qu'il leur conseillait vivement. Deux policiers, deux cobayes perfectibles, qu'il projetait de modeler.

Il perdit sa bonhomie quand Sara lui parla de leurs soupçons sur Yann. Rodolphe gardait confiance, s'il s'avérait que ce soit un de leurs frères, il sortirait vainqueur de ce déshonneur, à n'en pas douter. Ces allégations calomnieuses seraient balayées plus vite que ces deux policiers ne l'imaginaient. Il les raccompagna à la porte, en citant un psaume tiré de la Bible : « *Car c'est pour toi que je porte l'opprobre, que la honte couvre mon visage.* » Puis il ajouta en se signant : « Le nom de mon frère sera lavé de toute infamie. » Enfin, il leur lança pompeusement qu'eux aussi, par leur métier, œuvraient pour le bien de l'humanité, et que leur place au paradis était sans aucun doute réservée.

Stan et Sara étaient effarés.

*

Une demi-heure plus tard, ils sonnaient à la porte de la mère de Yann Lenglet. Son air surpris les accueillit fraîchement. Elle ne les invita pas à entrer.

— Encore vous, dit-elle à peine aimable.

— Oui, madame, répondit Stan fermement, nous avons encore quelques questions à vous poser sur certaines fréquentations de votre fils.

— Mais je vous ai déjà dit que je n'avais aucune relation avec lui depuis belle lurette. Comment je pourrais savoir, moi !

— Allez, n'entravez pas l'enquête de la police, laissez-nous entrer, ça ne prendra que quelques minutes.

Elle les reçut à contrecœur dans l'entrée.

— Madame Lenglet, commença Sara, il faut nous parler cette fois, il se passe des choses très graves en rapport avec votre fils, il devient incontournable qu'il est bel et bien mêlé à au moins une affaire d'enlèvement et de viol… et peut-être un meurtre. Vous a-t-il donné de ses nouvelles ces jours derniers ?

— Bon, je vais pas vous le répéter, je m'appelle Moreira maintenant, faudrait que ça entre dans vos petits cerveaux de piafs.

— OK, madame Moreira… Alors ?

Elle hésitait, comme si elle en savait plus qu'elle ne daignait laisser paraître. Sara sentait une ambiance sensiblement différente de l'autre fois. Les pupilles dilatées de la mère Moreira cachaient quelque chose. Elle était hostile. Son silence était buté. Sara lançait des regards appuyés à Stan, elle était à deux doigts du malaise, elle avait besoin d'air. Il comprit et prit le relais. Lui aussi percevait une atmosphère glauque, et cette odeur… cette odeur… comment pouvait-on vivre sans ouvrir les fenêtres, et surtout sans nettoyer !

— Écoutez ! Je vous ai donné la seule adresse que j'avais. Le reste, je m'en fous, moi, il peut trucider la terre entière, je m'en lave les mains, dit-elle d'un air revêche.

— Nous allons reperquisitionner votre maison, puisque vous restez avare d'informations.

— Mais non, sûrement pas ! Vos collègues l'ont déjà fait l'autre jour.

— Reculez, s'il vous plaît, nous aussi on a envie de visiter.

Sara se concentra pour tenter de faire abstraction de ce climat nauséabond. Il est vrai que cette femme ne respirait pas l'hygiène non plus. Elle entendit une voiture se garer. L'équipe devait les rejoindre. Stan lui fit signe d'aller voir. Sur le pas de la porte, elle prit une grande inspiration et s'approcha de la voiture.

— Super, les gars, vous avez fait vite ! dit-elle en se penchant à la vitre. Du nouveau pour Souany et Mégane ? demanda Sara, l'espoir dans les yeux.

— Nada ! répondit Jeanne, en sortant du véhicule.

— Et l'interrogatoire de Latour ?

— Il maintient ses aveux… mais on pense que s'il a tué sa femme, il y a peu de chances qu'il soit L'Égorgeur… Ça ne tient pas debout.

L'équipe au complet rejoignit Stan à l'intérieur. Sylvie Moreira s'écarta de mauvaise grâce quand Stan la poussa doucement sur le côté pour pénétrer dans le salon, Sara sur ses talons. Ils fouillèrent tout, les chambres, les placards, les toilettes, même les combles et terminèrent par la cuisine. Rien ne clochait… et pourtant tout clochait. Ils remarquèrent que les relents infects s'estompaient quand on s'éloignait de l'entrée. Ils s'y rendirent à nouveau… cela devenait suffocant.

— Il n'y a pas de sous-sol ? demanda Stan.

— Non, comme je l'ai dit aux flics de l'autre fois, ici, on n'a pas de sous-sol, c'est le garage qui sert de cave, vous pouvez aller voir, je mens pas.

Stan n'était pas convaincu, mais il ne voyait effectivement aucune porte. Ils terminèrent par la cour qui ressemblait à un capharnaüm, ce qui attestait encore du manque de soin évident de cette femme pour son habitation, autant que pour elle-même.

Ils allaient prendre congé. Quand soudain, Jeanne crut entendre une voix étouffée provenant du mur.

— Vous entendez, dit-elle aux autres. Ça vient de là, derrière l'étagère, vite !

Cédric, Mo et Stan se jetèrent sur les rayonnages, et, à pleines mains, dégagèrent des dizaines de livres sans ménagement. Ils découvrirent une poignée, discrètement accessible, puis une porte. Après plusieurs coups de haches, la serrure céda. Un remugle écœurant remonta jusqu'à leurs cerveaux, leur provoquant des haut-le-cœur. Le teint blanc, la femme gémissait en tortillant son mouchoir. Stan et Cédric se précipitèrent dans l'escalier. Ce qu'ils découvrirent allait les hanter longtemps.

44

L'homme secoue la fillette pour constater qu'elle est bien sous l'effet de son narcotique. Il recouvre sa tête avec une cagoule et la glisse dans un grand sac-poubelle noir. Il la prend dans ses bras et la transporte hors de la cabane à outils. Il la fait passer par-dessus une palissade en bois, la lâche doucement sur un lit de mousse et saute à son tour. Il la ramasse comme un vulgaire paquet, et se met à courir le plus vite qu'il peut en s'enfonçant dans le bois derrière chez lui.

Là, il connaît un abri habité par un SDF. Aux dernières nouvelles, les affaires sanitaires sont passées et l'ont hospitalisé, diagnostiquant une tuberculose. Il jette la fille sur une paillasse à la propreté douteuse. Peu importe, elle ne l'est pas non plus ! D'ailleurs, elle commence sérieusement à le dégoûter. Elle lui inspire à cette heure une certaine répugnance, s'avoue-t-il. Déjà que la *Grosse-Fesse* a embaumé la maison avec sa plaie pleine de pus. Décidément, quand tout va de travers, tout va de travers ! Au moins, il sait que sa mère ne lâchera rien. Elle a trop de choses à se reprocher, celle-là. Et puis la belle affaire ! Héberger son fils et ses copines n'est pas un crime, non ?

Ils vont sans aucun doute tomber sur son journal. « Il n'est pas fini, c'est ballot », se dit-il. Il se met à rire, doucement, puis de plus en plus fort, ça résonne jusque dans les arbres, dans les nuages et le reste du ciel. Dieu l'entend maintenant, et Il rit aussi de concert. Il le sait : ils sont connectés.

Toutes ces mises au point n'ont pas été vaines. Chaque action a eu son utilité. Il a remis en orbite tellement de petits Anges. Il sera récompensé, sûrement.

Il lui en reste un. Que doit-il faire ?

Déjà, un petit bain ne lui ferait pas de mal. Il se remet à rire. Dommage, c'était son Ange préféré, Mégane Marceau.

45

Traumatisme crânien, fractures multiples, bassin, jambes, bras, dont deux ouvertes et infectées. Un miracle qu'elle soit encore en vie, avait dit le médecin. Sans eau, sans nourriture, sans soin. Une force de la nature. L'équipe médicale ne la déclarait pas complètement sortie d'affaire. Il fallait attendre. Le chirurgien avait ouvert, nettoyé, lavé, dégagé les tissus morts par manque de soin. Rapide et efficace, il espérait n'avoir gardé que des chairs vivantes désormais.

Souany avait épuisé ses dernières forces pour se faire entendre de ses collègues qui l'avaient découverte inconsciente. Sara était accablée. Quel genre d'homme peut se comporter de la sorte ? Elle en avait des haut-le-cœur quand elle se revoyait dans ses bras à cette soirée idiote.

Sylvie Moreira Lenglet était en garde à vue. Sa condamnation serait exemplaire, complicité d'enlèvement, de séquestration, de tortures, et de tentative d'homicide sur la policière Souany Kimbali. Cette mère savait, et avait fermé les yeux sur l'horreur qui se déroulait sous son propre toit. Sara ne pouvait pas y croire.

La scientifique analysait la scène de crime pour établir la présence de Mégane Marceau sur le lieu, Souany plongée dans un coma artificiel n'étant pas en mesure de corroborer les faits et la mère niant tout en bloc.

46

À l'ombre des cuisses des jeunes filles en fleurs. Détourner les phrases des grands auteurs l'amuse beaucoup. Sa dernière chance, il va la saisir. Il attendra la nuit pour rejoindre le vieux Goussainville, l'endroit qu'on appelle le village fantôme. Celui que les habitants ont déserté, à cause des nuisances sonores de l'aéroport de Roissy.

Il retrouve sa voiture sur le parking d'un immeuble du centre avant de retourner à la cabane chercher la fille, toujours groggy. Il l'allonge dans son coffre avec mille précautions cette fois, et démarre. À eux le village abandonné, à eux la liberté !

Il a tant de souvenirs d'enfance là-bas, les parties de cache-cache dans les maisons murées, dans les rues sales et lugubres. Un vrai terrain de jeu, où la frayeur joue à chat perché au bas des reins et remonte jusqu'à l'échine. Ces sensations, il les retrouve intactes. Il est très conservateur. Il en a des papillons dans le ventre à l'idée de l'attente à venir. Parce qu'ils viendront. C'est une certitude. Ils vont le lire. Que vont-ils en retirer ? Rien, probablement. Il ne se berce pas d'illusions sur son prochain quand ce prochain est déjà mangé par les vicissitudes d'une vilaine vie. Voir toutes ces petites, mortes, et ne pas en mesurer la portée. Quel gâchis ! Alors que tout a un sens... S'ils se donnaient la peine de le comprendre un jour, si seulement.

47

Dans l'open space, les néons brûlaient les yeux de Sara. Le journal que L'Égorgeur des réseaux avait laissé bien en évidence dans le sous-sol de la maison de Sylvie Moreira, non loin de Souany, n'avait pas pu leur échapper. Bosco et la brigade avaient entrepris la lecture du plus ignoble condensé de confessions intimes jamais découvert à ce jour par aucun corps de police, d'après ce qu'en savait Bosco.

Chacun était plongé dans une partie de l'infâme récit, histoire de voir rapidement si un indice sur sa cachette ne serait pas inscrit en toutes lettres.

Tout y était avec force détails, le cynisme et la cruauté de ce fanatique n'avaient d'égal que ses actes abjects et vils.

Ils avaient leurs réponses à tous ces homicides, mais ils n'avaient pas le coupable qui se permettait de faire de l'humour, de donner des leçons de vie et de morale à tous ; sûrement était-il malade, mais cette conscience et cette obsession obscène à raconter minutieusement ses crimes donnaient la nausée.

Ils porteraient longtemps en eux cette affaire sordide. Marqués pour toujours par la rencontre avec ce qu'un homme a de plus haïssable.

« Toute la barbarie du genre humain réunie en un seul corps », pensait Sara, mais y avait-il un reste d'humanité chez celui-là ?

Anna Santos, Milane Dalvaux, Ingrid Vaalseberg, Charlotte Altègue, Eva Fabriguez, Marine Leroy, Solène Duprès, Laurène Le Quéré, Élisa Beaulieu, Jennifer Latour, Sofia Latour et pour finir, Mégane Marceau et Souany. Toutes avaient croisé sa route.

« Quel carnage, putain ! » hurla Bosco en entamant à haute voix le chapitre sur Solène Duprès.

48

23 MARS – SOLÈNE DUPRÈS

Elle est charmante la petite, mais trop jeune pour le coup. Je l'ai emmenée chez moi, je lui ai fait un chocolat chaud et l'ai regardée boire gentiment.

Je vous l'ai dit, j'aime les jeunes filles, mais pas les fillettes… quand même… j'ai un peu de morale ! Elle n'arrêtait pas de poser des questions. Ça a fini par me lasser, alors je l'ai prise sur mes genoux pour la câliner un peu, mais son exquise bouche n'arrêtait pas de proférer un babillage incohérent qui me tapait sur les nerfs. Du coup, j'ai quand même voulu la déshabiller pour voir si par hasard la nature n'aurait pas été un peu en avance, même d'un chouia… et j'ai été récompensé : des petits seins pointaient, oh Dieu, que c'était mimi. Et sous la culotte, merveille des merveilles, une ombre de duvet brun qui montrait déjà la future impure qu'elle serait bientôt. Oui, j'ai ma théorie là-dessus, les brunes sont bien plus dépravées que les autres, elles sont mauvaises et leur odeur plus forte le confirme, elles dégagent des phéromones bien plus tôt que les blondinettes. Comme les rousses, mais elles, elles sont très rares et c'est pour ça que j'apprécie particulièrement de les rendre à leur pureté.

Mais je m'égare… bon vous vous en doutez, hein, la mignonne est bien passée à la casserole et pas qu'une fois. Je l'ai gardée tout le week-end, bien au chaud dans mon sous-sol. Ça m'a permis de patienter avant de trouver une autre vraie demoiselle.

Dans la nuit de dimanche à lundi, je l'ai prise dans mes bras, toute chaude et toute molle, j'avais pris soin de lui donner un somnifère dans son bol de chocolat. *Je l'ai mise dans un grand sac, et je l'ai déposée devant le commissariat de Gagny, sur la nationale, ça change non ? Prendre le périph et l'A3 avec cette mignonne endormie, croiser des voitures banalisées, s'arrêter aux feux, des picotis dans le bide, ça m'a rappelé les parties de cache-cache avec ma sœur... le bon temps, quoi !*

Vous vous demandez pourquoi je l'ai épargnée ? Enfin, vous n'avez rien compris alors... Trop jeune ! Elle aura bien le temps de sortir de l'ornière, de déraper comme les autres. Moi, je les cueille au moment où on peut encore les racheter, avant cela ne sert à rien... Compris ?

— Le fumier ! lança Bosco.

Il fit signe à Cédric de continuer.

12 AVRIL - ÉLISA BEAULIEU

Je ne suis pas content de moi ce soir. Mais je ne vais pas me laisser submerger par mon erreur, j'ai de la ressource, vous savez bien. De la colère. J'en explose, ça me brûle à l'intérieur ; comment ai-je pu me laisser berner par cette pauvre petite pisseuse. Ma méprise a été de vouloir changer mes plans à la dernière minute. J'avais pris mes marques jusque-là et tout se déroulait sans accroc, il ne fallait pas bouleverser le déroulement de mon plan. Il a fallu qu'elle critique ! Qu'elle se moque de moi ! Les bords de la Marne n'ont pas plu à la demoiselle ! Je ne peux m'en prendre qu'à moi, qu'à moi, qu'à moi. Changer mes lieux de rendez-vous habituels n'a pas été un bon calcul. Une fantaisie qui va me coûter cher. Mais ça a été bon quand même, allez, je m'en remettrai, j'en ai vu d'autres. Et puis elle ne perd rien pour attendre, je l'aurai en temps et en heure, ne vous inquiétez pas. Pour l'heure, j'ai ma jolie Mégane à mettre à mon tableau de chasse, et celle-là je ne risque pas de la rater. Et puis une certaine Valentine S, une blackette. Un Ange noir, wunderbar. Du pain sur la planche mes amis. J'ai envie de jouer ce soir.

Tenez, Mégane me rappelle cette fille, la cause de ma mise à pied, il y a trois ans. Je vous raconterai ça bientôt, patience... Vous apprendrez que j'ai toujours porté en moi ma mission divine : assainir, laver les péchés, javelliser tout ça. C'est pour cette raison que je suis différent de ces autres moutons, juste bons à pleurnicher ou gueuler pour rien.

Allez, cherchez bien, vous finirez par me trouver, peut-être, mes petits flicaillous.

Je descends à la cave.

16 AVRIL

J'ai le cœur mangé, j'ai le cœur mangé, j'ai le cœur mangé...

Oh, j'imagine que vous devez baisouiller de temps en temps, mes petits flics, ça se fait entre collègues, pas vrai ?

Je me trompe ?

Maintenant je vous connais, j'ai pu vous observer à mon aise pendant que vous faisiez votre petit numéro bien rodé à cette charmante soirée de jeunes sur le retour. Ah, mes amis... comme je vous hais d'être toujours de l'autre côté, du côté des justiciers, le beau rôle pour vous... mais quel ennui, ne trouvez-vous pas ? Et surtout, quel leurre !

Ah oui, j'oubliais : j'ai imaginé votre désarroi quand vous êtes passés chez ma grand-tante ! J'avais bien investi sa bicoque. La vieille s'était absentée pour un long séjour en maison de retraite, et m'avait laissé les clefs pour arroser les plantes de temps en temps... et oui, la pauvre femme n'ayant pas eu d'enfant, il n'y avait personne pour venir me chercher là. Sauf vous, mais trop tard. Ma chère génitrice m'avait prévenu. Alors ménage et hop !

Cédric fit une pause et les regards se tournèrent vers Stan et Sara. Coupant court à toute remarque, Stan demanda :

— On a eu les résultats de la scientifique ?

— Oui, il y a cinq minutes, répondit Mo en ouvrant sa boîte mail, attends, je regarde... oui, voilà : les analyses ADN sont en cours, mais on sait déjà que certaines des victimes ont bien vu arriver leur dernière heure dans la cave de la tante.

— Nos soupçons étaient fondés, fit Jeanne, le mec a donc utilisé plusieurs lieux pour commettre ses crimes.

296

— Bon, dit Cédric, je reprends :

15 AVRIL

Tenez, j'ai envie de vous raconter mon histoire ce soir, de me confier. Ça vous plairait ? Parce que vous croyez me connaître, me cerner, me deviner, mais il n'en est rien. Vous savez, mon quotidien n'a pas toujours été comme ça. J'avais une vie, moi, avant qu'on ne me rejette pour la deuxième fois, avant que je ne devienne un être traqué, incompris de tous. J'étais quelqu'un, moi, on me respectait, on m'écoutait, j'avais de réelles responsabilités.

J'imagine bien que quand vous lirez ceci, votre brigade de cyberminables aura déjà tout un dossier sur ma personne. Peu importe, j'adore me répandre à coups de mots, aussi…

Sachez que j'ai passé quelques années de plus que vous à l'école… prof… ça vous dit quelque chose ? Oui… et dans le privé avec ça, donc aucune sécurité d'emploi, et des règles… des règles… Moi qui me liais facilement d'amitié avec mes élèves, eh bien vous le croirez ou non, la charte interne du dernier collège où j'ai officié interdisait à peu près tout et notamment d'organiser des sorties en forêt ou au cinéma avec les classes. Moi, je suis le genre de prof à tenter le rapprochement pédagogique, c'est à mon sens ce qui donne le plus de résultats. Aussi, je n'allais pas me laisser faire et j'ai tout mis en œuvre pour exprimer le non-sens de ce refus. In fine, à force d'argumenter sur l'idée du bien que cela pourrait apporter aux jeunes, le principal avait finalement donné son autorisation.

Et puis il y a eu cette fille, pas très jolie mais bonne élève, qui s'est mise à colporter des ragots sur moi, d'abord auprès de ses camarades et puis auprès de sa mère, je lui aurais, d'après ses dires, fait des avances déplacées en pleine séance de cinéma. Ce n'est pas joli, joli, mademoiselle ! À 14 ans, on prend ses responsabilités… non ? Et on arrête de se pavaner en mini-short devant moi. Je ne suis pas en pierre tout de même. Cette petite conne sait-elle seulement, que dans d'autres cultures les filles sont déjà des petites femmes mariées à son âge. Mais dans les collèges

297

privés, ces demoiselles se prennent pour des princesses. Papa et maman ont le bras long et le prof aura toujours tort...

Ma colère s'est accrochée à mon estomac depuis ce jour-là.

1. D'avoir été viré pour faute professionnelle.

2. D'avoir été mis en garde à vue une nuit entière pour attouchements sur mineure.

3. D'avoir été victime de diffamation alors que c'est elle qui était demandeuse.

Quoi qu'il en soit, ils n'ont rien pu prouver et je suis ressorti blanc comme neige, innocent comme l'agneau de lait.

D'ailleurs, la plupart des élèves avaient signé une pétition à l'époque pour ma réintégration dans le collège. Mais tout ce remue-ménage n'avait pas été du goût du principal, il avait choisi de s'incliner devant la famille de la fille et ma mise à pied était tombée aussi sec. On ne gagne pas à tous les coups.

17 AVRIL – SOFIA LATOUR

Sofia, ma belle Sofia. Exceptionnellement, j'ai fait mon gigolo... Elle s'est pour ainsi dire jetée à ma tête. Comment ne pas succomber à une de mes brebis, venue spécialement m'écouter prêcher la bonne parole ?

Depuis Anna Santos, j'ai pour habitude de me rendre discrètement aux enterrements de mes petites. Ce jour de février, je n'ai pu m'empêcher de présenter mes condoléances à la mère d'Eva Fabriguez, Inès. Si les autres mères étaient effondrées celle-ci aurait pu décrocher l'oscar. Et « elle ne croyait plus en Dieu », et « tout ce temps passé à aller à l'église, c'était du temps perdu », et « elle voulait mourir », bla, bla, bla ! Je suis intervenu. Deux jours après, elle participait aux séances de prières que j'anime avec mon cher ami Rodolphe Collet.

Alors quelle surprise quand elle a amené la belle Sofia Latour aux séances.

Je n'ai pas pu résister, je l'ai invitée. Son trouble m'a touché. Ma grande quarantenaire, les traits de sa fille dessinés sous la peau mature. Des mains douces, savantes.

J'avoue, j'ai consommé. Une heure dans un petit hôtel charmant.

Plus tard, je lui ai tout dit, pour sa petite. La douleur l'a terrassée, elle s'est affaissée sur le sol comme une crêpe molle. C'était en pleine balade au Père-Lachaise. J'ai souri... on doit respecter une mère, oui, mais pas elle. Une mauvaise mère, c'est tout ce qu'on aurait pu en dire. Trop aguicheuse, trop attentive à sa carrière, trop narcissique. Une de ces femmes qui veulent tout : le beurre et le crémier. Résultat : elle a délaissé sa fille... et elle a tout perdu. Mais moi j'ai tout gagné, un petit Ange au ciel et une pécheresse en enfer.

J'ai serré son cou avec un grand bonheur. Et j'ai puni... peut-être un peu plus fort que d'habitude...

Après un court silence, Bosco explosa :

— Allez vite me sortir ce connard de Latour de sa préventive et virez-le à coups de pied dans le cul pour le remercier de nous avoir fait perdre notre temps ! Mais avant, faites-lui cracher de qui il tenait ses infos sur les crimes. Quelqu'un a forcément été négligent et il va m'entendre, celui-là.

49

La petite ouvre les yeux. Elle a faim, envie de vomir, soif, sommeil. Il fait sombre. Chaud. Ses collants sont déchirés. Ça sent l'urine. Elle se déteste. Mam, ses parents, Arthur, Clara, le collège, sa vie est en miettes. Elle grelotte. Puis transpire. Elle passe sa langue sur sa lèvre, c'est salé. Où est passée la policière ? Seule... toute seule. Elle voudrait crier... mais quelque chose l'en empêche.

Elle l'attend. Elle va se laisser glisser lentement vers sa fin. Que peut-elle faire d'autre ? Mourir à quinze ans. Pourquoi pas ? Ce ne sera pas une mort banale. Elle l'a aimé, après tout. Elle a connu le sentiment qu'elle avait tant espéré. On parlera d'elle sur les réseaux et au journal télévisé. Une marche blanche sera organisée. Il y aura beaucoup de fleurs à son enterrement.

Elle l'attend. Elle pleure maintenant. Est-elle triste ?

A-t-elle vraiment peur ? De lui, toujours pas. Étrange.

Elle sent bien que ce n'est pas trop normal. Peut-être va-t-il décider de l'emmener avec lui dans un pays lointain ? En Écosse, en Irlande, en Australie. Ils vivront une nouvelle vie loin de tout ce bruit, à la campagne, juste elle et lui. Merveilleux rêve. Sa mère lui manquera au début. Clara aussi, même si elles ne se comprennent plus tant que ça. Tellement sérieuse. Tellement fermée à tout. Son éducation sûrement. De toute manière, un grand amour n'a besoin de personne.

On dit bien : Pour vivre heureux, vivons cachés… Il y a été un peu fort avec elle, mais c'est la pression des autres qui a dû le chambouler. Et la présence de cette policière qui a tout fait rater, tiens, encore une raison ! Après, elle sait bien qu'elle s'est mal comportée. Ce corsage rouge trop décolleté dans le dos emprunté à sa mère, quelle idée ! Non, elle aurait dû rester simple. Ce genre d'homme n'apprécie pas les filles trop séductrices. Et c'est bien.

Le jour s'est levé maintenant. Elle regarde autour d'elle. Elle est dans la cuisine d'une maison probablement abandonnée. Si elle n'était pas attachée aussi serré, elle aurait pu se libérer, nettoyer un peu pour lui faire la surprise.

« Je sais, se dit-elle, je vais redevenir moi. Celle qu'il a aimée au tout début. On va tout effacer et on va être heureux, oui, heureux. » Elle se sent mieux maintenant.

Elle l'attend.

Soudain, elle entend le moteur d'une voiture. Puis le silence à nouveau. Un avion qui passe. « Ça n'arrête pas par ici », se dit-elle. Une porte qui claque. Elle étire le cou vers le carreau sale de l'unique fenêtre. C'est lui. Son cœur saute dans sa poitrine. Elle sourit sous son bâillon.

Il entre, les bras chargés de sacs Carrefour qu'il dépose par terre. Il en sort des gobelets transparents et une bouteille de limonade orange. Le *pschitt* à l'ouverture est rassurant, familier, normal. Mégane se détend tout à fait. Le liquide orangé est joyeux quand il coule dans le verre. Il s'approche, lui dégage la bouche. « Bois », ordonne-t-il.

50

Un lourd silence régnait dans la salle de réunion. On avait photocopié plusieurs exemplaires du journal de Yann Lenglet. Ils s'étaient partagé la tâche en attribuant à chacun un paquet de ces feuilles, précieuses comme un trésor de guerre. L'ambiance était recueillie.

Des corps immobiles. Seulement le mouvement de leurs lèvres.

Contractés. Attentifs au moindre sous-entendu d'une lecture difficile, tous lisaient avec soin, un détail pouvait les aiguiller d'un instant à l'autre vers leur but ultime : un lieu de repli possible de Lenglet. Ils avaient renoncé à lire à voix haute. Mo secouait la tête par moments. Sara, elle, tenait ses joues de ses deux mains, les coudes posés sur la table. Cédric et Stan, plus méthodiques, donnaient par-ci par-là des traits de Stabilo. Bosco ponctuait le silence de mots grossiers à l'encontre de l'auteur.

Soudain, Jeanne hurla :

— C'est bon, écoutez ça…

Elle se mit à leur lire, en continuant à mâcher son chewing-gum frénétiquement, un passage à propos des jeux de l'enfance de Yann Lenglet à Roissy. La description du village fantôme du vieux Goussainville, son lieu de prédilection. Et l'hôtel, Au Paradis, qui l'avait toujours fait rêver. Les visages s'éclairèrent. L'espoir reprenait ses marques.

Le capitaine Maurici, de la brigade des mineurs, entra à ce moment dans la salle de réunion.

— Commandant Bosco, dit-il, essoufflé, Interpol vient de nous appeler, ils ont mis la main sur Esteban à Anvers, il participait à une petite sauterie avec de très jeunes filles !

— Eh bien, qu'ils le gardent au chaud, dit Bosco en se levant, pour l'instant, on a un bien plus gros gibier à chasser.

En moins de cinq minutes, la brigade roulait en direction du secteur.

Très vite, ils reçurent un appel de l'hélicoptère de la gendarmerie qui avait repéré un véhicule dans la rue principale et leur communiquait les coordonnées GPS.

Gilets pare-balles, armes au poing, Stanislas Varda, Sara Lopez, Jeanne Laval, Cédric Nivol, Mohamed Bacry, Jean Bosco et la brigade d'intervention étaient maintenant disposés en arc de cercle devant l'entrée d'un bâtiment à la porte murée, dégradée. Au fronton, on pouvait lire le nom de l'hôtel : Au Paradis. L'homme allait jusqu'au bout de sa symbolique. À travers un carreau cassé, des vestiges d'une ancienne vie, un buffet, un tableau décroché, des bouteilles vides. Des tags.

« Yann ! On sait que tu es là, sors immédiatement, les mains sur la tête. Personne n'aura mal, tout va rentrer dans l'ordre. Allez gars, laisse-toi aller, sors ! » Stan jouait la carte de l'affectif sur les conseils de Bosco.

Rien. Un silence de mort lui répondit.

— On ne s'en doutait pas, déjà... chuchota Cédric, moqueur. Le mec, il va t'obéir comme ça, hop, hop... allez prenez-moi, mettez-moi en taule, j'attends que ça...

— Ça va, Cédric, n'en rajoute pas ! répondit Stan. Tu ne crois pas que j'ai envie de lui foutre une bastos dans le front, moi ? Mais bon, on est des flics, pas des justiciers masqués, ni des juges ni des bourreaux…

— Ce n'est pas l'heure pour un combat de coq, intervint Sara. Il y a un moyen de passer par le toit, s'il ne répond pas, on y va.

— Oui, je peux essayer de monter avec Cédric.

— Je viens aussi, le ton de Sara était sans appel.

— On peut y aller, commandant ?

À cet instant, un bruit assourdissant couvrit la réponse de Bosco. Un avion venait de décoller de Roissy et le vrombissement de son moteur crevait les tympans. Sara se tenait les oreilles. Jeanne remit son casque.

Un homme de la brigade d'intervention leur fit le signe trois de la main, leur signifiant qu'ils avaient trois minutes entre chaque décollage.

51

Mégane pleurait doucement. Il lui avait remis son bâillon. Il tournait en rond dans la pièce en donnant des coups de pied dans les murs à chaque fois qu'il en frôlait un.

— Arrête de pleurnicher, tu m'agaces, lui dit-il en regardant par une petite ouverture entre les planches qui occultaient la fenêtre, je ne laisserai personne gâcher ce moment, je l'attends depuis longtemps.

La petite gémissait et reniflait.

— Mais arrête, ça suffit maintenant.

Il la gifla très fort, et son bâillon glissa.

— Ne me laisse pas, emmène-moi avec toi, s'empressa-t-elle de dire. Viens ! On part, allez ! S'il te plaît !

— Mais elle est pas bien celle-là ! Tu dérailles, ma fille, tu ne crois quand même pas que je m'encombrerais d'un paquet de linge sale comme toi ? Tu rêves ! Je ne vais pas tenter de me sauver. Sûrement pas ! Tout va se passer sous les flashs des photographes, j'espère qu'ils seront tous là, je les ai prévenus, tu penses ! J'attends juste d'apercevoir le camion de TF1, ils tardent... tu ne trouves pas ? Je vois déjà BFM et LCI...

— S'il te plaît, je veux pas retrouver ma vie d'avant... Je t'aime...

Il marqua un temps d'arrêt, la regarda, incrédule, et partit à rire, méchamment.

— Elle m'aime, messieurs-dames, elle m'aime !

Il écartait les bras, les paumes vers le ciel, comme un prédicateur.

— Mais qui donc crois-tu être pour oser m'aimer ? Il n'y a que Dieu qui m'aime. Et moi je n'aime que Dieu. Alors tu vois, tu n'es rien, toi… qu'une petite pétasse qui m'a un peu tourné la tête, mais c'est tout.

Les larmes de Mégane creusaient des sillons plus clairs sur son visage sale. Désespérée, elle se mit à sangloter de plus en plus fort. La crise de nerfs n'était pas loin. Il frappa, une fois, deux fois, un cri strident, trois fois. Elle tomba sur le sol.

Soudain, une série de coups sourds. L'homme eut juste le temps de ramasser Mégane et de poser un cran d'arrêt sur son cou tandis que la cloison s'abattait au fond de la pièce, laissant apparaître trois agents munis de béliers, qui s'écartèrent aussitôt pour laisser entrer Stan, Cédric et Sara, leurs armes pointées sur lui.

— Les mains en l'air ! Lâche ce couteau ! hurla Stan.

À l'extérieur, Bosco allumait une cigarette avec le bout incandescent de la précédente. Il aspira une grande bouffée. Jeanne s'approcha, le visage grave :

— Commandant ! Je viens d'avoir Maurici, il dit qu'un Yann Lenglet vient de se présenter au poste, il dit qu'il peut prouver qu'il n'a rien à voir avec tous ces meurtres. Il n'est pas venu plus tôt parce qu'il voulait blinder tous ses alibis, notamment celui de la fille de la Marne.

— Comment ça ? Yann Lenglet ! Mais putain, alors on a qui là-dedans ?

— Sais pas, chef !

À l'intérieur, l'homme avait soulevé la jeune fille et s'en servait comme d'un bouclier, la tête dissimulée derrière les cheveux de Mégane.

— Allez Yann, la fête est finie, repose-la et rends-toi.

— Yann ? Loupé, mauvaise pioche ! lança l'homme en dévoilant son visage.

Les regards médusés des trois policiers se figèrent un instant, incrédules. L'homme releva le menton avec lenteur, arrogant.

— Maxence ?

Stan avait murmuré.

— Eh oui, Maxence, ton vieux pote de lycée. Dans la famille Thénardier, je veux le frère… le frère de Yann ! Yann, tu sais, ton ami de toujours, celui que tu t'accaparais pour ne me laisser que les miettes. Et là, ça bouillonne dans ta petite tête, tu t'en poses des questions. Pourtant, la vérité est tellement simple, aussi limpide que la volonté divine.

Il fit une pause pour profiter de l'effet de son annonce.

Les autres le regardaient, stupéfaits. Il éclata de rire.

Il se mit alors à valser avec la jeune fille inconsciente.

Ses pieds tournoyaient mollement dans le vide.

— Arrête ça, maintenant, rends-toi, c'est bien ce que tu voulais non ? Qu'on reconnaisse ton talent, qu'on parle de toi aux infos, tu l'as assez répété dans ton journal ?

Stan était livide.

— Relâche-la, ordonna Sara, tu n'as aucune chance.

— Tiens, la belle Sara joue aux cow-boys, elle aussi, une petite danse capitaine Lopez ?

— Espèce de monstre, c'est ta dernière danse, profites-en, dit-elle en s'approchant de lui.

Un peu trop près… L'homme, avec une rapidité inattendue, fit faire un brusque aller-retour à son couteau et lui entailla la joue. Le sang se mit à couler comme elle reculait.

— Sara ! cria Stan.

— Ça va, c'est rien, dit-elle en braquant toujours son arme sur Maxence.

Le sourire mauvais, il avança deux doigts dans sa direction :

— Pan ! Pan ! T'es morte !

— Arrête tes conneries, maintenant, à genoux, les bras au-dessus de la tête, dit Stan qui avait repris son sang-froid.

— Sûrement pas devant toi… seul Dieu pourrait m'ordonner un truc pareil.

Maxence ne riait plus. Sa lèvre supérieure tremblotait.

Stan se demandait comment cela pouvait finir. Il était hors de question qu'il laisse quoi que ce soit arriver encore à Sara. Il était assez bon tireur pour atteindre sa cible sans toucher la fille, il en était sûr. Il devait tirer. Son doigt commençait à presser la détente.

— Arrête, mon vieux, ça vaut pas le coup, lança Cédric.

Sara se retourna et comprit ce qui allait se passer.

— Stan, ne fais pas ça… Stop… S'il te plaît…

Stan regarda ses collègues, le sang sur la joue de Sara.

Lentement, il relâcha la pression de son doigt.

— Eh ben, voilà, on redevient le bon toutou, le bon flic, railla Maxence. Enfin bon flic… bon flic… faut le dire vite… hein, Stan ! Quand je vais leur raconter un de nos meilleurs souvenirs du lycée, le bon toutou, il ira peut-être à la niche pour longtemps, pas vrai Stan ?

Le bruit d'un avion couvrit ses derniers mots. Dehors, Bosco, dont la patience n'était pas légendaire, avait donné le feu vert pour envoyer les renforts.

Alors que les hommes de la brigade d'intervention surgissaient de tous côtés, Maxence ne put réprimer un mouvement de surprise, écartant suffisamment la lame du cou de sa victime pour offrir à Stan et Sara l'occasion qu'ils attendaient. Sara se précipita sur l'homme en saisissant son poignet pour lui faire lâcher son arme, alors que Stan se jetait sur lui de tout son poids en essayant d'écarter Mégane, toujours à demi consciente, qui tomba mollement sur le sol. Maxence se retrouva à terre avec Stan et Sara qui s'appuyaient fermement sur son thorax, lui coupant le souffle. En quelques secondes, cinq agents étaient sur lui et le menottaient. Jeanne, assistée de deux infirmiers, installait Mégane sur une civière.

Maxence se tenait bien droit, il jubilait, un sourire plaqué sur les lèvres, son public l'attendait, il allait enfin entrer dans la lumière.

52

Mégane Marceau avait repris connaissance. Sa mère lui caressait le front, pendant que le médecin du Samu lui posait un masque à oxygène. Devant ce pauvre visage tuméfié, Mo détourna le regard, les larmes aux yeux. Jeanne cracha son chewing-gum sur le trottoir et donna un grand coup de pied dans le pneu d'une voiture.

Bosco, immobile, dévisageait Maxence comme s'il tentait de s'imprégner des traits de ce visage ennemi, espérant ne plus jamais en croiser un de cet acabit. Il posa machinalement la main sur son estomac, la douleur avait disparu.

Sara appuyait une gaze sur sa joue. L'aversion qu'elle éprouvait à cette minute pour cet homme l'oppressait. Elle respirait vite. Maxence la regardait avec insistance, provoquant. Elle fit un pas en avant dans sa direction, mais une horde de journalistes s'interposa entre eux, la bousculant sans ménagement pour mitrailler l'homme du jour.

— Dégagez-moi cette bande de hyènes ! ordonna Bosco.

— Qui les a prévenus, patron ? hurla Cédric sous le vrombissement d'un avion de ligne qui surgit juste au-dessus d'eux.

— À ton avis… Mo arriva, essoufflé.

— Patron, dit-il, un appel du préfet Verdière sur la radio, j'ai cru comprendre qu'il voulait vous féliciter…

— Pas question, pas le temps… fit Bosco d'un ton sans appel.

— Je lui dis quoi, alors ?

— Dis-lui que ce n'est pas possible, je passe sous un tunnel…

Ils rirent, sauf Sara qui était restée figée. Bosco lui prit le bras et l'entraîna vers le reste de l'équipe :

— Allez, Lopez, c'est fini, la vie continue… T'es une pro, non ?

Elle se laissa faire et lui emboîta le pas. Un agent faisait asseoir Maxence à l'arrière d'une voiture, tandis que celui-ci tendait le cou pour profiter encore des flashs des photographes et des caméras de télé qu'on reconduisait avec difficulté hors du périmètre de sécurité. Stan s'avança.

— Maxence, mais qu'est-ce que t'as fait, bordel ! dit Stan, avant de refermer la portière.

— Rien qui te concerne pour cette fois, mon pote, c'est entre moi et Dieu, c'est tout. Tu ne peux pas comprendre, tu n'as pas la foi, désolé pour ton âme. Et bonne chance en enfer… Au fait, j'ai envoyé à ton boss les photos de ton petit tête-à-tête avec Marie Bonnevie, tu te souviens ? La fille du lycée. Sur les bords du Croult. C'est très parlant des clichés au zoom, tu sais…

Stan claqua la porte pour ne plus voir son regard enfiévré. À cet instant, le visage de Yann se superposa à celui de Maxence d'une façon frappante. Comment n'avait-il pas vu à quel point ils se ressemblaient ?

Tout se paye toujours un jour ou l'autre. Marie, Marie… Stan la connaissait de vue au lycée.

Ce matin de février, indélébile. Effacé, l'espoir d'oublier à jamais… Il fait froid, de la vapeur sort de ses narines. Maxence lui a donné rendez-vous sur les bords du Croult avec d'autres copains. Ils ont leurs habitudes dans ce coin, on ricane, on fume, on parle des filles. Quand Stan arrive, il n'y a encore personne. Le rocher sur lequel les amis se retrouvent est à une vingtaine de mètres du cours d'eau. Pour patienter, il s'amuse à dégommer les champignons à grands coups de pieds. Puis, il s'installe sur le plat du rocher, s'allonge et se met à rêvasser en contemplant le ciel blanc... Toujours personne... Il se met à plat ventre et regarde en bas, de l'autre côté. Soudain, il distingue une forme étendue. C'est une fille. Il se lève et descend le plus vite qu'il peut. Un mauvais pressentiment. Il s'approche, se penche, puis s'agenouille auprès d'elle. Il la reconnaît.

On dirait qu'elle dort...

— Marie ?

Lorsqu'il la secoue doucement par l'épaule, sa tête se tourne mollement vers lui, exhibant des yeux vitreux, opaques, sans regard. C'est comme un coup de poing dans l'estomac. Ses mains s'enfoncent sur le lit d'humus odorant, il a envie de vomir. Et puis... plus rien. Le silence comme un acouphène dans sa tête. Il se redresse, et, sans réfléchir, se met à courir, loin, seul, perdu comme l'enfant de quinze ans qu'il est.

Ce jour-là, Stan ne donne pas l'alerte. Il pense à ses empreintes, il l'a touchée. Avec un peu de chance, la police ne les trouvera pas. Et puis pour qu'il soit inquiété, il faudrait qu'ils collectent celles de tout le lycée, peu probable.

Alors, le lendemain, quand les enquêteurs réunissent les élèves dans l'amphi du lycée, il garde son secret...

Un gosse apeuré tombé au mauvais endroit au mauvais moment, mais aujourd'hui, il comprenait que ce n'était pas par hasard.

Maxence lui avait donné une excuse bidon pour son absence, qu'il avait avalée sans se poser de questions. Il n'avait même pas pensé à demander aux autres s'ils avaient été mis au courant pour ce rendez-vous. Il avait préféré occulter totalement cette matinée. Personne ne saurait jamais.

Personne n'aurait dû savoir.

Mais lui, il était là : Maxence… tapi dans l'ombre de sa vie depuis toutes ces années, de celle de Yann aussi.

Avait-il bluffé, tout à l'heure, à propos de ces hypothétiques photos ? Allaient-elles se retrouver sur le bureau de Bosco lundi matin ? Même si c'était le cas, il n'aurait probablement pas de mal à se disculper du meurtre de Marie. Non, ce qui l'inquiétait, c'était Sara. Son regard, quand elle saurait. Et les autres…

En regardant le véhicule s'éloigner, Stan n'éprouva aucun soulagement. Dans son bras droit, une sensation désagréable, comme un fourmillement indicible. Il sut à cet instant qu'il n'oublierait pas, il garderait toujours l'empreinte de cette histoire comme un tatouage. Cette affaire l'avait changé. Abîmé. C'était comme si son adolescence avait été piétinée, détériorée, dénaturée.

Il avait douté de Yann, il avait menti à Sara sur son entrevue aux Buttes-Chaumont. Il ne dirait rien… trop tard… Même si c'était pour la bonne cause, elle ne comprendrait pas, elle lui en voudrait et il lui faudrait encore regagner sa confiance. Yann ne serait jamais réhabilité aux yeux de Sara, ne serait-ce que pour le doute que Séverine Lenglet avait introduit dans leur tête sur une possible relation tendancieuse avec son frère. Stan voulait lui laisser le bénéfice du doute, même si cela lui en coûtait. Il est sûr qu'avec une mère telle que Sylvie Moreira Lenglet, grandir proprement n'avait pas dû être facile. Quant à Maxence, sa sœur adoptive avait vraiment dû vivre l'enfer.

Puis il se tourna vers leur voiture, où Sara, déjà installée, l'attendait. La plaie sur sa joue la brûlait. Maxence avait ouvert une brèche dans ses certitudes. L'entaille de son visage resterait sa marque. La cicatrice s'estomperait avec le temps, lui avait dit le médecin du Samu, mais peut-être pas complètement. L'assumerait-elle ? Sûrement… Et Stan ? Qu'avait donc voulu dire Maxence en le menaçant ?

Ici et maintenant, elle ne se sentait plus tout à fait la même femme.

Épilogue

À l'heure où vous lirez ces lignes, je serai enfin aux côtés de celui qui me guide depuis toutes ces années et je regarderai mes petits Anges voleter dans le coton des nuages, légers comme des ailes de papillons.

Vous ne pensiez tout de même pas que j'allais me plier à cette parodie de justice des hommes, répondre aux questions de la police, des avocats ou des juges ! J'ai déjà ma petite capsule de toxine botulique sous la langue. Un simple coup de dent et hop, mon âme se sera envolée avant que qui que ce soit ait le temps de dire ouf, et bien avant que les bras cassés de la police ne découvrent ces feuilles — qui pourraient s'intituler « Le Dernier Testament » — que je vais dissimuler dans le dos de Mégane, sous sa bretelle de soutien-gorge. Je trouve que c'est une façon de boucler la boucle...

Je ne dois de comptes qu'à Dieu et vous n'aurez de moi que ce que je veux bien vous livrer. Entendons-nous bien : je n'attends de vous ni absolution ni compassion. Je veux simplement éviter que vos esprits réducteurs ne limitent mon œuvre qu'à un délire de psychopathe schizophrène.

Je ne prétends pas être parfait et j'ai conscience que j'ai dû commettre pas mal d'erreurs. Vous voyez, je sais reconnaître mes faiblesses... Notamment celle d'avoir parfois négligé ma mission au profit de sentiments que ma condition terrestre m'empêchait de réprimer. Il faut dire que le Seigneur, dans sa miséricorde, ne m'a pas fait beaucoup de cadeaux dès ma naissance.

Lorsque mon adorable génitrice m'a mis au monde, je n'étais pas seul, figurez-vous, nous étions deux... et cette pourriture a considéré que

315

deux gosses d'un coup, ça faisait trop pour elle, trop de travail, trop de dépenses… Alors, elle a décidé de me confier à la DASS et de garder Yann, pour qui je ne suis qu'un vieux copain de lycée.

À quinze ans… C'est là que j'ai compris que tous les événements qui avaient ponctué ma vie étaient le fruit de la volonté divine. Un jour, seul dans la maison de mes parents adoptifs alors qu'ils étaient sortis, je me rends dans leur chambre pour « emprunter » un peu d'argent, sachant que la vieille en planquait souvent dans les tiroirs de sa commode, et je vois une croix projetée sur le mur par la lumière du soleil couchant, juste au-dessus du petit meuble où ils rangent tous leurs papiers administratifs. J'ai tout de suite senti que ce n'était pas juste l'ombre de la fenêtre, mais un signe, un message. Comme une voix intérieure qui me disait : « Viens voir, c'est là ! ».

J'ai ouvert le deuxième tiroir, comme si je savais là où chercher, et tout au fond, cachés dans une vieille boîte en fer, j'ai trouvé les papiers de mon adoption, avec le nom et l'adresse de mes vrais parents. Bouleversé, je les ai lus dix, vingt, peut-être cent fois. Puis, lorsque j'ai relevé les yeux sur le mur, la croix avait disparu, mais elle était toujours là, en moi, et tout était devenu clair.

Tout ça, c'était Sa volonté.

Mon abandon à ma naissance, mon « supposé » père qui avait l'alcool mauvais, particulièrement ce jour de mes six ans. Je revois la scène comme si c'était hier. Il essayait de faire ingurgiter de force à ma sœur adoptive une énorme part de gâteau d'anniversaire — au chocolat, alors qu'elle détestait ça. J'ai tenté de m'interposer quand il a commencé à lui en barbouiller le visage et que des larmes imbibées de crème pâtissière et de poudre de cacao commençaient à sillonner ses petites joues dodues. Il a été chercher la clef à molette et m'en a administré quelques coups pour me faire comprendre que je n'avais pas mon mot à dire sous son toit. Quand l'outil s'est abattu sur mon nez, ma joue, mon menton, j'ai entendu des craquements sourds, puis des effritements sous ma peau. C'étaient mes os.

Aux urgences, ils ont proposé à ma mère une reconstruction faciale partielle et comme elle n'avait pas de mutuelle, elle a refusé. Mais vu mon jeune âge, le médecin a eu pitié et a quand même fait le boulot.

Quand j'ai retrouvé ma vraie mère, j'ai vu des photos de Yann enfant, on était strictement identiques, des vrais clones... sauf que moi, mon visage a été cassé, réparé, changé.

Même de cela, ma réelle apparence physique, j'en avais été privé.

Oui, le jour de la révélation, j'avais compris que c'est Lui qui avait œuvré pour modeler mon destin et devenir Son épée, Sa vengeance, Son messager.

L'amour, la haine, c'est tellement lié... c'est un vieux cliché, mais si vrai. Aimer, haïr, donner, reprendre, un mouvement perpétuel rythmé par les pulsations de nos cœurs. À ma naissance, j'avais un père, une mère, un frère, puis on me les a repris. J'avais un visage, puis on me l'a repris. J'ai longtemps cru que j'étais maudit jusqu'à ce que je réalise que moi aussi, je pouvais aimer, haïr, donner et reprendre à mon gré.

Yann...

Quand j'ai appris son existence, j'ai fait des pieds et des mains pour intégrer son lycée, ce qui a été possible, puisque j'habitais dans la même ville, mais assez compliqué vu que j'étais censé intégrer un autre établissement que Pablo Neruda, mais bon, je savais déjà être très persuasif à cet âge.

J'avais besoin d'être près de lui, de cette partie de moi qui m'avait si longtemps manqué sans que je m'en rende compte. J'avais parfois une pulsion, l'envie de lui dire qui j'étais, de le serrer dans mes bras, mais à chaque fois quelque chose m'en empêchait. D'autres fois, j'avais une irrésistible envie de lui faire mal, de le détruire. La pauvre Marie Bonnevie ! Elle en a fait les frais. Au départ, c'est à Yann que je voulais donner rendez-vous pour qu'il trouve son corps dans les bois. J'avais laissé sur elle des cheveux et un peu de ma peau et de mon sang sous ses ongles, ce qui l'aurait fait inévitablement accuser puisque nous avons strictement le même ADN.

317

Et puis j'ai eu peur qu'on me sépare de lui, de ne plus le voir, alors je me suis contenté de piéger Stan, que mon frère préférait à moi, je le sentais bien. Vous auriez vu sa tête quand il a découvert le corps de Marie, le beau Stan, Stan le séducteur, Stan qui me volait mon frère.

Faire souffrir Stan.

Un matin, je l'ai vu dans les rues de Goussainville qui accompagnait sa petite sœur au collège. Je ne sais pas pourquoi, mais j'ai décidé de les suivre. Il lui tenait la main et ils discutaient, riant parfois. Ils s'aimaient, comme les enfants d'une famille heureuse, ça crevait les yeux. Ce bonheur auquel je n'avais jamais eu droit m'écœurait.

Faire souffrir Stan.

Par la suite, j'ai suivi à plusieurs reprises la gamine lorsqu'elle se rendait toute seule en cours.

Un jour, je l'ai abordée ; je lui ai dit que j'étais un ami de son frère et que celui-ci m'avait dit qu'elle aimait les chatons. J'en avais justement un chez moi vraiment craquant qui s'appelait Pelote et qui adorait les câlins, voulait-elle que je lui montre ?

C'est fou ce que les gens heureux sont naïfs, vous ne trouvez pas ? Elle m'a accompagné chez moi sans l'ombre d'une hésitation. La maison était vide, naturellement. J'ai appelé Pelote, lui ai mis dans les bras et l'ai invitée à venir jouer avec dans ma chambre.

Assise sur mon lit, elle était adorable, cette môme d'à peine treize ans en train de faire des papouilles au chaton en lui parlant tout bas. Elle empuantissait la pièce de son bonheur.

La punir.

Lorsque je me suis rhabillé, elle se tenait en boule au bout du lit, secouée de sanglots et de spasmes. Un peu de sang souillait ses jambes. Je l'ai alors forcée à me regarder, à se calmer et je lui ai dit que si d'aventure elle répétait à qui que ce soit ce qui venait de se passer, je tuerais son Stan chéri.

« Comme ça ! », ai-je ajouté en me saisissant de Pelote et en lui tordant le cou dans un craquement de vertèbre.

Je lui ai demandé si elle avait bien compris en posant l'animal inerte à côté d'elle. Elle a hoché silencieusement la tête et j'ai bien vu à ses yeux que je ne risquais rien, elle ne parlerait jamais.

J'avais contribué à modifier le destin d'une famille. J'avais aimé, haï, donné et repris. Ça, c'était fait.

Maxence est Yann et Yann est Maxence. Le problème, c'est que Yann l'ignore. Ça ne facilite pas les choses. Pendant des années, j'ai dû agir en coulisse pour que nos chemins se suivent. Après le bac, il a passé le CAPES et il est devenu professeur de français. Moi, j'avais fait un IUT d'informatique.

Ça n'allait pas. J'ai dû me faire engager comme professeur de lettres dans un collège privé. Pour cela, il m'avait suffi de quelques clics pour me concocter une licence de lettres dûment certifiée par le doyen de Jussieu. Ça allait mieux. Nous étions de nouveau en phase. Jusqu'au jour où cette petite allumeuse m'a accusé d'attouchement et m'a fait renvoyer.

Ça n'allait plus. Alors j'ai séduit une des élèves de Yann. Pas farouche, la Daphnée ! Je l'ai photographiée nue sous toutes les coutures, et lui ai promis de tout poster sur la toile et d'envoyer les clichés à ses parents si elle refusait de porter plainte contre mon frère pour tripotage.

Même si elle s'était rétractée par la suite, cela avait suffi à le faire exclure et tout était rentré dans l'ordre, nous étions de nouveau à égalité. Enfin, pas tout à fait… lui, avait été fiché par la police, avec prélèvement d'ADN, etc. Quant à moi, une relation torride avec une informaticienne employée au ministère de la justice, ancienne collègue d'IUT, m'avait permis de passer facilement les pare-feu des bases de données de la police et d'accéder à mon dossier pour en effacer toute trace. Comme je l'ai toujours dit dans mes groupes de prières, il n'y a rien que ne puissent accomplir ceux qui s'en remettent à Dieu et font confiance aux Anges.

Ainsi que je l'ai reconnu plus haut, j'ai parfois des faiblesses. Entre autres Élisa Beaulieu, la grande fan du recueil de poésies de Yann. C'est moi qui avais créé la « fan page » d'Adolespleen sur Facebook, toujours dans cet esprit de fusion à distance avec mon frère. Élisa passait son temps à laisser des commentaires. Elle était inconditionnelle. Ça en devenait presque de l'obsession. C'est dire s'il a été facile de la rencontrer une fois que je l'ai contactée en message privé, lui expliquant que j'étais un proche de Yann et que je pourrais éventuellement le lui présenter, et que j'avais envie de parler poésie avec elle. Je reconnais aujourd'hui que ce n'est pas le Tout-Puissant qui me l'avait commandé. J'ai péché par égoïsme. J'ai voulu m'arranger avec mes intérêts personnels et ma mission, et la sanction ne s'est pas fait attendre, Il m'a puni pour cela. Ma mission va s'arrêter aujourd'hui et Il va me rappeler à lui.

Je regarde Mégane, endormie à deux pas de moi dans cet hôtel Au Paradis, et me demande si je dois en faire un Ange tout de suite ou attendre un peu. Je ne L'entends plus, pour l'instant, j'attends Ses ordres.

Je pense à ma mère…

Dois-je lui pardonner ? C'était il y a deux ans… J'étais certain que si la vieille bique avait laissé son nom à mes parents adoptifs, c'était qu'elle espérait secrètement que je la contacterais, et qu'elle devait culpabiliser au-delà de tout de m'avoir abandonné. C'était le cas. Quand je me suis présenté à elle, elle m'a mangé dans la main, cette garce, je pouvais lui demander ce que je voulais. Notamment, lui faire jurer de ne parler de mon existence à personne, et surtout pas à Séverine ou à Yann, ou encore de me laisser utiliser la maison de sa tante ou sa propre cave pour faire mes petites affaires sans être trop regardante.

Je pense à Yann…

Tant de choses qu'on ne s'est jamais dites et qu'on ne se dira jamais.

J'ai aimé cette soirée Copains d'Avant. Pas pour le côté retrouvailles, non, je trouve ça plutôt futile, mais pour cet instant où Yann m'a dit qu'il flashait sur ma bague en patte de chat. Spontanément, je la lui ai offerte et j'ai senti qu'il était vraiment touché. En me remerciant, il a passé son bras derrière mes épaules et m'a serré un instant… pour la première fois… un instant durant lequel nous étions deux frères.

Voilà, vous savez tout, désormais je ne serai plus jamais cet enfant anonyme, sans identité, sans passé, sans enfance, et là-haut, les Anges me remercieront ad vitam aeternam, ad vitam aeternam, ad vitam aeternam, ad vitam aeternam...

Remerciements

Merci à ma famille et à mes amis de m'avoir soutenue et encouragée pour l'écriture de ce premier roman.

Je tiens à remercier tout particulièrement Christophe et Sylvain (Bob), qui ont largement contribué à faire que Là-haut les anges continue sa route.

Instagram.com/chrisroyauteur/

facebook.com/ChrisRoyAuteur/

chrisroy.auteur@gmail.com

Dépôt légal : Septembre 2017